굿바이 솔로

Goodbye Solo

1

굿바이 솔로 1

초판 1쇄 발행 2011년 3월 25일
초판 2쇄 발행 2017년 12월 14일

저자 | 노희경
펴낸이 | 金湞珉
펴낸곳 | 북로그컴퍼니
편집 | 김옥자 서진영
디자인 | 김승은 송지애
마케팅 | 이예지
경영기획 | 김형곤

주소 | 서울시 마포구 월드컵북로1길 60, 5층
전화 | 02-738-0214
팩스 | 02-738-1030
등록 | 제2010-000174호

ISBN 978-89-94197-18-0 04810
978-89-94197-20-3 04810 (세트)

굿바이 솔로

노희경 대본집 1

북로그컴퍼니

"사람은 있는 그대로 아름답다."

이즈음 사람들은 누구나 잘나고 싶어하고, 누구나 출세하고 싶어하고, 누구나 예뻐지고 싶어한다. 그 원인은 뿌리 깊은 자기불신이다. 있는 그대로 자신을 사랑할 수 없는 것이다. 세상이 재미없다고 말하는 사람들의 속마음은 대부분 사람에 대한 실망에서 비롯한다. 그러나 사람에 대해 실망을 하는 그들조차 자신을 사랑하는 일엔 너무도 등한하다.

사람은 존재만으로도 아름답다.

자연의 일부처럼, 세상 모두가 사철 푸르른 소나무이거나 대나무일 필요가 있겠는가. 잡목이, 풀들이 같이 어우러져 있을 때 아름다운 것 아닌가?

우리는 상처받고 상처 주는 관계 속에서 성장하고, 존재만으로도 아름다울 수 있다.
사생아 민호, 결손가정의 수희, 날라리 미리, 건달 호철, 거짓말하는 영숙, 말 못하는 미영.

작가는 세상의 편견이 아닌, 세상의 잣대가 아닌, 오직 자신만의 방식으로 살아가는 주인공들을 통해 인생의 경이로운 아름다움을 드러내고, 인간에 대한 한없는 탐구심과 경의를 표하고 싶다.

작가 노희경

김민호

천정명

"버려질 때 버려지더라도,
사랑할 때까지 해볼라고…."

카페 '스카이'의 종업원. 건설회사를 운영하는 부자 아버지, 잘나가는 의사 형, 아름답고 우아한 엄마가 있는 집을 나와 3년째 혼자 옥탑방에 살고 있다. 누구나 부러워할 만한 집이지만 그에게는 집으로 돌아갈 수 없는 여러 가지 아픈 이유들이 있다.

그는 돈이며 성공을 좇는 삶보다는 사랑하는 사람과 따뜻한 남쪽 섬에 가서 소박하게 사랑하며 사는 꿈을 꾼다. 그런데 그 꿈을 함께하고 싶은 여자, 사랑하고 싶은 단 한 명의 여자가 바로 단짝친구 지안의 여자친구인 수희다. 수희를 사랑하면서, 정말 쿨하게 살고 싶어했던 그가 뜨겁게 아픈 시절을 맞는다.

정수희

윤소이

"이해한다고 해서 돌아갈 순 없어. 미안해, 지안아."

지안의 여자친구이자 미리의 단짝친구. 설치미술을 한다. 신중하고 사려 깊지만 자신이 결정한 대로 밀어붙이는 고집이 있다. 쇠를 자르고 붙이는 고단한 작업이 이어져도 언제나 즐겁게 일하며 당차게 자신의 삶을 꾸려간다.

그녀는 나이가 들어서도 이 남자 저 남자 만나며 불안정한 삶을 사는 엄마가 싫고 못마땅하다. 그래서 더욱 지안을 배신하고 싶지 않아 괴롭고, 자꾸 민호에게 흔들리는 마음이 두렵다. 결국 용기 있게 민호를 선택하지만, 지안의 비밀을 알게 되면서 안타까움과 연민으로 힘들어한다.

최미리

김민희

"그 자존심 버려. 내가 버렸듯.
자존심 가지고 사랑을 어떻게 하니?"

민호의 고등학교 동창이자 카페 '스카이'의 월급 사장이다. 가난하지만 단란하고 화목한 가정에서 밝고 맑게 자랐다. 화끈하고 거침없는 성격에 속정도 깊다. 그런 그녀가 나이 많은 건달 호철에게 완전히 꽂혔다.

남들은 무서워하거나 무시하는 건달이지만 그녀는 호철이 이쁘고 좋고 듬직하며 안쓰럽다. 그래서 부모의 반대를 무릅쓰고 집을 나와 혼자 살며 호철을 만난다. 어려서부터 웨딩드레스 입어보는 게 소원이었지만 펄펄 뛰며 싫어하는 호철을 위해 가슴속에 묻어둔다.

강호철

이재룡

"인생 돛대야! 홀로 가는 거라구.
근데 누가 누구한테 기대?"

미리의 애인. 체구는 작지만 깡다구 하나로 뒷골목을 주름잡는 건달. 피도 눈물도 없는 깡패 같지만, 동정심 많고 따듯한 마음을 지니고 있다. 어릴 적 부모님의 불화와 동반자살로 큰 상처를 안고 자랐으며, 보육원 동생인 지수에게 마음의 빚을 진 채 그녀의 주위를 맴돌고 있다. 미리를 만난 건 순전히 재미삼아였는데 점점 미리에게 빠져들게 되었다. 그는 미리가 등에 매달려 응석을 부릴 때도 이쁘고, 성질을 내고 삐쳐서 돌아앉아 있을 때도 이쁘다. 하지만 미리를 사랑하면 할수록 그의 마음은 불안하고 두렵다.

오영숙

배종옥

"나이가 들면 지금이, 인생이,
두 번 다시 안 올 거라는 걸 알지."

미리와 같은 오피스텔에 사는 여자. 첫인상은 화려하고 거만한 듯하지만 가슴속에 꼭꼭 묻어둔 남모를 사연이 있다. 남편과 아이들이 있는 집에서 쫓겨나 홀로 살고 있으며, 남편의 지시에 따라 원치 않는 정신과 치료를 받으며 집으로 돌아갈 날을 기다리고 있다.

카페 '스카이'의 손님으로, 미영 할머니가 꾸려가는 밥집의 손님으로 민호, 미리, 수희 등과 어울리게 된다. 그러던 어느 날, 하나 둘씩 그녀의 아픈 과거가 벗겨지기 시작하는데….

미영 할머니

나문희

"울고 시픔 울어."

카페 '스카이'가 있는 곳 근처의 밥집 할머니로, 말을 하지 못한다. 목에 작은 흰색 보드판을 매고 다니며 글을 써서 사람들과 소통한다. 할머니 집에서 하숙을 하고 있는 민호와는 친할머니와 손자 이상으로 애정을 주고받는 각별한 관계다. 민호는 그녀를 애인이라고 부를 지경이다.

할머니에 대해 시장 사람들의 이런저런 추측이 난무하지만, 소문만 무성할 뿐 진실을 알 길이 없다. 그녀는 누가 무슨 말을 하든 가만 보고 넉넉하게, 혹은 수줍게 웃어줄 뿐이다.

유지안

김남길

"나를 전부 이해해줄 사람이
단 한 사람만이라도 있음 참 좋겠다."

수희의 남자친구 민호의 단짝친구로 민호 아버지의 회사에서 일하며 뛰어난 능력으로 신뢰와 지원을 받고 있다.
그에게는 말 못하는 부모님과 여동생이 있지만 연락이 거의 끊어진 상태다. 살던 집이 철거되어 길거리로 쫓겨나도 대책이 없던 가난한 생활, 가족들의 고통과 자신의 아픈 현실을 외면하고 주변 사람들을 속여가며 새로운 인생을 도모했기 때문이다. 하지만 시간이 지나고 거짓말이 반복될수록 괴로움이 깊어가고, 결국 용기를 내어 수희에게 진실을 이야기하려는데….

김주민

장용

"기다리고 기다려봐. 누가 이기나 해보는 거지 뭐."

민호 아버지. 자수성가한 건설기업가. 냉정하고 독선적이지만 아내에 대한 애정이 크다. 하지만 마음과 달리 결혼 이후 날마다 싸움이 끊이지 않고 부부 사이는 좀처럼 가까워지지 않는다. 아내와 박 기사의 관계, 그리고 그들에게서 난 작은아들 민호의 존재는 평생 그에게 가혹한 짐이 되지만 묵묵히 자기 방식대로의 사랑을 지켜 나간다.

박경혜

정애리

"어떻게 잊어, 그 사람을. 니 아버진데."

민호 엄마. 친정아버지의 뜻에 따라 마음에 없는 결혼을 한 뒤 인생의 의미를 잃고 살다가 사랑하는 사람을 만나 민호를 낳았다. 평생 한 사람만 가슴에 품은 채 오랫동안 가족들과 소통이 단절된 삶을 살아가다 결국 이혼을 결심하게 된다.

김민재

김현균

"뭐든 자기가 본 게 진실이라고 믿는 것도 병이에요."

민호의 형. 정신과 상담의. 엄마가 아버지 아닌 다른 남자를 사랑해 낳은 동생의 존재를 인정하지 못해 민호에게 한없이 냉정하고 독하게 대한다. 하지만 그의 가슴속엔 엄마에게 '사랑한다'는 말을 듣고 싶은 어린 소년이 웅크리고 있다.

임지수

엄수정

"내가 이렇게 된 거 오빠 책임 아냐.
그렇게 생각하지 마."

호철과 고아원에서 오빠 동생으로 자랐다. 착하고 순하며 공부도 잘했던 그녀는 호철을 사랑하지만 하룻밤 관계로 끝이 난 채 교통사고로 다리를 잃게 된다. 죄책감으로 자신의 주변을 서성이고 있는 호철에게 미리를 잃지 말라고, 진심 어린 조언을 준다.

안해영

김미경

"엄마처럼 사람 바꾸는 거 버릇 들면 안 돼."

수희 엄마. 수희 아버지와 사별한 뒤 여러 남자를 바꾸어 만나며 사랑을 찾아 떠도는 인생을 살고 있다. 하나뿐인 딸 수희를 너무나 사랑하고 수희가 그러한 자신의 삶을 못 견디게 싫어한다는 걸 알지만, 삶의 패턴은 어쩔 수 없이 반복된다.

이미자

윤유선

"저 표정만 보면 진짜 천사네. 가증스러."

미영 할머니의 딸. 세 번째 엄마지만 자신이 가장 믿고 따랐던 엄마인 미영에게 버림받았다고 오해해, 상처와 배신감으로 뒤틀린 성장을 했다. 진실이 밝혀진 뒤에도 엄마에게 다가갈 용기가 없다.

_용어정리

- 씬　장면(Scene)이라는 의미. 같은 장소, 같은 시간 내에서 이루어지는 일련의 행동이나 대사가 한 씬을 구성한다.
- (OL)　오버랩(Overlap). 현재 화면이 사라지면서 뒤 화면으로 바뀌는 기법이다. 대사에서 OL은 호흡을 주지 않고 앞사람의 말을 끊고 말을 할 때 쓰인다.
- (E)　효과음(Effect)의 줄임말로 보통 등장인물은 보이지 않고 소리만 나는 경우에 사용된다.
- (N)　내레이션(Narration)을 지칭하는 시나리오 용어로 장면 밖에서 들려오는 목소리를 나타낸다.
- 스톱모션　정지 동작(Stop Motion). 움직이고 있는 영상을 필요한 순간에 필요한 시간만큼 정지시키는 기법. 움직임을 멈추게 하는 것 자체가 시각적인 자극 효과를 주기도 하며, 또 어떤 장면을 정지시키느냐에 따라 그 순간을 해명하거나 강조하는 데 이용된다.
- (F. O.)　페이드아웃(Fade-Out)의 줄임말로 영화나 텔레비전 화면이 차차 사라지거나, 음량이 점차 줄어드는 것을 뜻한다.
- 인서트　화면의 특정 동작이나 상황을 강조하기 위해 삽입한 화면. 인서트 화면이 없어도 장면을 이해하는 데에는 별다른 지장이 없으나 인서트를 삽입함으로써 상황이 명확해지는 한편 스토리가 강조된다. 인서트 화면으로는 대개 클로즈업을 사용한다.
- 몽타주　따로따로 편집된 개별적 장면들을 짧게 끊어 붙여 보여주는 것.
- 플래시백　과거의 회상을 나타내는 장면. 플래시백(Flashback)은 지금 일어나고 있는 사건의 인과를 설명할 때 쓰이기도 하고, 한 사람의 과거를 보여줌으로써 그 인물의 성격을 해명하기 위해 쓰이기도 한다.
- C. U　피사체에 가까이 접근해 찍는 클로즈업(Close Up) 장면. 대개 피사체를 화면 가득 포착하면서 '강조'하기 때문에 장면 속으로 관객을 끌어들여 극적인 효과를 더하고 사건의 시각적 명쾌함을 증진시킨다.
- DIS　디졸브(Dissolve). 앞의 장면이 사라지는 동안 새 장면이 페이드인 되는 것으로 기능은 오버랩과 거의 같다. 차이가 있다면 두 화면을 깊게 겹친 것이 오버랩이고 얕게 겹친 것이 디졸브이다. 디졸브는 보다 짧은 시간의 경과나 보다 가까운 장소의 이동을 나타낼 경우에 많이 쓰인다.

Contents

_일러두기

1 이 책의 편집은 노희경 작가의 드라마 대본 집필 형식을 최대한 따랐습니다.

2 드라마 대사는 글말이 아닌 입말임을 감안하여, 한글맞춤법과 다른 부분이라 해도 그 표현을 살렸습니다.

3 말줄임표는 두 개, 세 개, 네 개 등으로 다양하게 표현되어 있습니다. 이는 대사 시 호흡의 양을 다양하게 표현하고자 한 작가의 의도를 반영한 결과입니다.

4 드라마에서 장면을 나타내는 '씬'의 경우, 표준국어대사전에는 '신'으로 등록되어 있지만 여기서는 작가의 집필 형식에 따라 '씬'으로 사용했음을 밝힙니다.

5 쉼표, 마침표 등과 같은 구두점도 작가의 의도를 따랐습니다.

그는 거짓말을 아주 잘한다

1부

Goodbye Solo

Goodbye Solo

씬1 미리의 오피스텔 안, 낮.

민호, 외출복 차림으로 침대 위에 앉아 있고,
미리, 위는 속옷 차림에 아래는 치마를 입고 한쪽 소파나 의자에 퍼질러 앉아 스타킹을 들어보며 상처 난 스타킹을 고르는 데만 온 정신이 가 있다. 민호의 얘기는 듣는 둥 마는 둥 하는.

민 호 (미리 보며, 어이없고, 화난, OL) 최미리, 그러니까 너는 뭐야, 지금? 김수희 그 계집애가 하는 짓이 이해가 간다는 거야, 뭐야?

미 리 (민호 안 보고, 스타킹만 고르며) 다 빵구네, 다 빵구야. (스타킹 고르며) 아싸, 이건 좀 괜찮네. (하며, 스타킹 신고)

민 호 (미리만 보며) 일이십 분을 늦었음 내 말도 안 해, 무려 한 시간 반이야. 그것도 (강조) 한두 번이 아니고 번번이야, 번번이, 그 기집앤! 버스가 막힌다, 전철이 늦었다, 전시회가 어떻다, 엄마가 집에 왔다, 친한 친구가 아프다, 대체 걘 지안이 만날 때마다 무슨 일이 그렇게 많은데? 다른 때도 아니고 꼭 지안이 만날 때만.

미 리 눈 감어.

민 호 (아무렇지 않게 눈 감고, 계속 말하는) 남자가 잘해주면 말이야, 잘해주는 줄 알고 고마워할 줄을 알아야지, 지안이랑 내 말에 말끝마다 기어오르고….

미 리 (말꼬리 자르며, 웃옷 벗고, 브래지어만 입고 옷 갈아입으며) 너 진짜 개 싫어 한다.

씬2 회상 - 전철 안 + 전철역 안.

사람들 몹시 붐비는,
민호, 한 남자가 책 읽는 수희에게 딱 달라붙어 손으로 수희의 엉덩일 만지는 걸 기가 막힌 듯 보고 있다. 수희, 아랑곳없이 책만 읽고, 남자, 수희에게 좀 더 몸을 밀착하면,

민 호 (E) 난 개 정말 싫어. 기집애가 쓸데없이 키는 멀대처럼 커가지고.

수희, 담담하게 책을 읽다가 책 덮고, 고개 돌려 남자 보는,
남자, 느끼하게 웃으면,
민호, 호기심 어리게 두 사람 보면,

미 리 (E) 내가 봐도 넌 수희 첨 볼 때부터 재수 없어 하드라.
수 희 (차분하게) 그만하지. 미, 친, 놈아.
남 자 ?!
수 희 쇼 치고 있네. 뭘 억울한 거처럼 봐?

그때, 전철 서고, 수희, 내리고, 민호, 놀랍다는 듯 휘파람 휙 불며 수희 따라 내리는, 수희에 대한 좋은 호기심이 민호 얼굴에 가득하다. 그런 민호의 얼굴 위로.

미 리 (E, 담담한) 그렇게 재수 없는 앨 거의 매일 보다시피 해야 하는 니 인생두 참 안됐다 야.

씬3 오피스텔 엘리베이터 안 + 밖.

미리, 엘리베이터 거울 보며 립스틱 바르고 있고,

민호, 미리의 백을 메고, 거울 속에 비친 미리를 보며,

민 호 (별로 고마운 맘 없이, 건성으로) 이해해주니, 땡큐다.

미 리 (고춧가루 묻은 걸 확인하듯, 이를 거울에 비춰보고, 손톱으로 뭔가 빼내고, 긁어낸 걸 입으로 바닥에 퉤 뱉으며) 몇 시?

민 호 브라자 끈 보여.

미 리 일부러 보이라고 한 거야, 섹시하게.

민 호 (웃고) 너 참 이뻐.

미 리 (입 안에 있는 것 다시 퉤 하며 바닥에 침 뱉듯 버리고, 어이없게 웃으며) 참 별나. 어떻게 그렇게 날 끝없이 사랑해, 고맙게?

그때, 엘리베이터 서고, 미리, 나가는.
민호, 따라 나가는.

씬 4 회상 - 길거리.

민호, 포장마차 샌드위치집 앞에서 주인에게 돈을 주고 샌드위치 받아서 맛나게 한입 베어 무는데,

미 리 (E) 김민호, 너 정말 내가 그렇게 좋아?

민 호 (E) 몰라 묻냐? 난 너 좋아 죽어.

지안, 민호의 어깨를 탁 치는,
민호, 지안 보면,
지안, 턱으로 한쪽 길가를 가리키고,
민호, 지안이 가리킨 쪽으로 시선 돌리면,
한쪽에 수희, 핸드폰 하며 편하게 웃는 모습 느린 화면으로 보이고,
민호, 멍하게 수희를 보는, 수희에게 마음이 가는.

미 리 (E) 좋아 죽어?

씬5　미리의 카페, 계단.

민호, 앞에, 미리, 뒤에서 계단을 내려오는,

미 리　정말 김민호가 나 최미리가 좋아 죽어?

계단을 내려가던 민호, 뒤돌아 미리 보며,

민 호　정말 몰라서 물어?
미 리　(보며, 꼬나보며) 어.
민 호　사랑해.
미 리　(작게 웃으며) 지랄도 참 끈덕지게 한다. (하고, 가는)
민 호　(가는 미리 보고, 쓰게 입맛을 쩍 다시며 따라가는)

그렇게 걸어가는 민호의 얼굴 스톱모션 되면서,

미 리　(N) 민호, 그 자식은 거짓말을 아주 잘한다.

씬6　미리의 카페 안, 밤.

민호(바텐더복 입은)와 준이(바텐더복 입은) 듀엣으로 신나는 음악에 맞춰 술병을 돌리고 서로 주고받으며 쇼를 하고, 젊은 사람들 왁자하게 술을 마시며 더러는 그 모습에 환호성을 지르는,
민호, 기분 좋게 쇼를 끝내며 손수 만든 칵테일을 손님 앞에 내려놓는,
남자손님(옆에 여자 있는), 기분 좋게 칵테일 잔을 집어 마시려 하는데,
순간, 누군가 잔을 채가는, 민호와 준이, 손님들, 잔을 채간 사람 쪽으로 고개 돌리면,
무더기, 아랑곳없이 술을 벌컥이는,
남자손님, 짜증스레 '이런' 하며 일어나는데,
호철(신식이 호철 옆에 덤덤하게 서 있는), 어느새 와 냅다 무더기의 뒤통수를 치는,

무더기, 그 바람에 입에 있는 술을 쏟는,
남자손님, 놀라고,

호 철 (무더기에게, 편하게) 사과해.

무더기 (손님 꼬나보며, 고개 까닥 숙이는)

남자손님 뭐야, 이것들이.

호 철 (다시 무더기의 머리통을 때리는)

남자손님 (호철 보면) ?!

호 철 더 때려줘? 술 한잔 뺏어 먹은 걸로 아주 (무더기를 턱으로 가리키며) 애를 패서 피떡을 만들까?

준 이 (두려운 표정으로, 민호 귀에 대고) 와씨, 피떡이래?‥

민 호 (호철만 빤히 보며, 말하지 말라고 준이 툭 치는)

여자, 남자손님의 팔을 잡으며 앉으라 눈치 주는, 조금 두려운 목소리로 '앉아, 앉아' 하는,
남자, 마지못해 앉는 척하고 앉으면,
미리, 한쪽에 앉아, 차만 마시는, 앞좌석에 호철 일행이 마시다 간 음료가 있는,

호 철 (민호에게) 이분들한테 맛있는 거 좀 드려. (하고, 지갑에서 돈 꺼내놓고, 나가는)

민 호 (돈 받으며, 큰 소리) 안녕히 가세요! (손님에게) 죄송합니다, 손님. 칵테일 다시 한 잔 올리겠습니다. (하며, 칵테일 만드는)

준이, 어느새 미리 옆으로 와, 두렵게 호들갑 떠는,

준 이 누나, 누나, 누나, 깡씨 아저씨가 피떡이래, 피떡. 와씨 졸라리 무섭게 말해. 완전 입에 칼 물고, 근데 가겟세는 좀 깎았어? 와씨 졸라리 무서워도 디따리 멋있어, 어떻게….

그때, 말하는 준이의 입에 냅킨 가득 물려지는,

준 이 (미리 보면) ?

미 리 (일어나 나가며, 준이 안 보고 혼잣말처럼) 양아치, 양아치, 쌩양아치들. 나 오늘 그냥 들어간다. (하고, 가고)

준이, 민호 옆으로 와서, 할 일하며 말하는,

준 이 미리 누나 진짜 깡씨 아저씨 싫어한다. 저 아저씨만 오면 일할 맛을 잃어버리네.

민 호 (칵테일을 신나게 만들며, 미리 생각하며 작게 입가에 미소 띤, 미리의 거짓말이 귀여운)

씬7 미리의 카페 밖, 미영 할머니(이후 미영) 가게 앞.

미영, 가게 안에서 하품하며 텔레비전을 보는(앞섶에 메모판 매단)
호철의 차, 서 있고, 그 근처에 호철 일행 서서 얘기하는,
호철, 돈을 무더기에게 주며,

호 철 뭐 해, 안 받고?

무더기 (쭈뼛거리며, 신식 눈치 보는)

신 식 (무더기 보며) 받어.

무더기 (호철에게 조심스레, 돈 받고) 고맙습니다.

호 철 (돈을 안 주는) ……….

무더기 (두렵게 돈을 잡고, 호철 보며)

호 철 담부터 뭐든 돈 주고 먹어라? (강조) 돈을, 내고, 니가 갖고 싶은 걸 갖는 거야. 반드시 돈을 내고, 어?

무더기 (두려운)

호 철 (답답한) 에고…. 진짜…. (하고, 돈 주고, 다시 지갑에서 돈 꺼내 신식 주는)

신 식 전 됐습니다, 형님.

호 철 작구나? (하며, 다시 수표를 더 세어 주는)

신 식 전 됐습니다, 형님.

호 철 작어? (하며, 다시 지갑에서 수표를 더 꺼내 주는)

신 식 그게… 아니고요, 형님.

호 철 작나보네. (하며, 돈 더 꺼내는)

신 식 (바로 뺏듯이 호철의 돈을 뺏는) 됐습니다, 형님.

호 철 가.

신식, 무더기 (인사만 하는) 네, 형님. (하고, 가는)

호 철 (가는 두 사람 보다가, 주머니에서 사탕 꺼내 먹고, 껍질 아무 데나 버리는)

그때, 미영 그 모습 보고 나와서 사탕껍질 무심히 주워 다시 가게로 들어가 손가락으로 코를 후비며 텔레비전을 보는.

씬8 달리는 호철의 차 안 + 길가.

호철, 사탕을 먹으며 운전해 가다가 길가 쪽으로 커브를 트는데, 순간 놀라 급브레이크를 밟고 앞 보면, 미리, 아무렇지 않게 차 안으로 들어와 안전벨트 매는,

미 리 (호철 보며, 기분 좋은) 떡볶이 먹고 싶어. 신당동 갈래?

호 철 (너무 놀라고 화난, 뭐 이런 애가 있나 싶은 얼굴로, 열 받은, 흥분해 버벅대는) 신당동은 무슨‥ 너, 너‥ 죽을라고‥. 이게 진짜 몇 번을 내, 내가 말해. 차, 차가… 오는데 겁대가리 없이‥ 너, 너 정신이 있어, 없어?

미 리 (어이없게 웃으며, 재밌다는 듯) 생긴 건 멀쩡해가지고 빽하면 괜히 흥분해갖고 버버거려? … (호철 흉내내는) 니니가, 저저저정신,

호 철 에우, 에우, 진짜…. (하고, 운전해 가는)

미 리 (호철의 반응 아랑곳없이, 오디오 트는)

씬9 달리는 호철의 차 안.

미리, 음악에 맞춰 신나게 노래를 부르고, 춤추는,
호철, 그런 미리가 어이없고, 귀여운지 피식 웃어버리고 같이 노래하는,

씬 10 이대 앞 같은 번화한 거리 쇼핑가.

미리, 핀이며 머플러 등을 열심히 고르며 거울을 보고,
호철, 봉지째 과자를 먹으며 주변 여자들을 아래위로 훑는,
미리, 귀고리 고르고 호철을 보면,
호철, 여자들만 보는,
미리, 호철의 뒤통수를 냅다 치고,
호철, 황당하게 미리 보면,
미리, 주먹 쥐고 호철에게 '죽어' 하는 표정 짓고,
호철, 황당하게 보면,
미리, 호철의 목을 팔로 안고 끌고 가는.
호철, 목 아파하며 끌려가는.

씬 11 미리의 오피스텔 안.

스탠드 불 켜져 있고,
두 사람, 비디오를 보고 있는,
호철(밑에는 파자마, 위엔 러닝셔츠 차림이다, 윗몸에 문신 현란한), 재미없는 떨떠름한 얼굴로 과자를 먹으며 소파 밑에 퍼질러 앉아 있고,
미리(호철의 트렁크팬티와 러닝을 입고 있는), 소파에 앉아 맘 아픈 눈물을 훌쩍이고 있다.
영화 디카프리오 주연의 〈로미오와 줄리엣〉이다. 엔딩스크롤 올라가는.

미 리 (맘이 몹시 아픈) 휴지 줘.
호 철 (옆에 있는 휴지를 주워 주며, 대수롭지 않게) 애들 장난질 가지고… 울 일도 많다.
미 리 (어이없는) 로미오와 줄리엣이 애들 장난이라구?
호 철 (미리 옆에 앉으며) 그럼 저게 장난이 아니면, 난장이냐?
미 리 (눈가 붉은 채, 호철만 보며) 저런 건 사랑이라고 하거든요?
호 철 (황당한) 사랑? 웃기고 있네. 사랑이 올겨울에 추워서 다 얼어 죽었나부네. (하고, 과자 먹으며)

미 리 (황당하고 어이없게 보면) ?

호 철 (과자 먹으며, 미리 보며) 너두 머리가 있음 생각을 해봐? 첫눈에 기집애한테 획가닥 반해가지고, 도둑놈처럼 기집애네 집 담장 밑에 가서 달빛이 어쩌네, 저쩌네 운명이네 마네, 사바사바 삐꾸기 날리고, 그렇다고 또 넘어가는 기집애도 그래, 골 빈 기집애지.

미 리 (호철 보며, 인간이 왜 저러나 싶은 표정이다) 기집애 아니거든, 줄리엣이거든.

호 철 이름이 중요하냐, 지금? 하는 짓이 중요하지. 머리에 피도 안 마른 어린것들이. 발라당 까져가지고…. 그리고 신부님이 약 처먹지 말라는데, 왜 처먹어? 앞뒤 분간 안 하고, 신부 말 듣지도 않을 거면, 뭐 하러 신불 찾아가. 사랑? 야, 사랑하면 죽는다고 같이 따라 죽어야 하는 거냐? 에미 애비 형제들 생각 안 하고.

미 리 너무 사랑하면 그럴 수도 있지.

호 철 애가 돌았구만. 너 니 자식이 그런데도 그런 말 할 수 있냐? 사랑하면 죽을 때 따라 죽으라고?

미 리 (보는) …….

호 철 니가 나 좋다고 할 때부터 내가 너 제정신 아닌 줄은 알고 있었지만, 조심해. 나중에 나랑 헤어져도 너 사내자식 잘 골라라. 저 노미오인지,

미 리 노미오가 아니라, 로미오거든.

호 철 어쨌든, 코딱지야. 저렇게 성질 드러운 인간 고르지 말라고. 친구들끼리 싸울 수도 있지, 총을 왜 빼들어? 속 좁은 새끼. 친구가 때리면 좀 맞으면 되지. (총 쏘는 시늉하며) 사방에 총질을 해대고…. 에우, 싸가지 없는 놈. 저따위 성질로 세상 어떻게 살라고. 저런 놈은 짱개집에서 철가방 일을 해도 손님이 단무지 더 달라 그럼 총질할 자식이야. 안 그래, 그래? (하며, 과자를 먹는)

미 리 (어이없어, 발로 호철의 얼굴 톡 치며) 머리에 든 건 없으면서, 그저 입만 살아갖고.

호 철 족발 치워라….

미 리 (계속 발로 호철의 얼굴을 톡톡 치며, 장난치는) 안 치우면, 안 치우면 어쩔 건데…. 어쩔 건데, 이 양씨야?

호 철 양씨라 그러지 말랬다.

미 리 (계속 발로 얼굴 치며, 장난하는) 양아치니까 양씨라 그러는데, 왜 꼽냐?

호철 에우, 내가 참는다. (하고, 과자 먹는)

미리 (순간 과자를 뺏어 드는)

호철 이리 안 줘.

미리 (과자 먹으며) 애처럼 맨날 군것질만 하고…. (과자 먹으며, 놀라운) 오우, 생각보다 맛있네.

호철 내 거야, 내놔.

미리, '잡아봐, 줄게' 하며, 과자봉지 들고 도망 다니고,
호철, '이게 진짜' 하며 쫓아다니는,
미리, 웃으며 소파며 침대 위로 도망을 다니고,
호철, 열심히 쫓아다니고, 그러다 기어이는 잡아서 과자봉지를 뺏는,
미리, 과자봉지 뺏으려 하면,
호철, 미리를 견제하며 과자봉지를 입에 다 털어넣는,
그때, 호철의 핸드폰 벨 울리는,
호철, 미리, 핸드폰 보는.

씬 12 미영의 가게 앞.

민호, 찬합통 들고 나오는, 미영, 나와 배웅하는, 민호, 미영 서로 보며 아주 오래 장난스레 손을 흔드는.

민호 미영 씨, 나 빨리 올게. 그리워도 참아! 뛰어갔다 뛰어올게, 언 놈이 도망가재도 애인 있어서 안 된다고 하고, 꼭 집에 있어, 빨리빨리 올게! (하고, 가는)

씬 13 미리의 오피스텔 앞.

호철 (E) 나오지 마.
호철, 나와 걸어가는.
미리, 가운 입고 문 열고 나오는.

호철 (돌아보며, 화난, 목소리는 낮게) 나오지 말라니까.

미 리 (호철 담담하게 보는) …….

호 철 들어가. (하고, 가다가, 다시 뒤돌아보면)

미 리 (걱정스러운 맘, 애써 감추는) 전화… 할 거야?

호 철 (혀 차며, 맘에 안 드는)

미 리 양아치질 하러 가지?

호 철 (말하지 말라고, 눈알 부라리는)

미 리 (서운한 마음이지만) 그러다 눈알 튀어나오겠다. (하고, 제 집으로 들어가는)

호 철 말이 많어. (돌아서서, 가는)

씬 14 미리의 오피스텔 입구 + 엘리베이터 앞.

민호, 이어폰으로 음악을 들으며, 손엔 찬합 들고 신나게 미리의 오피스텔로 들어가, 엘리베이터 버튼 누르는데,
문 열리고, 호철 나오는,
민호, 순간 굳는,
호철, 왜 이래 하는 표정으로 보는,

민 호 저… (찬합 들어 보이며) 미리한테 이거 줄라고….

호 철 (민호만 보는) …….

민 호 저는 시간이 넘 늦어 안 올라고 했는데, 미영이 할머니가 미리 아침 반찬 없다고… 갖다주라고… . 진짜 저는 넘 늦어가지고 안 올라 그랬는데….

호 철 (꼬나보며) 내가 물었나요?

민 호 아니죠.

호 철 (가는)

민 호 (가는 호철 보며) 휴…. .

씬 15 미리의 오피스텔 안.

민호, 찬합을 냉장고에 넣으며 미리의 눈치를 보는.
미리, 무심히 발톱을 깎고 있는.
F. O.

씬 16 달리는 지안의 차 안 + 수희의 작업실 앞, 낮.

지안(양복 차림)의 차, 수희의 작업실 앞에 서는,
작업실 쪽에서 철근 절단하는 소리 요란스레 나는.
지안, 차에서 내려 들어가는.

씬 17 수희의 작업실(반 칸막이가 되어 있는 곳에 침실도 보이는) 안.

온통 어질러진 내부.
수희, 작업복 차림으로 쇠를 절단하고 있다.
그때, 문 열리고 지안 들어와 수희 보고, '수희야, 수희야' 부르지만,
수희, 땀 흘리며 일하느라 정신이 없다.
지안, 편하게 웃고, 한쪽 의자에 앉아 수희가 일하는 모습을 보는.
수희, 지안이 온 줄 모르고 절단한 쇠를 보고, 다시 다른 걸 절단하는.
지안, 수희가 일하는 모습을 이쁘게 보며 물끄러미 편하게 보고만 있는,

씬 18 수희 집 근처.

민호, 오다가 순간 뭔가 생각난 듯 웃으며, 수희의 반지하방 창문을 살며시 여는데,
일하는 수희의 모습 보고 기분 좋은, 그러다 한쪽을 보면 지안의 모습 보이고,
조금 서운한, 한숨 쉬는,

씬 19 편의점 안.

수희, 김밥에 라면을 열심히 먹고 있다.
지안, 그런 수희를 이쁘다는 듯 물끄러미 보고 있고,
민호, 수희 맘에 안 들게 보고 있는,

지 안 천천히 먹어라.
수 희 (먹기만 하며) 배고파.

민 호 어떻게 너는 먹으면서도 배고프다 소릴 하냐? 너 잠자면서도 졸립다 그러지?

수 희 그럴걸. (하고, 마구 먹는)

지 안 체하겠다.

민호, 수희와 지안을 떨떠름하게 보다가, 핸드폰으로 지안을 찍는,

수 희 (먹다가, 민호 보고) 사진 찍지 말랬잖아.

민 호 내가 너 찍냐? 지안이 찍지.

지 안 또 싸운다.

수 희 (민호를 놀리듯, 웃으며) 너 지안이 좋아하지?

민 호 (짜증스런) 그렇다면?

지 안 (웃음 띤 채) 니들은 지치지도 않냐? 어떻게 이 년을 하루같이 만나면 싸우냐?

수 희 (라면 먹으며) 그러니까 니가 태도를 분명히 해. 니가 민호랑 내 사이에서 헷갈려하니까 그렇잖어.

지 안 (어이없게 웃으며) 너 정말 그렇게 생각해?

수 희 둘이 게이처럼 보여. 둘은 몰라?

민 호 (수희 빤히 보다, 지안 보며, 새끼손가락 들어 보이며) 니 이거만 아니면, 나 재 안 본다.

수 희 (웃음 띠고) 김민호 또 화났다.

민 호 이게….

수 희 (놀리는) 니네 둘 중 니가 여자지. 빽하면 삐지는 거 보니까, 니가 여자야, 그지? (하고, 라면 먹는)

민 호 후…. (하고, 한숨 쉬고, 나가버리는)

지 안 (가는 민호에게) 민호야!

수 희 (웃고, 라면만 먹으며) 으이, 삐짐마왕 또 삐졌네, 또 삐졌어.

지 안 (웃으며, 수희 이마에 손가락으로 꿀밤 주려 하며) 장난, 장난… 으이…. (하다가, 안 때리고 수희 볼에 입 맞추고 나가는)

수 희 (웃으며, 가는 지안에게) 애인 잘 달래라! (하고, 먹는)

씬 20 편의점 옆에 있는, 건물 앞.

민호, 지안 계단에 앉아 있는,

민 호 (괜히, 발바닥으로 땅을 문지르며) 신경 쓰지 마. 수희가 뭐 나랑 살 거냐, 너랑 살 건데…. 나랑 사이 안 좋아봤자, 뭐 문제될 거 있냐.

지 안 그래도 둘이 친구처럼 사이좋음 좋잖아.

민 호 내 인생의 여자는 미리 하나로 끝이야. 미리가 친구고, 애인이고…. 다른 여자 필요 없어.

지 안 (걱정스런) 미리, 호철인가 하는 사람 아직 만나지?

민 호 그렇지 뭐.

지 안 (말꼬리 돌리는) 담주에 고교 동창회 한다든데, 갈래?

민 호 미리랑 너랑 나랑 셋이 날이면 날마다 동창횐데, 무슨 동창횔 가. 안 가.

지 안 어머니가 안부 묻드라.

민 호 (보면) ?

지 안 집에 들어와. 니네 집인데 너는 밖에서 살고, 나는 니네 집에서 살고, 이상하잖아.

민 호 뭐가, 이상해? 울 아버지가 아들인 나는 싫어하고 너는 아들처럼 생각하고 좋아해서 그런 건데. 좋아하는 사람끼리 사는 거 당연한 거 아냐?

지 안 민재 형두 왠지 날 불편하게 생각하는 거 같고….

민 호 (순간 핸드폰으로 지안을 찍으며) 형은 너뿐만 아니라 누구나 불편해.

지 안 카메라 하나 사줘?

민 호 내가 너한테 그딴 거까지 받으면 우리 진짜 사귄다고 소문나지. 싫어.

지 안 (웃으며) 누가 널 이기냐?

그때, 수희, 오며, 한쪽에 세워진 지안의 차 보며,

수 희 지안아, 이 차 새로 산 거야?

민 호 (일어나며, 지안에게) 가.

지 안 (일어나며) 같이 가자, 타.

수 희 (차만 보며) 지안아, 차 얼마 줬어? 이거 비싸지? 이천만 원, 넘지? 야, 진짜

뻑간다, 야.

민 호 (수희 보며) 아우, 속물.

수 희 (밝게, 편하게) 어떡해·· 들켰네?

민 호 진짜 어디 몰래 끌고 가서 비 오는 날 먼지 나게 패주고 싶게 얄밉다, 너.

수 희 지안아, 쟤가 나 때린대?

지 안 (웃고, 민호에게) 어머니한테 뭐라고 말할까?

민 호 (대수롭지 않게) 밥 많이 먹으라 그래.

지 안 (어이없단 듯, 민호의 어깨를 툭 치고, 차에 타고)

민 호 (수희에게, 편하게) 반찬 다 먹음 찬합 가져와. 미영 할머니네 그릇 니네 집에 다 가 있는 거 알지?

수 희 미리보고 담주에 작업실로 오라 그래. 데생해야 돼. (하고, 차에 타고)

민 호 그래. 잘 가.

지 안 갈게. (하고, 차 끌고 가고)

민호, 가는 차를 보는데 맘이 복잡하고, 돌아서는.

씬 21 지안의 달리는 차 안.

지 안 (앞만 보며, 조심스레) 민호가 싫어?

수 희 (편하게) 귀여워, 같이 있음 재밌고.

지 안 (앞만 보며, 서글픈) 민호는 참 많은 걸 가졌어. 성격도 거침없고, 남들하고도 허물없이 잘 지내고…. 참 부러워.

수 희 (지안 보며, 편하게) 너도 멋져.

지 안 고마워. (하고, 운전해 가는데, 서글픈)

씬 22 민재의 병원.

민재, 가운 차림으로 에스컬레이터 타고 아래로 내려가고 있는,
의사, 간호사들 눈인사 웃으며 하고,
카메라, 아래쪽으로 가면,
민호, 민재 발견하고 '형!' 하고 웃으며 손 흔드는,

민재, 민호 보고 웃던 얼굴 굳는,
민호, 계속 웃으며 손 흔드는.

씬 23 민재의 병원 휴게실.

민호, 민재 커피를 마시고 있는,

민 호 뭐, 가라구?
민 재 (커피만 마시며)
민 호 (웃으며) 간만에 만났는데 밥이라도 먹자. 내가 살게.
민 재 (담담하게) 내가 왜 너랑 밥을 먹어?
민 호 (웃음 가신, 어이없는) 형….
민 재 내가 형이라고 하지 말랬지?
민 호 (짜증 나는) 아씨… (하고, 커피잔 탁 하고 내려놓고) 형을 형이라고 부르지, 그럼 뭐라 부르냐? 아저씨라 부르냐? 아버지라 부르냐? 말이 되는 소릴 해야지, 정말. 말해봐봐, 형을 형이라고 안 부름 뭐라 불러? 닥터 김이라 불러줄까?
민 재 그거 좋네, 닥터 김. (하고, 일어나 나가는)
민 호 형….
민 재 (그냥 가는)
민 호 (속상한) 형! 김민재!
민 재 (그냥 가고)
민 호 (눈가 붉어져, 소리치는) 야, 자식아!

씬 24 거리.

민호, 화나 씩씩대고 걸어가는,

씬 25 회상 - 도로.

신나는 음악 소리에 맞춰 달리는 오토바이.

민재, 넥타이 차림으로 뒤에 타고,
민호, 운전하며 기분 좋게 소리치는.
민재, '세워, 임마, 내려줘, 어서!' 하는 고함 소리 들리는.
민호, 민재 쪽 돌아보며 장난스레 '세워, 임마, 세워, 임마!' 하다가
민재, '민호야, 차!' 하고,
민호, 그 소리에 앞 보다가 차 오는 것 보고, 운전대 트는데,
그 바람에 민호의 오토바이 난간으로 떨어지는,

씬 26 편의점 안 + 밖.

민호, 편의점 들어가 냉장고 문 열어서 맥주 꺼내 벌컥벌컥 마시고, 다시 하나 따서 마시는.

씬 27 회상 - 병원.

민호, 기절한 채 피 흘리는 민재를 업고 응급실까지 뛰어가는.

민 호 의사 없어요, 환자예요, 환자! 살려주세요! 살려주세요!

씬 28 편의점 안.

민호, 카운터에 맥주병 빈 것 세 개 놓고 돈 계산하고 나가는.

씬 29 회상 - 응급실 일각.

카메라, 한쪽으로 가면,
민호, 민재를 보며 차트 쓰는 의사에게 황당해 말하는,

민 호 무슨 말이에요? 왜 내 피를 형한테 못 줘요. 나도 비형이고 형도 비형인데? 우리 집은 엄마도 아버지도 나도 형도…….
의 사 김민호 씬 에이형이에요.

민 호 ? (천천히 고개 돌려 민재 쪽을 보면)
민 재 (민호를 비웃듯 보고 있는)

씬30 편의점 앞, 거리.

민호, 씩씩거리며 맘 아프게 걸어가고 있는.

민 재 (E) 오영숙 씨, 오영숙 씨.

씬31 민재의 진찰실(정신과).

깔끔하고 분위기 있는 내부, 여기저기 그림도 걸려 있고, 책도 있는.
민재와 영숙 마주 앉은.

민 재 (O. L) 오영숙 씨, 오영숙 씨.
영 숙 의사들 참 웃겨.
민 재 (보면)

카메라, 영숙 쪽으로 향하면,
화려하게 야하게 옷을 입은.

영 숙 (제 손톱만 보며) 아무나 씨야, 지 아버지뻘한테도 씨, 지 엄마뻘한테도 씨, 지 누나뻘한테도 씨.
민 재 (웃는)
영 숙 (민재 보고, 편하게) 그러면서 지들은 누구누구 씨 하면, 열라리 싫어하드라.
민 재 (의자에 몸을 기대고, 편하게 웃는)
영 숙 (빤히 보며) 미쳤나, 말만 하면 웃네.

씬32 포장마차, 밤.

테이블을 엎어버린 상태다.

주인과 사람들 모두 호철 일행을 보는.
호철 일행과 상용 앉아 있는,
무더기, 신식, 영웅, 상용을 꼬나보고,
상용, 씩씩대며 앉아 호철을 보고 있고,
호철, 어이없게 상용 보다가 웃으며,

호 철 뭐 했냐, 너 지금?
상 용 (앉아 있는 호철을 꼬나보며) 술상 엎었소.
호 철 (웃음 띤, 어이없는) 야, 너 많이 컸다?
상 용 옛날에 나 아니오.
호 철 얘, 말투도 변했네. 엎었소, 아니오. 사극드라마 많이 보냐? 대감님처럼 말하네. 재밌어졌다, 너?
상 용 이 구역, 형님 못 주겠소.
호 철 (껌을 꺼내 씹으며, 안 보고) 니가 안 준다고 내가 안 갖냐?
상 용 나도 먹고살아야 쓰겠소.
호 철 내 밑에 있으면 내가 너 굶기디?
상 용 후…. (하고, 한숨 쉬며, 주머니에 손 넣는)

카메라, 상용의 주머니 보여주는,

호 철 (안 보고, 웃음 띤) 얘 칼 잡았네.

상용, 얼굴 굳고,
무더기, 신식, 영웅 일어나려 하면,

호 철 (상용만 보며) 쪽팔리다… 가만있어.

손님들, 슬금슬금 나가고,
무더기, 신식, 영웅 앉는,

호 철 껌이 왜 이렇게 질기냐.

하며, 순간 껌을 상용의 얼굴에 냅다 뱉고, 상용, 순간 놀라 얼굴 피하려 할 때, 호철, 상용의 얼굴을 주먹으로 치는,

상용, 나가떨어지고, 손에 칼 든 것 놓치고, 잡으려 하면,

호철, 재빨리 발로 칼 치우고, 일어나려는 상용의 얼굴을 발로 차고, 다시 멱살을 잡아 얼굴에 주먹을 여러 방 날리는,

씬33 병원 안.

영웅, 무더기 서 있고,

의사, 상용의 눈두덩을 꿰매고 있는.

상용, 담담하다.

영 웅 거, 의사 선생 바느질 참 잘하시네.

의 사 (싫은 듯, 영웅 보면)

영 웅 (뺄쭘한, 무더기에게) 바느질이라 그럼 안 되나봐.

무더기 (작게, 눈치 보듯) 안 되겠지.

씬34 호철의 아파트 화장실 + 거실.

운동기구만 가득한,

호철, 화장실 세면대에서 등짝 보이고 서 있고,

신식, 호철의 등에 파스 붙여주는,

호 철 쿨파스냐, 핫파스냐?

신 식 쿨파습니다.

호 철 잘했네, 난 핫파스 뜨거워 별로드라. (하고, 옷 내리고, 수건에 물 묻혀 거실로 가 소파에 앉아, 물수건으로 까진 손에 묻은 피를 닦으며, 신식 안 보고) 상용이 그놈 엄마가 폐결핵이랬냐?

신 식 (서서) 동생이 그렇고, 어머닌 치매랍니다.

호 철 (까진 손만 닦으며) 아버지는 뭐 한대?

신 식 오래전에 돌아가셨습니다.

호 철 여자는 있냐?

신 식 이번 학교 들어갔을 때 날랐답니다. 5년이나 동거한 여잔데.

호 철 (고개 들어 신식을 보는, 덤덤한)

신 식 (담담하게) … 상용이 간 병원에 좀 다녀오겠습니다. (하고, 나가는)

호 철 (손을 닦으며, 속상한) 아씨, 따가워…. (하며, 다친 손에 입바람을 부는)

씬 35 미리의 카페, 계단.

미리, 핸드폰을 하며 가게로 들어서는 손님에게 눈인사하고, 나가는.

씬 36 미영의 가게 안.

미영, 손님들 가면 웃으며 인사하고 식탁을 치우는데, 미리, 핸드폰 하며 들어와 아무 곳에나 앉아, 핸드폰을 계속하는,
미영, 치우다 물 한 잔을 떠서 미리에게 주고,
미리, 미영 보지 않고 물을 다 마시는,
미영, 그런 미리 무심히 보고, 미리가 물잔을 놓으면 다시 들고 가 따라다주는.
미리, 미영 아랑곳 않고 핸드폰 끄고 다시 재발신 누르는,
미영, 미리 앞자리에 앉아 미리 물끄러미 보는.

씬 37 호철의 아파트, 거실.

호철, 핸드폰 옆에 두고 자는. 핸드폰(메들리 뽕짝) 계속 울리지만 잠에 빠져 모르는.

씬 38 주민의 집, 거실.

주민, 거실 소파에 누워 과일 먹으며 티브이 뉴스만 보고 있다.
민호 모, 과일을 깎고 있고,
지안, 과일 먹는.

민호 모 (과일 깎으며, 담담하게) 민호 밥은 잘 먹는 거 같어?

지 안 (웃으며) 키가 더 컸든데요.

주 민 (티브이 보며) 쉬어라. 낼 식전부터 회의잖어.

지 안 뉴스만 보고요.

민호 모 (과일 깎은 것 놓고, 일어나며) 저 먼저 잘게요. (하고, 자기 방으로 가고)

주 민 (그런 민호 모 맘에 안 들게 보며) 고고한 척은…. 자러 간단 말하면서도 목소릴 까네, 쳇. (하며, 자기 방으로 가는)

지 안 (그런 두 사람을 보고 웃고, 과일 먹으며 티브이 보는)

씬 39 민호 모의 방 안.

민호 모, 방에 딸린 욕실에서 걸어 나와 화장대에 앉아 거울 보며 크림으로 얼굴 화장 지우고,

씬 40 주민의 방 안.

주민, 침대에 앉아 멍하니 천장 보고 생각 많은,

주 민 (작게, 혼잣말) 나쁜 여자….

씬 41 호철의 아파트 전경, 아침.

씬 42 호철의 아파트 안.

영웅, 쌀을 씻고 있는.
무더기, 반찬을 하고 있는,
신식, 한쪽에서 돈 빌려달라는 전화 받는(대출 관련의 일을 하는 듯한, 일단 만나서 얘기하자, 보증 담보 모두 필요 없다는 말을 상대에게 하는)
호철, 핸드폰 하며 반찬 집어먹고 제 침실로 가며, 전화 받는,

호 철 (기분 좋은) 내가 너무 전화가 늦었지…. 야, 좀 기다렸다고 하면 어디가 덧

나냐?

씬 43 호철의 침실.

호철, 방(매트만 깔려 있는)으로 들어와 벽에 기대 전화 받는,

호 철 (기분 좋은) 장사 잘 되지. 원래 야채 장사는 겨울철이 잘 돼. 여름엔 요새 아파트에서도 다들 배추니 상추니 키워 먹어서 야채가 안 팔려. 웰빙이라고 알지? 웰빙?

지 수 (E, 따뜻한, 차분한) 말하는 게 이제 장사꾼 다 됐네.

호 철 그렇지 뭐. 내가 장사꾼도 그냥 장사꾼인지 아냐? 아주 제대로 된 장사꾼이다, 나. 참 애들은?

인서트 – 지수에 대한.

지수(얼굴은 보이지 않는, 휠체어를 끌고 가는, 휠체어와 휠체어를 끄는 손만 보이는) 정돈된 다기세트의 다완에 김이 나는 찻주전자의 물을 붓는, 이내 순서대로 찻잔 하나하나를 따뜻하게 물로 데우는,

지 수 (E) 밝게 잘 자라.

호 철 (E) 니가 워낙 잘 키우니까…. 보고 싶었다.

지 수 (E) 나도 보고 싶드라.

씬 44 호철의 침실 안.

호 철 (약간 흥분한) 저, 저 정말‥ 너너 나 보고 싶어? (기분 좋은) 야, 기분 째진다야. 지수 니가 날 다 보고 싶다고 그러고…. 기분이다. 야, 너 옷 사게 오빠가 돈 줄까?

인서트 – 지수에 대해.

지수(얼굴 보이지 않는), 찻잔 들어 차를 마시는, 그리고 내려놓는,

호 철 (E) 말해봐봐… . 오빠가 옷 사게 돈 줘?

지 수 (E) 아니.

씬 45 호철의 방 안.

호 철 왜 아니야? 여자들 옷 좋아하잖어. 너 좋아하는 옷 사 입어. 내 돈 줄게.

지 수 (E) 밖에 나가봐야 돼.

호 철 (서운한) 넌 꼭 말 좀 할라 그럼 전활 끊을라 그러드라. (사이) 알았어. 그, 그럼 나가…. 그나저나 내가 언제 거기 한번 가야 할 건데….

인서트 – 빛이 가득 들어오는 푸른 바닷속.

호 철 (E, 착잡한) 바다도 보고 싶고. 너도 보고 싶고.

지 수 (E) 봄에 와. 그때 바다 색 참 이뻐.

씬 46 호철의 방 안.

호 철 봄? …· 그러까… 봄에 가까. 한 달만 있음 봄인데….

지 수 (E) 끊어, 애들이 부르네.

호 철 (어렵게) 지수야… 오빠가….

지 수 (E, 담담하게) 끊어요. (하고, 전화 끊는 소리)

호 철 지수야, 지수….

전화, 이미 끊어지고,

호 철 (핸드폰 끄고, 착잡한, 전화하는) 코딱지 앤 뭐 한다고 전활 안 받어.

씬 47 미영의 가게 안.

민호, 설거지하고,
미영, 나물 무치는,
미리, 밥 먹는, 옆에서 전화기 울리는,

민 호 전화 받어.
미 리 (밥만 먹는)
민 호 호철이 형일지도 모르잖아, 받어.
미 리 (눈 치켜뜨면)
민 호 눈 찢어지겠다.
미 리 (핸드폰 열었다, 닫는)
민 호 에이, 성질머리….
미 리 (눈 흘기고 보면)
민 호 (왜 하는 식으로 어깨 으쓱하는)
미 영 (웃으며, 미리와 민호 따뜻하게 보고, 나물을 민호에게 주는)
민 호 (받아먹고) 짱이다. 미리야, 나물 좀….
미 리 (밥만 먹는)
민 호 (미영에게, 작게 입을 뻥긋거리는) 쟤 오늘이 그날인가봐?

씬 48 마트 안.

수희, 이것저것 인스턴트식품들을 사고 있다.
그러다, 한 코너를 돌면,
미리, 놀래키려 '야!' 하고 소리치는,
수희, 놀라지 않고 그냥 가만 보는,
옆의 아줌마가(손에 이것저것 사 들고 있다가 다 놓치는) 되레 놀라고,
그 바람에 미리가 더 놀라는,

미 리 (아줌마에게, 인사하며, 떨어진 물건 주워주며) 죄송합니다, 죄송합니다. 정말 죄송합니다.

수 희　(웃으며, 같이 물건 주워주고)

아줌마　(물건 받으며) 별 여자가 다 있네. (하고, 가고)

미 리　(익살스레) 뻘쭘!

수 희　(웃으며) 빨리 왔네. (하고, 살 것 사는)

미 리　(수희 따라가며) 그러게…. 할 일이 없어가지고, 그냥 왔다.

수 희　(살 것만 사며) 오늘은 강씨 아저씨 안 만나?

미 리　헤어질라고. (하며, 걸어가는)

수 희　?!

씬 49　미리의 카페 일각, 밤.

호철, 쪼그려 앉아 전화하고 있는,
민호, 옆에 서서 조심스레 호철에게 말하는.

민 호　전화 안 받아요?

호 철　(민호를 어이없게 가만 보다가) 안 받으니까 자꾸 전화하지, 받는데 자꾸 전화해요? 넌 내가 돌아 보여요?

민 호　(무안한, 눈치만 보며) 옆에 잠깐 앉을게요. 제가 다리가 아파가지고. (하고, 호철 옆에 앉는)

호 철　(아랑곳없이, 다시 전화하는)

미 리　(E) 왜 자꾸 전화해?

호 철　밥 먹자.

민 호　(곁눈질로, 호철 보는)

씬 50　수희의 작업실 안.

수희, 한쪽에서 연필을 깎고 있고,
미리, 웃옷 벗고 흰 천으로 몸을 감싸고, 의자에 앉아 핸드폰 하는.

미 리　먹었쇼.

수 희　(보며, 입만 뻥긋) 아저씨?

미 리　(수희에게 입만 뻥긋하며) 양아치.
수 희　(웃으며, 연필 깎고)
미 리　전화 끊어, 나 바빠.

씬 51　미리의 카페 일각.

호철, 전화하고,
민호, 전화하는 호철을 보는,

호 철　(가볍게) 카페 앞이야. 기다릴게.
민 호　(호철을 보는)
호 철　12시? 빨리 오네, 뭐. 기다릴게. (사이) 사랑한다고?
민 호　(호철을 보는) …… .
호 철　아, 나보고 너 사랑한다고 말하라고…. 사랑하지, 뭐.

씬 52　수희의 작업실 안.

미 리　(기분 나쁜) 어쩜 사랑한단 말을 하는데도 그렇게 진실성이 없냐? 밥 먹지, 뭐, 졸립지, 뭐, 사랑하지, 뭐…. 참 쉽다? 거긴 사랑한단 말… 누워 떡 먹기보다 쉽지?
수 희　(미리, 아랑곳 않고, 캔버스 같은 걸 옮겨다 놓는)

씬 53　미리의 카페 앞.

호 철　(대수롭지 않게) 어려울 게 뭐 있냐? 영어로 하란 것도 아니고, 한국말로 하라는 건데? 하긴 영어로 해도 어려울 건 없지? 알러뷰다.
민 호　(호철을 물끄러미 보는)

씬 54　수희의 작업실 안.

미 리　(어이없다… 작게 한숨 쉬고) 열흘째 전화 한 통 없다가 이제야 하면서 미안

하단 말은 안 하고…. 뭐, 알러뷰다… 정말… 그따위로밖에 말 못할 거면 끊으쇼. (하고, 배터리 뽑는)

씬 55 미리의 카페 일각.

호철, 핸드폰을 보는,

민 호 전화 끊었어요?
호 철 넌 왜 그렇게 나한테 관심이 많냐? (하고, 일어나 가는)
민 호 (일어나 따라가는)
호 철 (가다가 굳은 얼굴로 돌아보는)
민 호 (피하지 않고, 호철 가만 보는)
호 철 어쭈 애 봐라, 눈을 똑바로 뜨고 날 보네.
민 호 (가만 호철을 보는)

씬 56 수희의 작업실 안.

수희, 캔버스에 앞에 앉아, 멍하니 있는 미리에게,

수 희 기분 별로면 담에 할래?
미 리 (편하게) 별롤 거 없어, 그려. 고개가 오른쪽인가?
수 희 어. (하고, 그리는)
미 리 (고개 오른쪽으로 돌리고, 편하게) 수희야, 나 강씨 정말 좋다.
수 희 (그리며) 그래 보여.
미 리 (담담하게) 암만 해도 내가 더 좋아하는 거 같애.
수 희 (따뜻하게 웃고, 그림 그리는)
미 리 (발라드풍의 노래를 흥얼거리는)

씬 57 카페, 거리 일각.

민호, 괜히 땅을 발로 차며 한쪽 커피자판기에서 커피를 뽑고 있는 호철을

보는,
호철, 커피 뽑아 마시며 골목을 돌아 자기의 차 있는 곳으로 가는,
민호, 호철을 따라가는,
호철, 차 쪽으로 와서 차문 열고, 타려다가 민호를 발견하고 의아하게 보는,

호철 뭐야, 너?
민호 저랑 얘기 좀 해요.
호철 난 남자랑 싸우지, 얘기는 안 해. 가.
민호 (가만 보다, 호철의 조수석에 타는)
호철 어쭈구리.
민호 (앞만 보며) 얘기 좀 해요.
호철 (웃고, 웃음 가시고, 차에 타, 앞만 보고 시동 걸며) 내려.
민호 (시동 끄고)
호철 (보면) ?
민호 (호철의 눈빛을 피하지 않는, 조금은 두려운) 미리가 형 많이 좋아해요. 형 만난다고 집 식구하고도 등지고 사는 앤데…. 형이 미리, 지켜주세요.
호철 … 지켜?
민호 미리, 내가 지켜주고 싶은 친구예요.
호철 미리 말로 고등학교 때 둘이 쫌… 그랬다든데, 넌… 지금도 그런가보다?
민호 (호철을 빤히 보는)
호철 하긴 뭐 니가 좋다는 건데, 내가 뭐라 할 바는 아니지…. 근데, 얘야, 싸구려 소설 그만 써.
민호 저는 진지하게 말씀,
호철 진지는 밥상에서 찾어. 그리고 니들 또래 참… 그렇다, 나는. 싸구려 소설들을 많이 봐 그런가, 말도 안 되는 소릴 멋있다고 나불대고. 테레비 연속극을 봐도 그렇고 남자라고 하는 것들은 개나 소나 뭘 지킨다면서 떠들드라. 대체 지킨다는 게 뭐냐? 미리가 사는 이 방배동에 강도나 도둑놈이 출범할지 모르니 보초를 서란 거냐? 그런 거야? 임마, 이 방배동은 이 동네 경찰이 잘 지켜. 자율방범대도 있고.
민호 저는 그 말씀이 아니고,
호철 그 말씀이 아니면, 미리를 대체 뭘로부터 어떻게 지켜? 걜 감기로부터 지켜?

암으로부터 지켜? 교통사고 날지도 모르니, 차로부터 걜 지켜?

민 호 그게….

호 철 감기나 암, 교통사고는 우리 모두 각자가 스스로 조심해야 되는 거야. 남이 어떻게 할 수 있는 게 아니라고.

민 호 그래도 남자가 여자를 지켜주는 건 남자로서,

호 철 김민호, 가서 세상 남자들에게 말해라. 남자 지들이나 잘 살라고. 여잔 남자가 속만 안 썩이면 참으로 지 알아서 잘 사는 동물이야.

민 호 (답답한)

호 철 싸구려 소설 그만 읽어라. (혼잣말처럼) 대체 요즘 것들은 무슨 뜻인지도 모르고 말만 번지르르하게, 지구방위대도 아니고 뭘 지키란 거야, 대체. (보며) 두 번 말 안 한다. 내려.

민 호 형,

호 철 (눈 부라리면)

민 호 (후… 하고, 내리는)

호철, 시동 걸어 가고,
민호, 그런 호철을 보며,

민 호 가방끈 짧다고 들었는데, 말발 무지 쎄네. (하고, 돌아서는)

씬 58 호철의 차 안.

호철, 사탕 먹고, 룸미러로 돌아서서 가는 민호 보며,

호 철 (웃음 띤) 자식, 귀엽네….

씬 59 수희의 작업실 안.

수희, 엎드려 누워 있는 미리(옷 입은) 몸 위에 올라가 마사지를 하고 있다.

미 리 어우, 어우, 어우, 시원해, 어우, 시원해. 고갤 한쪽으로만 돌리고 있어서 무지

아팠는데, 넘 시원하다.

수 희　나 마사지 잘하지?

미 리　잘하는데 너무 힘들겠다, 그만하고 너두 옆에 누워 좀 쉬어.

수 희　그 말 언제 하나 기다렸다.

하며, 미리 옆에 편하게 눕는,

미 리　나는 너 설치미술만 하고 데생은 안 하는 줄 알았는데, 데생도 잘하네?

수 희　땡큐.

미 리　나 너 땜에 소원 풀었다. 내 그림 정말 갖고 싶었거든.

수 희　(웃고)

미 리　근데 수희야, 넌 지안이 어디가 좋니? 능력 있어서?

수 희　(고개 끄덕이고)

미 리　잘해줘서?

수 희　(고개 끄덕이는)

미 리　차갑지 않어?

수 희　별로.

미 리　민호가 널 좋아한다면, 어쩔래?

수 희　고맙지.

미 리　(일어나 앉으며, 수희 일으켜 세우며) 일어나봐.

수 희　(앉으며) 왜?

미 리　(수희 눈 빤히 보며) 민호가 너 좋아한다.

수 희　(웃음 띤, 가볍게) 너 아니고?

미 리　나는 왕년에, 지금은 너.

수 희　?

미 리　너 가난 지긋지긋하지? 결혼할 사람 돈 많음 좋지? 김민호 생각해봐, 걔 돈 많잖아. 걔 아버지 재벌인 거 알지?

수 희　(미리 가만 보다, 미리의 눈썹 만지며) 너 눈썹 그렸니?

미 리　(수희 손 탁 치며) 내 말에 집중 좀 해.

수 희　집중이 안 되는데 어떻게 집중을 해.

미 리　알았어, 실수했어. 내가 민호네 집안 가지고 순수한 너를 설득할라고 한 거,

모욕이지, 미안. 근데, 민호 정말 괜찮은 애거든.

수 희 사과해준 건 고마운데, 김민호가 나 별로라 하는 거 세상이 다 아는 사실이야. 걔가 지안일 사랑한다면 몰라도 날? 네버.

미 리 걔가 아직 어려서 그래. 왜 어릴 때 남자애들 지 좋아하는 여자애 괜히 고무줄 끊고 그러잖아.

수 희 (장난스레, 의미심장하게) 음… (하며, 고개 끄덕이고, 미리에게) 민호가 나 좋대?

미 리 걔가 너한테 좋다 그럼 지안이랑 쫑낼래?

수 희 근데 넌 지안이가 왜 싫어?

미 리 (진지하게) 이중인격자 같애. 다른 사람은 속여도 내 눈은 못 속여.

수 희 지금은 내 남자친구고 그래도 한땐 니가 목매게 사랑했던 사람인데, 넘 심하다?

미 리 솔직 담백했을 뿐.

수 희 (웃으며) 불쌍한 지안이…. (하고, 일어나려 하면)

미 리 (팔 잡으며) 민호가 너 좋다 그럼… 정말 민호에 대해 심각하게 고민해줄 거야?

수 희 (장난스레, 가볍게) 난 은근히 남자가 꼬인다? 니가 봐도 내가 멋있니?

미 리 맞을래?

수 희 (아무렇지 않게) 그게 맞을 짓인가? 진실 아닌가?

미 리 (담담히 고개 젓고) 맞어라. (하고, 패는)

수 희 (웃으며) 아퍼!

그렇게 수희와 미리 장난치며 놀고,

씬 60 달리는 미리의 차 + 미리의 오피스텔 앞.

미리, 차를 몰고 천천히 주차장으로 들어가다가, 입구에서 순간 차가 와서 놀라 끽 하고 멈추는,
미리, 놀라 차에서 나오는,
잠시 후, 영숙 나오며,

영 숙 뭐야, 썅!

미 리 (순간 황당한) 웬 썅?

영 숙 내 차,

미 리 안 부딪혔거든요.

영 숙 (차 앞만 보고) 그랬네. (하고, 차 몰고 주차장으로 가는)

미 리 (가는 차 보며) 뭐야….

씬 61 미리의 오피스텔 엘리베이터 앞.

미리, 엘리베이터로 버튼 누르고, 타려고 하는데,
이삿짐 남자들, 여러 명 짐 들고 오며,

남자들 잠깐만요.

미리, 보면,
남자들, 우르르 엘리베이터에 타는,
미리, 뻘쭘하게 엘리베이터 타고,

씬 62 미리의 오피스텔 앞.

미리, 백에서 열쇠를 꺼내는데, 남자들 짐 들고 앞집으로 가고, 짐을 나르고,
아주 복잡한 상황이다.
미리, 그 남자들 보며, 구시렁대는,

미 리 무슨 이사를 밤에 하고 난리야, 시끄러 죽겠어.

그때, 영숙 목소리 들리는,

영 숙 오바가 심하네.

미 리 (보면)

영 숙 (스치듯 말하는) 시끄럽다고 사람 죽는 거 봤어요? (하고, 앞집으로 들어가는)

미 리 (가는 영숙 보며) 뭐 저런 게 다 있어.

씬63 미영의 옥상에 있는 옥탑방(이후, 민호의 집), 전경, 낮.

미영, 계단을 오르는.

씬64 민호의 집, 방 안.

민호, 팬티 바람으로 자고 있고,
미영, 커튼을 치고, 자는 민호를 일으켜 세워 민호의 얼굴을 쓰다듬고 있다.

민 호 (졸린) 할머니야….
미 영 (민호를 일으켜 세워 앉히고, 다시 민호의 얼굴을 쓰다듬는)
민 호 (졸린, 미영 보면)
미 영 (가슴팍의 차트를 가리키는)

인서트 – 메모판 내용.
〈인나〉

민 호 졸려. 할머니, 너무 졸려… 눈이 안 떠져…. (하고, 미영의 가슴에 푹 꼬꾸라지는)
미 영 (민호를 안고, 따뜻하게 웃으며 등을 쓸어주는)

씬65 미영의 가게 안.

민호, 미영의 가게 창을 열심히 닦는,
미영, 가게 안에서 마늘 다듬는,
민호, 들어와 한쪽에 물 양동이 들고 나가려 하다가,
미영을 툭 치고,
미영 보면,

민 호　미영 할머니 나 가게 바깥 다 치웠다. 창도 다 닦고.

미영, 바깥 보고, 메모판에 글을 써 보여주는,

인서트 – 메모판 내용.
〈이뻐〉

민 호　그럼 뽀뽀. (하고, 볼 내밀면)
미 영　(볼에 입 맞춰주는)
민 호　(장난스레) 허걱!
미 영　(민호 볼을 만져주고)
민 호　(웃으며) 할머니랑 나랑 진짜 금슬 좋지. 내가 할머니 만난 게 고등학교 때니까, 칠팔 년이 넘었는데, 어쩜 한결같이 우린 사이가 좋을까. 내가 딴 남자들처럼 바람 안 피는 거 고맙지?
미 영　(웃고)
민 호　은행에 세금 내러 간다며, 준비해. 나, 물만 한 번 뿌리고 올게. (하고, 양동이 들고 나가는)
미 영　(민호 이쁘게 보다, 마늘 까는)

씬 66　거리.

민호, 미영을 자전거 뒤에 태우고 옛날 트로트를 부르며 즐겁게 가는.

씬 67　미리의 카페 안, 밤.

민호, 한쪽에서 컵을 닦으며 영숙을 살피듯 보고 있다.
미리, 영숙을 꼬나보듯 보는,
영숙, 바에서 혼자 칵테일을 마시며 책을 보며 아주 열심히 메모를 하며 입으로 뭔가를 말하며, 학구적(?)으로 보이는.

미 리　(민호에게) 저 여자 우리 앞집으로 이사 왔어.

민 호 안됐다. 니 스타일 아닌 거 같은데…. 그냥 쌩까라.

준 이 (두 사람 옆으로 와, 조용히 말 거는) 누나, 형, 저 여자 골때려. 아까부터 무슨 책을 저렇게 멋진 폼으로 읽나, 영어공불 하나 신문을 보나 싶어갖고 내가 등 뒤로 가서 슬쩍 봤더니, 홈쇼핑 카다록이야.

민 호 근데 뭘 적으면서 궁시렁대든데?

준 이 (영숙 흉내내며, 차분히) 가구, 30만 원, 괜찮네, 다른 거, 가구 20만 원 괜찮네. 살까 말까, 그러고 놀아.

민 호 ?! (영숙 보고, 미리 보고, 얼굴 구기며) 즐…….

미 리 (영숙만 보며) 이거 정말 딱 싫어라 싶으네, 저 여자. (민호에게) 야, 손님도 없는데, 집에 가서 맥주나 한잔하자. (하고, 나가는)

민 호 (가는 미리 보고, 다시 영숙 보고, 나가는)

영 숙 (열심히 카탈로그를 읽는)

씬 68 수희의 작업실 안.

수희, 청소기를 돌리며 청소를 하는, 그때, 핸드폰 메시지음 들리는,
수희, 메시지음 못 듣고 청소하다가, 순간 뭔가 이상해, 청소기를 끄고, 핸드폰을 보는,
메시지, 도착한 것 보이고, 수희 확인하면,

인서트 – 메시지 내용.
〈그는 거짓말을 아주 잘한다. 때론 거짓말을 하는 그조차 진실로 착각할 만큼〉

수 희 (내용을 읽는) 그는 거짓말을 아주 잘한다. 때론 거짓말을 하는 그조차 진실로 착각할 만큼.

수희, 발신자 확인하면 OOOO으로 찍힌.

수 희 (대수롭지 않게) 뭐야…. (하고, 핸드폰 놓고, 다시 청소하는)

씬 69 미리의 오피스텔, 거실.

미리, 민호의 핸드폰을 구경하고 있는,

인서트 – 민호가 찍은 지안의 사진이나 동영상들(수희의 모습은 손가락이나, 옆얼굴의 코 등 아주 살짝살짝만 걸려 있는).

민호, 냉장고에서 맥주 두 병을 꺼내고, 사과를 먹으며 미리 있는 곳으로 와 맥주 놓고, 핸드폰 뺏으며,

민 호 보지 마.
미 리 너, 핸폰으로도 참 사진 잘 찍는다.
민 호 (사과와 맥주 먹으며) 앞집 여자 땜에 기분 아직도 꿀꿀해?
미 리 미쳤니, 시간 아깝게. 근데 너, 수희 좋아하면서 왜 자꾸 날 좋다 그러는 거야?
민 호 (놀라, 맥주 흘리며) 뭐?
미 리 (민호 눈 빤히 보며) 지안이한테 미안해서 그래?
민 호 (작게 한숨 쉬고, 미리 진지하게 보며) 최미리, 사람 갖고 노는 거 아니다.
미 리 (민호, 눈 빤히 보며) 내가 널 갖고 놀아? 니가 날 갖고 노는 게 아니고?
민 호 (어이없게 웃다, 웃음 가시고, 미리 진지하게 보며) 난 너 사랑해. 고등학교 3,
미 리 (말꼬리 자르며, 말을 받아서) 3학년 전학 오고 나서부터 지금까지 칠팔 년 쭉-, 나만? 비가 오나 눈이 오나?
민 호 (진지하게) 그래. 호철 형이 있으니까 어쩔 수 없이 무서워서 니 근처만 맴돌지만, 난 너 사랑해.
미 리 (민호의 눈만 빤히 보며) 무서워하지 마. 내가 안 보면 그뿐이니까.
민 호 안 봐? 누굴 안 봐?
미 리 호철이.
민 호 뻥까고 있네. (하고, 일어나 가려 하면)
미 리 도망가냐?
민 호 (돌아보며, 화난) 너 자꾸 이럴래? 사람하고 사람을 찍어붙일 데 붙여. 수희랑, 나랑…. 지안이가 알면…. 차라리 나랑 미영 할머닐 찍어붙여라, 임마.

자식이 말도 안 되는 소릴…. (하고, 다시 가려 하는)

미 리 나를 그렇게 사랑한다면 내가 자자면 자겠네?

민 호 (돌아보고) 나두 남자다. 준다는데 안 받겠냐?

미 리 ……. (빤히 보는)

민 호 ….

미 리 좋아… 준다! 늙어 죽으면 썩어질 몸인데 내가 뭐 그렇게 대단하다고, 근데 김민호 내가 주는데 너 안 받음 죽는다! (하고, 일어나 사방의 커튼을 치는)

민 호 (미리를 빤히 보는)

미 리 (벌떡 일어나 사방의 커튼을 치면서) 오늘 아주 내가 니 거짓말 쫑을 낼 거야. 날 사랑한다고? 내 그 거짓말에 속을 줄 아냐? 지긋지긋한 놈…. 농담도 정도껏이지, 끝까지 날 좋아한다네, 저게. (보며) 내가 진짜로 준다, 어? 진짜로, 줘! (하고, 웃옷 벗으려다, 민호 보고) 뭐 해, 안 벗어?

민 호 (어이없게 허허 웃다가, 웃음 가신, 미리를 빤히 보며, 웃통 벗고, 바지 단추 풀고, 지퍼 내리고, 바지 벗으며) 너 실수한 거야, 최미리.

미 리 (웃옷 벗다가 민호 멍하니 보며, E) 저 자식이 진짜로 벗네, 이건 아닌데‥?

옷 벗는 민호, 머리 위까지 웃옷을 벗으려 하는 미리의 모습 따로이 컷컷 보여지고, 다시 함께 보여지며 엔딩.

인간이 언제나 쿨할 수 있을까?

2부

Goodbye Solo

Goodbye Solo

씬1 수희의 작업실 욕실 밖, 밤.

샤워하고 있는, 수희의 모습 그러나 누군지 알아볼 수는 없는,
문 두드리는 소리.

씬2 미리의 오피스텔 안.

민호, 팬티 차림으로 화난 듯 화장실 문 앞에 서서,

민 호 (문 두드리는)
미 리 (E) 잠깐만! 씻고 나갈게! 기다려!
민 호 (문 두드리는 것 멈추고) 누가 너보고, 씻으래? 이게 아주 지 멋대로네. (문고리 잡고 흔들고, 두드리며) 너 나와, 빨리 당장 나와, 자식아!
미 리 (E) 알았어, 나간다, 나가!
민 호 (손뼉 치며, 호기롭게) 오케이, 나와. (하고, 침대로 가 벌렁 누우며) 나와!

씬3 수희의 작업실, 욕실 안.

수희(얼굴 안 보이는), 샤워를 하고 잠옷 차림으로 나와, 냉장고에서 음료수

를 병째 꺼내 마시고, '아우, 시원해' 하며 책상에 앉아 메일(이미 켜져 있는 컴퓨터)을 확인하는,

인서트 – 메시지 내용.
〈그는 거짓말을 아주 잘한다. 때론 거짓말을 하는 그조차 진실로 착각할 만큼〉

수희(이제야 얼굴 보이는), 조금 굳은 얼굴로 발신자 보면 〈칵테일〉이라고 쓰인, 잠시 갸웃하는,

민 호 (E) 너 침대로 안 오냐?

씬4 미리의 화장실 안.

변기에 앉아(반바지에 긴 박스티를 입은 채) 핸드폰(수희한테 온 전화 받고 있던 중) 들고 있는,

민 호 (문 두드리며) 야, 야!
미 리 아우, 조용히 좀 해! 시끄러!

씬5 수희의 작업실 안.

수 희 (핸드폰 들고 있는, 혼잣말처럼) 미리야?
미 리 (E, 쾅쾅 하는 문소리 나고, 문 쪽에 대고) 너 조용히 못 해, 문짝 부서져!
수 희 ?

씬6 미리의 오피스텔 화장실 문 밖.

민 호 (화장실 문 앞에서) 좋아, 안 나온다. 그럼 나도 방법이 있지. (하며, 싱크대에서 열쇠 찾으며) 이게 아주 사람을 아주 똥개새끼처럼 취급하고, 니가 임마 나 안 좋아하면 안 좋아하는 거지, 내가 너 좋아하는 거까지 왜 의심해, 나쁜 자식. 너 오늘 아주 끝났어. (하고, 열쇠 찾고) 죽었어, 너. (하고, 문 쪽으로

가는)

씬7 미리의 오피스텔 화장실 안.

미 리 (혼잣말) 괜히 벌집을 쑤셨네, 내가…. (핸드폰 하며) 수희야, 암튼 나 너한테 메일 안 보냈어, 진짜라니까, 화장실에 앉아 있는데 너한테 메일을 어떻게 보내. 내가 칵테일 장사한다고 아이디까지 칵테일을 쓰겠니.

그때, 민호, 벌컥 문 열고 미리 씩씩대고 바라보는,

민 호 (담담히) 컴온.

미 리 (빤히 보며, 호기롭게) 그렇잖아도 나갈라 그랬어. (하고, 전화 끊는)

민 호 샷다마우스. 잠자릴 말로 하냐, 몸으로 하지. (손목 잡고) 나와!

그때, 호철 '코딱지, 코딱지 어딨냐?' 하는 소리 들리고,

민호, 미리 ?

호철, '코딱지, 여깄냐?' 하며 들어와 화장실 문 열고 두 사람 보고,

호 철 (뭐야, 하는 표정) ?

민호, 미리, 호철의 각기 놀란 표정들 컷컷 보이고,

씬8 수희의 작업실 안.

수희, 컴퓨터의 메일을 빤히 보다가, 찝찝한 표정으로 핸드폰 확인하고 내용이 같은 걸 확인하는.

수 희 대체 뭐지…….

씬9 미리의 오피스텔 문 앞.

호철, 미리의 집 앞에 쪼그려 앉아 과자를 먹고 있다가 문소리 나 앞을 보면,
영숙, 문 열고 나와 가려다가 이상하다는 듯 호철을 보는,

호 철 (영숙을 보고, 미리의 집 가리키며) 여, 여기 아는 집이라, 온 거예요. 이상한 사람 아니에요.

영 숙 누가 이상한 사람이라 그랬어요? 괜히 찔리나보네. (하고, 나가는)

호 철 (구시렁) 눈알 휘둥그레 굴리면서 분명히 이상한 사람 보듯 봤으면서 아니라네, 쳇. (하고, 과자 먹는)

씬10 미리의 오피스텔 안.

민호, 바지를 입고 웃옷은 대충 걸친 채 양말을 찾아 침대며 사방을 뒤진다.
다급하고 당황스럽다.
그런 민호 보며 웃으며 말하는,

민 호 (울 것 같은) 양말이 어딨냐? 아씨, 진짜 이게 발이 달렸나, 어딜 기어간 거야?

미 리 (놀리듯) 자고 가.

민 호 (미리 보며, 눈 부라리는) 너는 지금 농담이 나오냐?

미 리 누가 농담을 해? (손가락으로 자신을 가리키며) 내가?

민 호 아우, 아우…. (양말 찾으며)

그때, 호철 문을 삐죽 열고,

호 철 (담담하게) 코딱지!

미리, 민호 (놀라는) (호철 보면)

호 철 나 간다. (하고, 문 닫는)

미 리 아저씨, 어디 가? 아저씨…. (하고, 웃옷 들고 따라 나가는)

민 호 (주저앉아, 심호흡하며) 아우……. 맞아 죽는 줄 알았네.

씬11 분식점 안.

호철, 김이 나는 라면을 후루룩거리며 맛있게 먹고,
미리, 슬리퍼에 맨발로 웃옷을 대충 걸치고 호철의 얼굴에 제 얼굴을 바짝 들이대고, 웃음 띤, 놀리듯,

미 리 양씨 아저씨, 화났어?
호 철 (라면만 먹는)
미 리 화났구나, 내가 민호랑 있어가지고?
호 철 (단무지와 라면 먹는 데만 열중하는)
미 리 말해봐? 어? (호철의 얼굴을 두 손으로 잡고) 말해봐? 질투 나? (기분 좋은) 질투 나지? 그지?
호 철 (얼굴을 빼려 하고)
미 리 (호철의 얼굴을 잡으며) 사실은 내가 민호랑 왜 그렇게 있었냐면, 그 자식이 수희를 좋아하는데,
호 철 (담담하게) 안 궁금해. 니 몸 갖고 니가 무슨 짓을 하든, 그건 니 맘이지. (하고, 미리의 손 치우고, 라면 국물을 먹는)
미 리 오해하지 마, 정말. 그 자식이 수희 좋아하는데 지안이 땜에 말을 못 하고 괜한 날 좋아한다고 그래가지고 내가 열이 확 나는 거라, 하루 이틀도 아니고 맨날,
호 철 (어느새 일어나 주인에게로 가 돈 내는) 여기 얼마예요?
미 리 양씨야!

그때, 호철의 핸드폰 울리는.

미 리 (무심히, 호철 핸드폰 보면, 발신자에 〈제주도〉라고 적혀 있는) 제주도….

그때, 호철 미리 손에 든 핸드폰을 확 뺏는,

미 리 (움찔 놀라, 보는)
호 철 (핸드폰 끄고, 미리 꼬나보며) 누가 너보고 내 핸드폰 만지랬어? 누가! 웃기

고 있어, 이게. (하고, 나가는)

미 리 ?

씬 12 분식점 앞.

호철, 껌을 꺼내 씹으며 걸어가는,
미리, 분식점에서 뛰어나와 호철의 팔 잡는,

미 리 제주도가 누구야?
호 철 제주도에 사는 애가 제주도다, 왜?
미 리 그럼 아저씨 핸드폰에 나는 방배동으로 적혀 있냐?
호 철 그래, 나는 서대문 사는 애는 서대문, 강남역 사는 애는 강남역으로 핸드폰에 쓴다, 왜?
미 리 그럼 강남역에 둘이 살면?
호 철 강남역 원투로 쓴다, 어쩔래?
미 리 제주도 누구야?
호 철 너 잊었냐? 우리 서로에 대해 암것도 안 묻기로 한 거? (하고, 돌아서려 하면)
미 리 (호철 보며, 서운한) 야!

그때, 카메라 한쪽으로 가면, 영숙 동물병원 앞에서 강아지 구경하다가 깜짝 놀라, 미리 쪽 보는.

미 리 (영숙 보는 것 모르고, 호철에게 말하는) 너는 내가 다른 남자랑 있었는데, 정말 왜 그런 건지 궁금하지도 않어?
호 철 꼭 궁금해야 되냐?
미 리 (어이없고, 서운하게 보는) ……… .
영 숙 (구경하며, 작게 웃으며) 싸우나보네, 재밌는 구경났네.
호 철 끈적하게 살지 말자, 코딱지. 그냥 너는 너 알아 살고 나는 나 알아서 살고, 싫으면 안 보면 그뿐이고 좋으면 보고, 그러자, 우리. 어? 쿨하게. 너 쿨 좋아하잖어? 아니었어? (하고, 가는)
미 리 (눈가 붉어져, 가만 보는)

영 숙 (두 사람을 보는)

미 리 (가는 호철 보며, 잠시 답답한 듯 보다) 좋지, 쿨, 좋아, 쿨. 너는 너, 나는 나. 좋지, 쿨. (하고, 두 손으로 얼굴 부비고, 뒤돌아 가는)

영 숙 (가는 미리를 귀엽다는 듯 보고, 작게 웃으며, 강아지 보며 혼잣말하는) 개나 소나… 쿨, 쿨… 좋아하시고들 있네.

영 숙 (E) 뜨거운 피를 가진 인간이 언제나 쿨할 수 있을까? 절대로 그럴 수 없다고 본다, 나는.

씬 13 회상 - 나이트클럽 안.

미리와 여자친구들 웨이터와 말싸움을 하고 있는,
미리, 껌 씹으며,

미 리 그 꼰대들 술값은 그 꼰대보고 내라 그래, 우리보고 왜 내래!

웨이터 (화난) 니들하고 같이 부킹했잖아, 그럼 니들도 책임이 있지, 기집애들아!

미 리 (껌을 퉤 뱉으며) 뭐, 기집애?

웨이터 (손 올리며) 이 기집애들이, 겁대가릴 국 끓여 먹었나! 어디서!

그때, 호철 웨이터의 팔을 잡아 돌려, 테이블로 밀쳐 넘어뜨리는,
미리 일행, 악! 하고 놀라고,
웨이터, 화나 일어나려 하면,

호 철 (담담하게) 누워 있어. 일어남 더 맞는다.

웨이터 (호철 보고, 기죽은, 눈치 보며, 다시 앉는)

미 리 (호철 보는) ?

호 철 (지갑 열어, 돈 꺼내 웨이터에게 던져주며) 여자들한테 욕하지 마라. 입은 욕하라고 있는 게 아니라, 말하라고 있는 거야. 그리고 여자한테 주먹질은 아니지, 임마. (하고, 가는)

미 리 (호철에게 호감 가는)

씬 14 미리의 오피스텔 안, 새벽.

미리, 창가에 쪼그리고 앉아, 뜨개질을 하고 있는,

미 리 제주도… 제주도….

씬 15 회상.

1, 영화관.
호철, 미리(재밌는) 영화 보고 있는,

호 철 (웃음 띤) 그때, 내가 여자한테 욕하고 주먹질하지 말라 그런 게 그렇게 멋있었냐?
미 리 (밝게 웃으며, 영화 보는) 어.
호 철 울 아버지가 울 엄마 욕하고 패는 거 보기 싫어서, 난 안 그래야지 했지. 근데 나 좋은 놈은 아냐.
미 리 (팝콘 먹고 웃으며, 영화만 보며) 또 시작이네. 알어, 알어. 강호철은 나쁜 놈, 그러니까 정 많이 주지 마라. 귀에 못이 박혔어.
호 철 잊지 마, 나 나쁜 놈인 거?
미 리 (팝콘만 먹으며) 알았어. 아저씬 나쁜 놈이야. 그리고 쿨하게, 질질 안 짜고 그런 거 좋아하고, 즐겁게 사는 게 장땡이고, 우린 좋음 만나고 싫음 헤어져. (호철 보며) 됐지? 팝콘 줘.
호 철 (미안한 듯 웃으며) 그래, 됐어. (하고, 팝콘을 집어 미리 입에 가득 넣는)
미 리 (웃으며, 먹고)
호 철 (장난치며, 더 많이 넣어주는)
미 리 (입에 팝콘 가득 든 채) 목멘단 말야! (하며, 때리고)
호 철 아퍼! (웃으며, 팝콘 입에 가득 넣고)

2, 미리의 침실.
클로즈업, 호철의 등 한쪽에 여러 그림과 함께 새겨진 〈나쁜 놈〉,
카메라, 멀어지면, 호철, 창가에 앉아 멍하니 슬픈 눈으로 뭔가를 생각하고

있고,
미리, 침대에서 그런 호철을 안쓰러이 보고 있는.

씬 16 미리의 오피스텔 화장실 안.

미 리 (화장실에서 이를 닦다, 거울 보며) 제주도….

씬 17 재래시장, 낮.

일각, 미영, 장바구니 들고, 시장을 보는,
카메라, 다른 쪽으로 가면,
민호, 한쪽에서 떡볶이며 순대를 먹는,
그때, 주인여자, 오뎅국물을 가져다주며,

주인여자 총각은 미영 할머니 꼬붕이야?
민 호 (먹다가, 보는) ?
주인여자 맨날 할머니 따라다니며 시장 보고, 심부름하고, 청소해주고, 오늘도 할머니 장보는 데 따라 나오고, 그러고 대체 돈 얼마나 받어?
민 호 (먹으며, 무심히) 안 받는데요.
주인여자 그럴 줄 알았어.
민 호 (보면)
주인여자 그 할머니가 사람 좋은 얼굴로 웃으며 그렇게 돈을 밝힌다는 게 사실이었구만, 그래.
민 호 (기분 나쁜)
주인여자 총각 그 할머니한테 잘해주지 마. 그 할머니가 말 못하는 거로 약간 모자른 거로 사람들 동정 사면서 을마나 무섭고 이기적인데, 듣자 하니 돈이 무지무지 많은데 시장 사람들이 힘들어서 돈 몇 푼 빌릴라고 하면 웃던 얼굴에서 웃음을 싹 지우고, 안면을 바꾼대, 진짜야.

그때, 아줌마 하나 끼어들며 말하면,
민호, 벙찐 표정으로 아줌마 보고,

아줌마 미영이 할머니 말하는구나? 내가 어디서 들은 얘긴데, 그 할머니가 돈이 많은 게 젊을 때 돈 많은 늙은 남자한테 시집을 가 그렇다네. 근데 이상한 건, 남자가 나이는 많아도 장가들 땐 멀쩡했는데, 글쎄 한 달을 못 버티고 시름시름 앓더니 갑자기,

그때, 금실 할머니, 마른 명태를 아줌마 얼굴에 들이대며,

금 실 요놈의 주둥아리, 요놈의 주둥아리!

아줌마 (놀라) 왜 그래요!

금 실 (떡볶이 주인에게도 명태 들이대며) 너 이 주둥아리 단속 안 할래, 안 할래?

주인여자 내가 뭐 없는 말 했어요?

금 실 그럼 있는 말 했냐? 니가 미영이 돈 많은 거 어찌 알어? (아줌마에게) 니가 미영이가 늙은 놈하고 결혼했는지 젊은 놈하고 결혼했는지 식장 가서 봤냐? 봤어?

아줌마 보진 않았어도, 소문이 자자하게 났으니까 그러죠! 아니 땐 굴뚝에 연기 나, (하다가, 한쪽을 보면)

미영, 멀멀하게 장바구니 들고 한쪽에 서 있는,
민호, 주춤하는 아줌마 보다가 미영 쪽 보는,

민 호 (담담하게) 할머니 왔네. (하고, 일어나 돈 내고, 미영의 장바구니 들고 앞서 가는)

미 영 (민호 따라가고)

아줌마 (주인여자에게) 나중에 또 올게. (하고, 가고)

주인여자 (피하려는 맘에, 서둘러) 어, 어. (하고, 가게 안으로 들어가는)

금 실 여편네들이라고 그저 주둥아리로 방아 찧는 게 일이지. 뻰찌로 확 뽑아버릴라. (하고, 앞에 가는 민호에게) 민호야, 미영이한테 밤에 짱아찌 좀 갖다달라 그래!

민 호 (돌아보며) 네! 금실 씨!

금 실 (명태를 들며) 지랄해, 이게, 으른한테!

민 호 (웃으며, 손 흔들고, 미영의 어깨에 손 올리고 가며) 할머니 사람들 말하는 거

들었어?

미 영 (올려다보면)

민 호 (웃으며) 못 듣는 게 편할 때도 많아. (하고, 가고)

미 영 (고개 돌려, 담담한 눈으로 금실 보는)

금 실 (안쓰럽게 보며, 가라고 손짓하는)

씬 18 달리는 버스 안.

민호, 짐가방을 들고 버스에 서서 핸드폰 하는,

지 안 (E) 수희가 간만에 제주도에서 큰일을 맡은 거 같애. 짐도 너무 많고, 같이 가 줘라, 부탁해.

민 호 (답답한) 니가 말해서 가긴 가는데, (거짓말하는) 수희랑… 내가 둘이서 제주도에서 심심하다고… 싫다고.

씬 19 공사현장.

지안, 전화 받고 있고,
사람들 분주히 일하는,

지 안 제발, 김민호. 내가 넘 바빠서 그래, 지금 현장인데 좀 있다간 강남에서 업자랑 미팅도 있고, 오늘 밤비행기로 광주 출장도,

민 호 (E) 알았어. (끊는 소리)

지 안 (웃고, 전화 끊고, 옆에 도면 보는 직원들에게 가 도면 보며) 전기공사는 어디까지 마무리된 거죠?

씬 20 수희 작업실 앞.

민호, 수희의 창가를 두드리는,

민 호 정수희, 수희야, 수희야….

수 희　민호야!

민 호　(소리 난 쪽 보면)

수희, 소파를 질질 끌고 오는.

민 호　너 뭐 하는 거야?

수 희　(웃으며, 힘들게 헉헉대는) 슈퍼 갔다가 길거리에서 이 소파 주웠다. 나 땡잡았지?

민 호　(웃으며) 암튼 못 말려요. (하고, 수희에게로 가는)

씬 21　수희의 작업실 안.

민호, 소파를 한쪽에 배치하는,
수희, 물잔을 들고 마시며,

수 희　민호야, 거기 말고 저쪽!

민 호　(소파를 끌며) 여기….

수 희　아니다, 아니다, 다시 제자리로 옮겨라.

민 호　으이그 씨…. 어디서 쓰레기 하나 주워 와서 사람을 아주 죽이네, 죽여. (하며, 다시 소파를 제자리로 옮기는)

수 희　다시 보니 별로네…. 아까 그쪽이 낫다.

민 호　(옮기다, 소리치는) 야!

수 희　(물 마시고, 미안한 듯 윙크하며, 웃고)

그때 전화벨 울리는,
수희, 민호 전화기 쪽 보는,

씬 22　미영의 가게 안, 밤.

지안, 미영을 앞에 두고 밥을 맛있게 먹는,

지 안　할머니 밥, 진짜 맛있다. 출장 가기 전에 오길 잘했다.
미 영　(메모판에 뭔가 쓰고, 지안 보여주는)
지 안　(보면)

인서트 – 미영의 메모판.
〈떡볶이 해줘〉

지 안　(미영 보고, 짠하게 웃으며) 아직도 기억하네, 내가 떡볶이 좋아하는 거.
미 영　(고개 끄덕이는)
지 안　진짜 고등학교 때 할머니 떡볶이 죽였는데, 오늘은 배부르니까 담에 해줘요. 밥 먹자마자 출장 가야 되거든.

그때, 미리 들어오며,

미 리　할머니, 밥! (하다, 지안 보고, 나가려는)
미 영　?
지 안　미리야!
미 리　(돌아보는) ….
지 안　밥 먹으러 왔다며, 앉어?
미 리　너랑 밥 같이 안 먹고 싶어.
지 안　왜?
미 리　(황당한 듯) 너 몰라, 내가 너 싫어하는 거? (하고, 나가는)
지 안　(미리 나간 쪽 보다가, 미영 보고 멋쩍은 웃음 지으며) 미리가 말만 저렇게 해요. 진짜로는 나 좋아하면서. (하고, 밥 먹는)
미 영　(지안 안쓰럽게 보는)

씬 23　민재의 진찰실 안.

영숙, 민재 서로를 마주 보고 앉아 있는,

영 숙　(담담히, 민재를 보는)

민 재 (영숙을 보는)

영 숙 ……….

민 재 …….

시간 경과의 느낌(?), 딩동 하는 소리 들리는.

민 재 ?

영 숙 (핸드폰 꺼내 보이며) 상담시간 다 끝났네요. 오늘도 당신은 치료도 안 하고 돈을 벌었네.

민 재 (웃으며) 오영숙 씨가 말을 안 하니까요.

영 숙 할 말이 없어요, 없는 말을 지어낼 필욘 없잖아요.

민 재 다음 주에 봬요.

영 숙 정말 오기 싫지만 그래야겠죠. 안 그럼 남편이 이혼하잘 테니까. 그때까지 잘 사세요. (하고, 나가는)

그때, 인터폰 오는,

간호사 (E) 오늘 진료 끝입니다, 선생님.

민 재 네. (하고, 일어나 옷 입으려다가 문 쪽 보고, 한쪽 책장의 책을 빼더니, 그 안에 술을 꺼내 마개 돌리는데)

그때, 문 벌컥 열리고,
영숙, 들어서며,

민 재 (술병 들고, 놀라고)

영 숙 (멍해서 보는)

민 재 …….

영 숙 (아무 일 없는 듯) 스카플 놓고 갔어요. (하고, 나가는)

민 재 (답답한)

씬 24 병원, 에스컬레이터.

영 숙 (재밌네 하는 표정으로 작게 웃음 띤)

씬 25 카페 안.

민호, 한쪽에서 샌드위치를 먹으며, 힐끗 수희 쪽을 보는,
수희, 수희 모, 남자 앉아 있는,
(카페 테이블 유리라 아래가 다 비치는 것으로)

수 희 (차만 마시는)
수희 모 수희야, 밥 먹으러 가자. 어? 엄마가 맛있는 거 사줄게, 밥 먹으러 가, 어?
수 희 (담담하게) 됐어. 먹었어.
수희 모 먹긴 뭘 먹어. 늦게 한두 시나 일어나서 아침 먹고, 아직 저녁 전일 텐데…. 그러지 말고 밥 먹으러 가자. 아버지가 부터 나는 좋은 고깃집 알어. (남자 보며) 근데 여보, 거기 예약 안 해도 갈 수 있나? 그렇게 크고 좋은 덴 예약해야 하는 거 아냐?
남 자 (웃음 띤) 괜찮아.
수희 모 (호들갑 떨며) 어머, 당신 입가에 상처 났네, 면도하다 그랬구나, 아프겠다. 면도 좀 살살하지? 아니다, 면도기가 나쁜가? (하며, 남자 상처를 만지며) 좋은 걸로 하나 사자. 독일제가 좋다든데, 그걸로 하나 살까?
수 희 (그런 수희 모 무덤덤히 보는)
남 자 괜찮데도…. (하며, 수희 모의 손을 제 손으로 잡아서 테이블 밑에 내리고, 만지작거리는)

민호, 두 사람이 손잡은 데로 눈이 가는.

인서트- C.U 된 수희 모와 남자의 손.

수희, 차 마시며 두 사람의 손을 보는, 담담한,

수희 모 (수희의 기분 아랑곳 않고) 난 정말 당신 몸 생각 안 하는 거 맘에 안 들어. 술에 담배에 뻑하면 공기 나쁜 오락장 가서 밤새고,

수 희 (짐짓 편하게) 엄마, 가.

수희 모 벌써?

남 자 비행기 예약했다잖아.

수희 모 9시라며. 시간 되네. 간만에 만났는데 우리 밥이라도,

남 자 젊은애들 어른이 치대는 거 싫어해. 수희야, 또 보자. (수희 모에게) 차 가져올게. (하고, 나가고)

수희 모 주차장에서 좀만 기다려요. 갈게. (하고, 수희에게) 야, 저 남자 멋있지? 엄마가 이번엔 아주 제대로 고른 거 같지 않니? 부인은 사별했고, 애들도 전부 유학 갔어, 돈도 무지 많어. 부동산 하면서 땅을 샀는데, 그게 아주 대박 쳤다 대박! (웃으며) 나이두 나보다 두 살 어리다? 완벽하지?

수 희 (차만 마시며) 그런 남자가 엄말 왜 좋아해?

수희 모 너는 인정 안 해도 남자들은 나보고 다 매력 있다 그래. (주변 보고 지갑에서 돈 꺼내 주며) 이거 어서 너. 어서!

수 희 됐어. 갈게. (하고, 일어나면)

수희 모 (돈 들어, 수희 주머니에 넣으며) 아껴 써!

수 희 싫거든. (하며, 돈 엄마에게 주려 하면)

수희 모 (다시 수희 주머니에 넣으며) 담엔 많이 줄게. 저 남자 진짜 돈 많어. (하고, 가는)

수 희 (가는 수희 모를 무표정하게 보는)

민 호 (샌드위치 먹으며, 수희 모와 수희를 번갈아 보는)

씬 26 지하철, 계단.

수희(기분 가라앉은), 민호(그런 수희의 뒷모습을 보며, 내려가는, 짐가방이 큰) 걸어 내려오는, 사람들 많은,

걸인, 졸며 구걸하고 있는 모습 보이고,

수희, 민호 그 앞을 스쳐 지나가는,

수희, 멈춰 서다 되돌아가 걸인에게 수희 모가 준 돈을 꺼내 통째로 주는.

민호, 와서 수희 보며,

민 호 야, 저걸 다 줘?

수 희 (가고)

민 호 야, 저건 많아도 너무 많은데…. 야, 너 집세도 올려줘야 한다며…. (수희 따라가며) 수희야! 다시 생각해봐, 다시! 저건 너무 많잖아! 수희야!

씬 27 비행기 안.

수희, 민호 앉아 있는,
민호, 안전벨트 하며, 수희 보면, 수희, 눈 감고 가만있는,

민 호 (눈치 보다가, 호기롭게) 야, 김수희.

수 희 ….

민 호 야!

수 희 (보면) ….

민 호 (기죽어) 안전벨트 해….

수 희 (안전벨트 하고, 다시 눈 감는)

민 호 (수희 보다가, 승무원에게) 커피 주세요.

씬 28 호철의 아파트 안.

무더기, 땀을 뻘뻘 흘리며 러닝머신을 하고 있는, 죽겠는 표정이다.
신식, 영웅 그런 무더기를 걱정스레 보고 있는, 모두 반바지나 추리닝, 잠옷 등 편한 옷차림이다.
그때, 호철(편한 추리닝 차림) 나오며,

호 철 그만.

영웅, 재빠르게 러닝머신을 끄는.
무더기, 머신 위에서 헉헉 숨을 고르는.
신식, 식탁에 가서 삶은 계란을 한 소쿠리 들고 오는,

무더기 (울상) 그거 안 먹음 안 돼요?

영 웅 (호철 눈치 보는) …….

호 철 안 먹음 어떡할라고? 근육 하나 없이, 살만 디룩디룩,

무더기 그래도 내가 나가면 애들이 겁먹어요.

호 철 애들은 겁먹을지 몰라도 어른은 겁 안 먹어. (신식에게) 노른자는 먹이지 마라. 근육 만드는 데 하나도 도움 안 돼. 장봐 올게. (하고, 나가고)

영 웅 (계란 까며, 심란한) 사람들 겁줄라고 건달들이 이렇게 쌩고생하는 거 사람들은 알까?

신 식 (계란만 까며, 시무룩) 알면 되냐? 그럼 겁 안 먹지.

씬 29 마트 안.

호철, 밑반찬 코너에서 이것저것 먹어보고, '짜네, 맛있네' 하는,

호 철 (점원에게) 아가씨, 이거 반 근씩만 주세요.

점 원 네. (하며, 반찬 담으면)

호 철 많이 주세요.

씬 30 미리의 카페 안.

준이, 술 취한 손님과 대거리 중이다.
그 옆에서 영숙, 두 사람을 물끄러미 보며 술 마시는,

준 이 손님 그렇게 말하심 안 되죠, 제가 전번에도 손님이 외상하자 그래서 한 번 봐드렸는데, 낮부터 오셔서 비싼 술 다 드시고 또 이러심 곤란하죠.

손 님 그럼 자식아 어떡해, 돈이 없는데.

준 이 카드 주세요.

손 님 카드? 그게 있음 내가 주지, 없어, 임마!

그때, 미리, 옆으로 와서 준이에게,

미 리 뭐야?

준 이 아, 알지도 못하는 손님인데 전번에도 외상술이드니, 또 그러잖아요.

미 리 (손님에게, 담담하게) 진짜 계산 안 하실 거예요?

손 님 그렇다? 어쩔래?

미 리 (가만 보다가, 전화 걸고, 잠시 후) 김 경사님 스카인데 무전취식한 사람 좀 잡아가.

손 님 (일어나며) 야, 너 뭐야?

미 리 어, 그래, 뛰어와. (하고 끊는다)

손 님 이 기집애가 이게…. 내가 임마 저 건너편 유성그룹 기획실,

미 리 (담담하게) 그래서?

손 님 뭐?

미 리 당신 신상명세는 서에 가서 두 번 세 번 불 일 있을 거야. 입 닫고 있다가, 거기 가서 불어.

손 님 에이씨, 이것들이 진짜… 옛다 먹어라. (하고, 돈을 뿌리고 나가는)

준 이 아씨…. (하며, 돈 줍고)

미 리 (가는 손님 보며) 끝까지 개기지도 못하는 게…. 승깔만 살아가지고.

영 숙 남잔 못 다루면서 손님 다루는 법은 제법이네.

미 리 (보면)

영 숙 자기 쿨 좋아해?

미 리 (기분 나쁜) 저기요!

영 숙 (말꼬리 자르며) 내가 하나 갈쳐줄까? 진짜 쿨한 게 뭔지?

미 리 필요 없거,

영 숙 (말꼬리 자르며) 진짜 쿨한 건 뭐냐면, 진짜 쿨할 수 없단 걸 아는 게 진짜 쿨한 거야. 좋아서 죽네 사네 한 남자가 나 싫다고 하는데, 오케이 됐어 한 방에 그러는 거, 쿨한 거 아니다, 미친 거지.

미 리 (이 여자 대체 뭐야) …….

영 숙 (웃으며) 참 나 여기 단골 될 거 같은데, 통성명하자. 난 오영숙이야, 결혼생활 16년 됐고, 애들 둘 키우다 갑자기 인생이 이게 뭔가 싶어서 잠깐 혼자 사는 중.

미 리 (어이없는) ….

영 숙 별로 말 안 하고 싶구나. 그럼 보드카나 한 잔 더 줘. 참 우리 남편 교수다.

씬 31 제주도 펜션 전경.

수 희 (E) 진짜 웃긴다, 그 사람?

씬 32 펜션, 수희의 방 안.

수희, 침대에서 눈가 그렁해 어이없는 표정 짓고 전화하고 있는,

수희 모 (E) 야, 기집애야, 너 말버릇이 그게 뭐야? 엄마랑 사는 사람보고 뭐 그 사람?
수 희 그럼 뭐라고 불러?
수희 모 (E) 아버지라고 불러야지.
수 희 한 번 본 사람한테 어떻게 아버지라고 불러? 제발 그만해, 진짜. 그리고 왜 만나도 꼭 그런 사람들을 만나. 내 앞에선 맘 좋게 웃더니, 뭐 내가 인사도 제대로 안 하는 싸가지 없는 기집애라고? 야, 진짜 어이가 없다. (사이) 싫어, 난 그 사람 아버지라고 부르기! 도대체 나한텐 왜 그렇게 아버지가 많아! 벌써 몇 번째야! 김 사장, 박 사장, 손 회장, 내가 정신이 없어!

씬 33 펜션, 계단.

민호, 걱정스레 수희의 방 쪽을 보고 있는,

수 희 (E, 맘 아픈) 몰라…. 싫어, 그 사람하고 전화하기. 엄마… 나 좀 놔둬…. 엄마!…

민호, 답답한,

시간 경과, 주방 아침.
민호, 찌개를 끓이는, 도마 위에서 여러 야채들을 썰어 냄비에 넣으며 방 쪽에 대고 소리치는.

민 호 수희야! 수희야!

방 쪽 잠잠한,
민호, 냄비의 불을 끄고, 수희 방으로 가서 노크하고,

민 호 야, 나, 들어간다. (하고, 방문 여는)

씬 34 펜션, 수희의 방 안.

수희, 엎드려 아주 불편하게 자고 있는,
민호, 그런 수희 담담히 보다가

민 호 야, 인나.
수 희 …….
민 호 (수희의 이마에 꿀밤을 세게 먹이는)
수 희 아! (하고, 민호 보면)
민 호 밥 먹어. (하고, 나가는)

씬 35 펜션 주방.

민호, 수희 밥을 먹고 있는.

민 호 (밥을 먹으며, 짜증스런) 너는 애가 아주 천성이 못돼 처먹었어. 어제두 오자마자 짐은 내팽개쳐두고 지 혼자 방에 들어가 쿨쿨 자고, 나는 뭐 니 종이냐? 장도 혼자서 보고 밥도 해 바치고, 너 진짜 지안이랑 살면서 이따위로 할 거면 결혼하지 마.
수 희 (그런 민호 미안한 웃음 띠고 보는)
민 호 (아랑곳없이) 뭐야? 니가 공주야? 아침에도 그래. 한 번 불렀음 일어나야 할 거 아냐? 열 번 스무 번 목이 아프게, 불러도 꿈쩍도 안 하,
수 희 (편안하게, 말꼬리 자르며) 어제 나 우는 소리 들었어?
민 호 (보는, 밥 먹으며) 밥이나 먹어.
수 희 (편하게 웃으며) 아는 척 안 해줘서 고마웠어. 덕분에 실컷 울었다. (하고, 밥 먹는)

민 호　(수희 보다가, 밥 먹는)

수 희　(안 보고) 내가 어제 만난 사람, 누군지 안 물어보네.

민 호　(밥 먹으며) 말할 만하면 하겠지.

수 희　(민호 얼굴 앞에 제 얼굴 들이밀며, 웃음 띤) 전엔 몰랐는데, 너 참 사람 편하게 한다.

민 호　(그런 수희 보며) 여자가 남자한테 이러는 거, 남자는 꼬리치는 거로 오해해. 하지 마. (하고, 밥 먹는)

수 희　(웃고, 밥 먹고)

민 호　(밥 먹다가, 수희 보는, 기분 좋게 작게 웃는)

씬36　돌 전시장, 야외.

민호, 수희가 그린 그림(야외무대 조감도)를 보고, 황당한 얼굴로 수희를 보며,

민 호　지금 이 그림에 있는 걸 여기다 사흘 만에 만든다고?

수 희　어. (하고, 그림을 집어 가방에 넣고, 수첩 꺼내 적는)

민 호　니가 아는 기술자들은 전부 서울에 있는데, 같이 호흡도 안 맞춰본 제주도 기술자들이랑, 그것도 사흘 만에? 욕심이야, 업주한테 못 한다 그래.

수 희　가자. (하고, 나가는)

민 호　(둘레 둘러보며, 고개 절레절레 저으며 나가는) ?

씬37　몽타주.

1, 철공소.
수희, 여러 명의 인부 아저씨들에게 조감도를 보이고 뭔가를 지시하는.
민호, 한쪽에서 하드를 먹으며 졸고 있는 할머니를 핸드폰으로 찍는,

2, 돌 전시장, 밤.
불이 환히 켜진. (설치미술을 하는)
인부들, 한쪽에서 일하고 있고,

수희, 민호 벽에 페인트칠을 하면서 서로에게 장난치고, 둘 다 재밌어하며 뛰어다니거나, 장난을 치는.

3, 돌 전시장, 낮.
수희, 용접하고, 인부들 각자 일 알아서 하는,

4, 백화점 숍 앞.
민호, 브로치를 골라 보는.

5, 거리, 김밥집, 초저녁.
민호, 이것저것 시키고, 주인 그릇에 포장하는.

6, 돌 전시장.
무대에 조명이 들어와 있는 상태다.
인부들 여전히 일을 하고 있는,
수희, 여기저기 손을 보는, 제법 정리가 된 상태다.
그때, 민호 김밥을 사서 들어오며 놀라는.

민 호 (감탄하는) 와우!
수 희 (웃으며, 보는)
민 호 와우, 와우, 와우! 굿, 굿, 굿!

민호, 그렇게 말하며 수희에게 다가가 손 내밀고, 수희와 요란한 하이파이브를 하는데,

수 희 어떡해. (하고, 하늘 보면)
민 호 ? (하늘 보면)

갑자기 비가 오는,
인부들, '이런, 비다' 하며 모두들 빠져나가고.
민호, 수희 서로 얼굴 보며 황당하고 어이없는,

비를 맞고 황망하게 주위를 돌아보는 두 사람 보이고.

시간 경과, 장대비 오는.
민호와 수희, 무대 뒤쪽에 쪼그리고 앉아 판초를 뒤집어쓰고 추워서 오돌오돌 떨며 김밥(통째로 들고 먹는)을 먹는,

민 호 (추워하며) 비가 많이 오네.
수 희 (떨며, 김밥 먹으며, 입가에 밥알 붙인) 한때 소나기라니까, 좀 있음 그칠 거야.
민 호 (그런 수희가 귀여운, 웃으며) 그렇게 비 맞은 강아지처럼 오돌오돌 떨면서도 김밥이 먹고 싶냐?
수 희 (떨며, 김밥 먹으며) 배고파.
민 호 아참! (하고, 봉지에서 일회용 국그릇에 담긴, 국물을 꺼내주며) 이거 먹어.
수 희 나 그거 못 들어, 너무 떨려서.
민 호 내가 들어줄게. 입만 갖다대.
수 희 (국그릇에 입을 갖다대면서도 떠는)
민 호 (떠는)
수 희 떨지 마, 국물 흐르잖아.
민 호 (떨며) 니가 떠는 거야, 난 안 떨어.
수 희 웃기지 마, 니가 떨잖아.
민 호 어서 마시기나 해.

그러다, 국 국물을 쏟는,

수 희 악!
민 호 (속상한) 아우, 아까워, 아까워, 아까워라… .
수 희 도저히 못 참겠다. 빨리 펜션에 가서 라면 끓여 먹자! (하고, 일어나 뛰어가는)
민 호 야, 같이 가! (판초 들고 뛰어가는)

민호, 뛰어가 수희와 함께 판초 쓰고, 뛰어가는, 즐겁고 재밌는 표정이다.

씬 38 펜션 안, 비 그친, 밤.

수희, 샤워한 모습으로 테이블에 오는데,
메시지음 들리고, 수희, 테이블에 둔 핸드폰을 꺼내 보면,

인서트 – 메시지 내용.
〈그는 이제 진실을 말하려 한다〉

수 희 뭐야, 자꾸…. (하고, 핸드폰 끄고, 자리에 앉으면)

민호, 소주와 라면을 끓여가지고 테이블로 오는,

민 호 라면과 소주. 침 넘어가지? (하고, 테이블에 술 쟁반을 내려놓으면)
수 희 (술병을 들고, 술 따라 한 잔 다 들이켜는)
민 호 (그 사이에 라면을 먹다가, 수희 보는) ?
수 희 (다시 소주를 따라 한 잔 마시는)
민 호 (걱정스런) 야….
수 희 (잔 내려놓으며, 웃음 띤) 끝! 이제 그만 마실 거야.
민 호 (보다가, 술 마시고, 수희의 여기저기 긁힌 손에 눈이 가는) 너 손이 왜 그래?
수 희 (손 보며) 맨날 용접에 절단에…. 늘 이래.
민 호 조용히 그냥 그림이나 그리면 안 돼? 애들 그림 과외하면 이런 험한 일도 안 할 수 있고,
수 희 (창가만 보며) 지금 이대로가 좋아. 땀 흘리고 일하고 돈 벌고, 밥 먹고, 고민하고, 일하고, 땀 흘리고 멋있잖아. 재밌고.
민 호 여자애가 너무 참 드세다.
수 희 남자 덕에 팔자 고치려는 울 엄마 같은 사람보다 낫잖아?
민 호 ….
수 희 (창가 보며, 짐짓 아무렇지 않은 척) 울 엄만 여잔 남자 잘 만나면 만사 오케이라고 생각하는 사람이야. 그래서 아빠 돌아가시고 지금까지 더, 더, 더, 괜찮은 남자를 찾아 헤매고 다니시지. 늘 이번이 마지막이라 그러면서. 수희야, 이번엔 진짜 대어야, 진짜 대박이야, 이번엔 정말 마지막이야….

민 호 (수희를 가만 보는)

수 희 내가 왜 그렇게 사냐고 물으면, 다 나 때문이래. 내가 엄마 팔아서, 미술 배우고, 밥 먹고…. 엄만 그 말이 나한테 얼마나 큰 상처 줄 아마 까맣게 모를 거야. (눈가 그렁해지는)

민 호 진짜 부모들도 정신 차려야 돼.

수 희 ?

민 호 자식들만 자기들 속 썩이는 줄 알지? 부모들도 만만찮어.

수 희 (어이없단 듯 웃고, 창가 보는) 민호야, 나는 사랑 같은 거 별로 안 믿는다. 우리 엄마 아빠, 어른들 반대한다고 도망쳐서 죽네 사네 하며 결혼하셨대. 그런데 나는 두 분이 싸운 기억밖에 안 나. 어려서 엄마한테 아빠가 왜 그렇게 싫어? 하니까, 돈을 못 벌어 그렇대.

민 호 (보는)

수 희 그때 알았어. 참 사랑이란 거 허약하구나. 돈에 흔들리고 잘해주지 않음 짜증나고, 별거 아니네.

민 호 …·.

수 희 (창가만 보며) 지안이랑 나랑도 그렇게 될까…. 나 가끔은 무섭다.

민 호 (제 잔만 만지작거리는) 사랑이 허약한 게 아니라, 사람 맘이 허약한 거야. 사랑은 아름다운 거야.

수 희 (서글프게 웃으며) 사랑이란 걸 마냥 아름답다고만 생각할 만큼 내가 어리질 않네요. (하고, 창가 보는)

민 호 (그런 수희 보는)

씬 39 펜션 앞, 일각.

민호, 서서 웃음 띤 채 전화하고 있는,

민호 모 (E) 밥은 잘 먹어?

민 호 (따뜻한 웃음 짓고) 그럼…. 당신은?

민호 모 (E) 잘 먹었어.

민 호 보고 싶었어.

씬 40 갤러리 안.

민호 모, 그림을 보며,

민호 모 지금은 아닌 것처럼 말하네?

씬 41 펜션 앞, 일각.

민 호 (괜히 발로 땅 차며) 지금 보고 싶다 그럼 달려가야 되는데, 형편이 안 되거든.
민호 모 (E) 집에 들어와.
민 호 싫어. 나 다 컸잖아. 혼자 살래.

씬 42 갤러리 안.

민호 모 (어렵게) 민호야. 아버지가, 너한테 많이 미안해해.

씬 43 펜션 앞, 일각.

민 호 (서글픈) 아버지가 왜? 엄마가 나한테 미안해해야지.

씬 44 갤러리 안.

민호 모 (맘 아픈) ?!

씬 45 펜션 앞, 일각.

민 호 엄마, 아버지랑 잘 살어, 안 그럼 엄마 미워할 거야. (하고, 전화 끊고, 주머니에서 상자 꺼내 열어보는)

인서트 – 브로치.

민 호 (답답한)

씬 46 갤러리 안 + 갤러리 밖.

민호 모, 갤러리에서 멍하니 서 있는데, 창가로 가면 주민, 그런 민호 모를 보다가, 차로 가서 타는.

씬 47 주민의 차 안.

기 사 사모님은 안 모시고 가세요, 사장님.
주 민 알아서 오겠지. 가.
기 사 (가고)
주 민 (창가 보며, 덤덤한)

씬 48 펜션 앞, 일각.

민호, 잠시 생각하다 안으로 들어가려는데, 전화 오고 받는,

민 호 네.
미 리 (E) 니가 사랑하는 수희 옆에서 보내는 밤이 어떠셈?
민 호 최미리냐?
미 리 (E) 잘 자셈. (하고, 끊는)
민 호 (씁쓸하게 웃으며) 참 안 속는다…. 그렇게 우기는데도… 안 속네. 영리한 최미리. (하고, 안으로 들어가는)

씬 49 펜션 거실.

텔레비전, 지직거리고 있는,
수희, 도면을 그리다 말고, 테이블에 엎드려 자는.
민호, 현관에서 들어오다가 텔레비전 보고, 자는 수희 보다가 텔레비전을 끄고, 수희 방에 들어가 이불을 가져다 덮어주며, 수희를 보는,

수희, 아무것도 모르고 자고,
민호, 그런 수희 얼굴을 내려보다가 머뭇대고 조심스레 수희의 입에 눈을 감고 입을 맞추는,
그리고, 입술을 떼는데,
수희, 눈을 뜨는(뭔가 싫은),
민호, 굳은 얼굴로 수희와 눈이 마주치는,
그렇게 말없이 서로를 보는 두 사람.

씬50 미리의 오피스텔 전경, 아침.

호 철 (E) 야, 코딱지, 지금이 대체 몇 신데, 여적 자냐, 넌?

씬51 미리의 오피스텔 안.

미리, 침대에서 누워 너무도 졸린 표정으로 호철을 보고,

호 철 (누워 있는, 미리를 보며) 에이고, 에이고…. 코딱지야‥ 에이고‥. (하고, 옷 벗어 던져놓고, 청소기를 틀고, 청소하는) 집은 돼지우리처럼 해놓고, 너 대체 잘하는 게 뭐 있냐? 내가 너 같은 걸 애인이라고, 에이고‥.
미 리 (일어나, 호철을 보는, 비몽사몽) 나, 지금 꿈꿔?
호 철 (청소하며) 일어나.
미 리 왜 왔어?
호 철 (보며) 그럼 그깟 일로 헤어져?

시간 경과.
호철, 밥을 떠서 미리에게 먹여주는,
미리, 기분이 좋은,

호 철 (한 수저 먹여주고, 다시 밥을 떠주며) 니가 먹지?
미 리 (고개 젓고, 손으로 반찬 가리키면)
호 철 (반찬 집어, 먹여주는) 니가 애냐, 임마?

미 리　너한테 비하면 애지.
호 철　너? 아주 이게 막가요.
미 리　(웃고)
호 철　반찬 뭐?
미 리　(또다시 반찬 가리키면)
호 철　(떠먹여주는)
미 리　(밥 먹으며, 기분 좋은) 화나서 안 오는 줄 알았어.
호 철　(보면)
미 리　근데 무서워서 전화 안 했어.
호 철　뭐가 무서? 너는 나 때려두 내가 너 때린 적 있냐?
미 리　(순간 눈가 그렁해) 쿨하지 못하게 징징대잖아, 내가. 그럼 미워하잖아.
호 철　(보는)
미 리　밥 줘.
호 철　(밥 먹여주는, 미안한) ….

씬 52　영어학원.

영숙, 미국인과 열심히 영어로 대화를 하는,
그러다 종 울리고, 강사, 인사하고 나가면, 혼자 거울 보며, 배운 영어를 하며 조금 조급하게 화장을 고치고 나가는.

씬 53　카페 안.

영숙, 남편(얼굴 보이지 않는)과 차 마시며 얘기하는.
남편, 얼굴은 보이지 않는다.

영 숙　(아주 밝게, 웃으며) 어머머머 김 교수님 정말 쪽팔렸겠다. 논문 베낀 걸 들켰으니 어떡해…. 깐깐하기가 하늘을 찌르는 사람인데 (웃으며) 웬일이니? 진짜 쪽팔렸겠다.
남 편　(찻잔 잡은 손만 보이고, 그 손 위로 건조한 목소리 들리는) 병원은 잘 다녀?
영 숙　(가볍게) 그럼. 하루도 안 빠지고, 일 분 일 초도 안 늦어. 병원에 전화해봐?

진짜지.

남 편 (차를 마시는 입만 보이는)

영 숙 통화 한번 해볼래? 내가 걸어줄게, 잠깐만. (하고, 핸드폰 열고 번호 찍는)

남 편 그만둬.

영 숙 그럴까…. (핸드폰 내려놓으며) 여보, 나 집에 가고 싶어.

남 편 6개월 동안 치료받은 이후에.

영 숙 (눈치 보며) 3개월?

남 편 끝난 얘기잖아. 당신 이러는 거 정말 싫어.

영 숙 (어색하게 웃으며) 알았어. 참 애들 옷 샀다. 한번 봐봐. (하고, 쇼핑백 꺼내 놓는)

남편의 핸드폰 울리는, 남편 전화 받는.

영 숙 (그런 남편을 탐색하듯 보는) ?

남 편 (전화기에 대고) 그래, 난 잘 있다. 잠깐만, 엄마 바꿔줄게. (하고, 핸드폰 주며) 미국, 은석이야.

영 숙 (감격한, 눈가 그렁해지며, 조심스레 전화 받으며, 영어로) 오, 내 아들, 엄마야. 너 엄마 보고 싶지? 엄마도 너 보고 싶었어, 밥은 잘 먹어? 잠은 잘 자니?

은 석 (E) 제발, 엄마.

영 숙 ?!

은 석 (E) 천박하게 혀 좀 그만 굴려요.

영 숙 (굳은 듯 멍한, 읊조리는) 천박………

씬 54 카페 밖, 주차장.

영숙, 차 안에서 안전벨트 매고, 바깥에 배웅하는 남편(얼굴은 보이지 않는) 에게 웃으며,

영 숙 지난밤 비 억수로 온 날, 자기 무지 보고 싶드라?

남 편 운전 조심해.

영 숙 늘 걱정해줘서 정말 고마워. 조심해서 갈게.

남 편 전화하지 마.

영 숙 어, 안 할게. 당신이 할 때까지 기다릴게.

남 편 가.

영 숙 어. (하고, 운전해 가는)

씬 55 달리는 영숙의 차 안.

영 숙 (눈가 붉은 채, 운전해 가는)

은 석 (E) 제발 엄마, 천박하게 혀 좀 그만 굴려요.

영 숙 영어공불 더 해야겠어. 그래, 은석이 말대로 내 발음이 너무 천박해. (하고, 영어회화 카세트를 트는)

씬 56 펜션, 민호의 방, 화장실 안.

민호, 세수를 하다가 문득 고개 들어 거울을 보고,

인서트 – 플래시백.
수희에게 입 맞추고 입술을 떼고, 눈이 마주치던 상황.

현실.
민호, 휴 하고 한숨을 쉬고, 시계를 보면, 2시다. 다시 거울 보고,

민 호 이왕 참은 거 좀 더 참지·· 미친놈···.

그때, 노크 소리 나는,

민 호 (놀라, 조금 큰 소리로) 어, 어!

수 희 (E) 문 열어도 돼?

민 호 어, 그래.

수 희 (문 열고, 민호 보며, 아무렇지 않게) 왜 이렇게 늦잠을 자? 밥 먹어. 나 일하러 간다. (하고, 문 닫고 나가는)

민 호　(답답한)

씬 57　돌 전시장.

수희, 자신이 만든 작품들을 배치하는,
한쪽으로 가면, 여러 아이들과 선생님(여러 곳에 흩어져 사생대회를 하는) 그리고 지수(선생님 한 사람이 휠체어를 끌어주는, 지수의 얼굴은 얼핏 보이거나 입이나 손이 보일 뿐 선명하게 보이진 않는다)가 수희의 일하는 양을 보고 있는,
수희, 일하다 뭔가 이상해, 지수를 보며 어색하게 웃으며,

수 희　저한테 무슨 볼일이라도.
지 수　아니요·· 그냥 일하시는 모습이 멋있어서··. 어려서 화가가 꿈이었거든요.
수 희　(어색한) 아, 네···. (그러다 한쪽에서 오는 민호를 보며) 왔어?
민 호　(그 말에 멈춰 서며) 어.

그때, 지수의 전화 오는, 지수, 받으며,

지 수　네.
호 철　(E) 지수냐? 호철이 오빠. 일 나가기 전에 생각나서 전화했다.
지 수　그랬구나, 잘했네. (휠체어 밀어주는 선생님에게) 김 선생님 가요.

지수와 선생님 가고,
수희, 가는 지수 보다가 민호에게,

수 희　커피 좀 사다줄래?
민 호　어. (하고, 가는)
수 희　(가는 민호를 무표정하게 보다, 일하는)

시간 경과.
수희, 민호 커피를 마시고 있는,

민 호 (컵만 만지는)

수 희 (커피 마시고)

민호, 수희 (동시에 말하는) 있잖아.

민 호 ·· 니가 먼저 말해.

수 희 그래, 내가 먼저 말할게. 어제 일·· 나는 괜찮아.

민 호 (수희 보는)

수 희 남자랑 그게 누구든 밤에 한 집에 무방비 상태로 있는 게 아닌데, 내 실수구나 했어.

민 호 수희야,

수 희 이런 상황에선 아무 말 안 하는 게 날걸. 미안하다고, 실수라고, 다신 그런 일 없다고, 그런 말밖엔 할 말이 없잖아.

민 호 ….

수 희 그냥 순간 그랬네, 하자. 어쩌겠어, 이미 그랬는데.

민 호 (커피 마시는)

수 희 지안이한텐 말하지 말자. 때론 솔직한 게 사람 잡잖아. 몰라도 될 일인데, 니 생각은 어때?

민 호 (두 손으로 얼굴 부비는, 답답한)

수 희 너만 어색한 거 아냐, 나도 어색해. (하고, 커피 마시는데)

인서트 – 회상(1부).

미 리 (수희 눈 빤히 보며) 민호가 너 좋아한다.

수 희 (웃음 띤, 가볍게) 너 아니고?

미 리 나는 왕년에, 지금은 너.

현실.
수희, 답답하게 차 마시는, 민호를 보는, 조금 걱정스런,
그때, 지안의 목소리 들리는.

지 안 분위기 좋다!

수희, 민호, 소리 난 쪽 보면,
지안, 문 쪽에 기대서서 손 흔드는,

씬 58 제주도, 바닷가.

수희와 지안 서로 닭싸움을 하며 즐거운,
민호, 한쪽에서 그런 두 사람을 편안하고 부럽게 보고 있는.

지 안 (닭싸움하며) 야, 웬만하며 져주라.
수 희 니가 져줘라.
지 안 무슨 여자가 지치질 않냐?
수 희 무슨 남자가 벌써 지치냐?

그렇게 장난하며 닭싸움을 하는,
민호, 핸드폰으로 그런 두 사람(지안이 중심으로) 사진을 찍는.
지안, 수희를 간신히 이기고 '이겼다!' 하고 손들면, 수희, 지안을 넘어뜨리고 '이겼다!' 하고 소리치는, 지안, 다시 수희를 넘어뜨리고, 그렇게 실랑이를 하는 두 사람 보이고, 그러다 수희, 지안 지쳐 바닷가에 그대로 눕는,

지 안 (하늘만 보며) 그만하자, 그만!
수 희 (하늘만 보며) 나도 그만하고 싶다. (하고, 숨을 고르며 무심결에 민호 쪽을 보는데)

민호, 수희 보다 눈 마주치고 어색하게 작게 웃고 물을 마시다 바다를 보는, 담담한 듯하지만 씁쓸하다.
수희, 다시 하늘 보며 뭔가 답답한.

씬 59 펜션, 수희의 방 안.

수희와 지안(수희 팔베개해준) 한 침대에 누워(평상복 차림) 사진을 보고 있는.

인서트–사진.

중년의 말끔한 부부가 외국의 휴양지에서 다정하게 찍은 사진이다.

수 희　니네 아버지랑 엄마는 볼수록 멋있어. (지안 보며) 두 분은 서로 뭐라고 불러?

지 안　여보, 그러지.

수 희　두 분 싸울 때는 어때?

지 안　말씀을 안 해. 각자 방에 들어가서.

수 희　넌 좋겠다. 그런 부모님 밑에서 자라고·· 부럽다.

지 안　엄마 만났구나? 또·· 다른 분 만나셨어?

수 희　(어색하게 웃으며) 어.

지 안　니가,

수 희　이해해, 어머니는 널 위해서…. 그런 말 듣기 싫어.

지 안　(웃으며, 수희 머리카락을 귀 뒤로 넘겨주고)

수 희　(사진 보며) 이거 나 주라.

지 안　그래.

그때, 노크 소리 나고,

지 안　어, 민호야, 들어와.

민 호　(문 열고, 수희 보고 조금 어색하게 말하는) 나, 잘라고.

수 희　(어색하게 민호 보고, 다시 사진 보는)

지 안　나두 자야지 돼, 같이 가자.

민 호　여기서 자.

지 안　(농담) 그러고 싶은데, 수희가 코를 골아서.

수 희　그래, 가서 자. 나 코 골고 이 갈고 불편할 거야.

지 안　잘 자. (하고, 수희 볼에 입 맞추는)

민 호　(두 사람 보고, 맘이 불편한, 나가는)

지 안　자.

수 희　(편하게 웃으며, 가는 지안을 보다가, 사진 보는)

씬60 펜션, 민호의 방 안.

지안, 민호 방에 앉아 맥주 마시며 얘기하는,

지 안 이번에 홍콩 파인건설하고 아버님 회사하고 합자해서 유럽 진출한다.
민 호 그 큰 회사랑 어떻게 합자까지 했어?
지 안 (웃으며) 그러게.
민 호 (웃으며, 지안의 머리를 헝클어뜨리며) 니가 했구나. 대단하다.
지 안 머리 만지지 마.
민 호 자식이, 형님이 좀 만지고 싶어서 만진다는데, 앙탈은? 니가 임마 내가 만지면 어쩔 건데…. (하고, 만지는)
지 안 뭐, 형님. 이게 나보다 생일도 두 달이나 늦는 게.
민 호 울 아버지가 호적을 잘못 쓴 거지, 임마, 나는 5월생이야.
지 안 말 되는 소릴 해, 그럼 왜 생일잔칠 9월에 하냐?
민 호 그거는…. 자식이…. 너 간만에 레슬링 한판 할래, 너?
지 안 좋아. 내가 이기면 너 이제부터 나보고 형님이라 불러?
민 호 내가 이기면 너는 이제부터 나보고 형형형님이라 불러, 자식아.

민호, 지안 서로 레슬링을 하는, 처음에는 제법 폼을 갖추다가, 거의 막무가내 싸움을 하는, 둘 다 너무도 즐거운.

씬61 회상.

1, 고등학교, 뒷담.
민호, 상윤과 친구들에게 둘러싸여 피 터지게 맞고, 또 일어나고 맞으면 또 일어나는, 친구들 '이 자식이, 엎어져 있지, 끝까지 일어나네' 하고 민호, 맞아도 웃으며 '더 때려, 더 때려' 하는.

2, 학교 화장실.
민호, 피 터진 얼굴로 소변을 보면,
지안, 옆에서 민호에게 말 거는.

지 안 전학생.

민 호 (날카롭게 보면) ?!

지 안 그렇게 해선 절대 못 이겨. 수업시간에 선생 보는 앞에서 그 자식 책상을 박살 내버려. 일 커지니까, 애는 치지 말고 성깔만 대차게 보여. (하고, 나가는)

민 호 ?

씬 62 펜션, 민호의 방 안.

재밌게 갖은 기술을 써가며 레슬링을 하는 두 사람.

씬 63 회상 - 교실.

선생님, 칠판에 판서하고 있는데,
상윤, 민호에게 껌을 씹어서 뱉고, 민호, 보면, 다시 껌을 씹어서 뱉는.
지안, 그런 두 사람을 보는.
민호, 지안과 눈이 마주치고,
상윤, 다시 껌을 씹어서 뱉으면,
민호, 벌떡 일어나 상윤의 책상을 들어, 바닥에 내팽개치는,
그리고, 그 책상을 발로 차고, 다시 들어 박살을 내는,
선생님, 친구들 놀라고,
지안, 작게 웃고,

씬 64 펜션, 민호의 방 안.

지안, 자고 있고,
민호, 침대맡에 앉아 지안의 얼굴을 멀멀하게 보는.

씬 65 회상 - 교무실 복도.

민호, 교무실에서 나오며, 한쪽에 서 있는 지안 보며, 손으로 제 목을 치는 시늉을 하며,

민 호 무조건, 퇴학!

지 안 ?

민 호 (웃으며, 지안의 어깨에 팔 두르며, 걸어가며) 괜찮아, 검정고시 치면 돼, 니가 도와주라?

지 안 (작게 웃으며) 자식…..

민 호 (걸어가며) 울 엄마한테 니네 부모님 캐나다 교환교수로 계셔서 너 혼자 서울서 하숙한다니까, 우리 집에 들어오래.

지 안 생각해봐서.

씬 66 달리는 택시 안, 낮.

지안, 수희 뒷좌석에 앉아 다정하게 얘기하며 가고 있고,
민호, 앞만 보며 가는.

씬 67 회상.

1, 검정고시 학원 밖.
민호, 뛰어나와 가는,

2, 학교 앞.
민호, 뛰듯이 걸어오다 문득 멈춰 서는,
지안, 나오는 것 보이는.
민호, '지안아' 하고 반갑게 손 흔들려다가, 상윤이 '지안아!' 하는 소리를 듣는, 민호, 멈춰 서서 보면,
상윤, 지안에게 뛰어와 반갑게 엉기는 걸 보고는, 민호 순간 한쪽으로 숨는,

상 윤 민호 자식은 우리가 짜고 고스톱 친 거 모르지?

지 안 알면 되냐?

상 윤 니 말이면 하느님 하지?

지 안 (윙크하고, 웃으며) 완전 내 따까리지.

상 윤 (지안의 머리를 헝클어뜨리며) 추카, 추카, 추카!

민 호 (얼굴이 굳는, 멍한) ……… .

씬 68 비행기 안.

수희, 지안 서로 기대 잠을 자는,
민호, 그런 지안과 수희를 보는,
민호, 서글프게 웃으며 그 두 사람 보며 콜라를 마시는 데서 엔딩.

나 흔들려,
어떡해야 되니?

3부

Goodbye Solo

Goodbye Solo

씬 1　회상(2부 연결).

1, 검정고시 학원 밖, 낮.
민호, 뛰어나와 가는,

2, 학교 앞.
민호, 뛰듯이 걸어오다 문득 멈춰 서는,
지안, 나오는 것 보이는.
민호, '지안아' 하고 반갑게 손 흔들려다가, 또 다른 '지안아' 하는 소리에 소리 난 쪽 보면, 상윤, '지안아!' 하며 지안에게 뛰어와 반갑게 엉기는 걸 보고는, 순간 한쪽으로 숨는,

상 윤　민호 자식은 우리가 짜고 고스톱 친 거 모르지?
지 안　알면 되냐?
상 윤　니 말이면 하느님 하지?
지 안　(윙크하고, 웃으며) 완전 내 따까리지.

씬2 비행기 안, 낮.

수희, 지안 서로 기대 잠을 자는,
민호, 그런 지안과 수희를 보는,
민호, 슬프게 웃으며 그 두 사람 보며 콜라를 마시고 창가를 보는.

씬3 공항 주차장, 지안의 차 안, 밤.

지안(운전석), 수희(조수석) 앉아 있고, 민호, 차 밖에 서 있는,

지 안 (민호에게) 정말 같이 안 가?
민 호 지하철 타면 한 번인데, 지하철 탈래. 너두 피곤할 텐데, 그냥 가. 참. (하고는, 주머니에서 상자를 꺼내 지안에게 주며) 울 엄마 담주에 생일이잖아, 좀 전해줘.
지 안 (조금 머뭇대다 받으며) 니가… 전해주지.
수 희 (어색하게 두 사람 아닌 곳 보고 있는)
민 호 (서글프게 웃고, 고개 젓고) 가라, 어서.
지 안 썬셋호텔 7시야. 맘 변하면 와.
민 호 가.
수 희 (지안에게) 가자.
지 안 (민호에게) 그래, 그럼 또 보자. 비 올 거 같으니까, 빨리 가라.
민 호 어. (하고, 차에서 물러서면)

지안의 차 떠나는,

민 호 (그런 차를 보다가 돌아서는)

씬4 지안의 차 안.

수희, 백미러로 돌아서서 가는 민호를 보는, 착잡한,

지 안 민호랑 좀 친해진 거 같드라.

수 희 (조금 당황해 지안 보는) 어?

지 안 (운전만 하며, 편안하게) 다행이야, 둘이 친해져서.

수 희 어…. (창가 보며, 생각 많은)

씬5 민호의 옥탑방, 비 오는 밤, 전경.

씬6 민호의 방 안.

핸드폰으로 찍은 사진 인화해서 방 안 빨랫줄에 집게로 붙여놨다.
대부분 미리의 사진이거나 지안의 웃는 모습이다.
민호, 컴퓨터에서 수희와 지안의 웃는 모습을 찍은 사진을 보다가, 화면에서 수희의 웃는 모습이나 손, 수희와 관계된 부분을 빠르게 편집하는.

씬7 회상 - 2부, 제주도, 호텔 야외무대.

수 희 그래, 내가 먼저 말할게. 어제 일·· 나는 괜찮아.

민 호 (수희 보는)

수 희 남자랑 그게 누구든 밤에 한 집에 무방비 상태로 있는 게 아닌데, 내 실수구나 했어.

민 호 수희야,

수 희 이런 상황에선 아무 말 안 하는 게 날걸. 미안하다고, 실수라고, 다신 그런 일 없다고, 그런 말밖엔 할 말이 없잖아.

씬8 민호의 방 안.

민호, 컴퓨터의 인화지 인쇄 버튼을 누르는,
이내, 인화돼서 나오는 수희의 모습들.

씬9 회상 - 제주도, 호텔 야외무대.

수 희 그냥 순간 그랬네, 하자. 어쩌겠어, 이미 그랬는데.

민 호 (커피 마시는)

수 희 지안이한텐 말하지 말자. 때론 솔직한 게 사람 잡잖아. 몰라도 될 일인데, 니 생각은 어때?

민 호 (두 손으로 얼굴 부비는, 답답한)

수 희 너만 어색한 거 아냐, 나도 어색해. (하고, 커피 마시는데)

씬10 민호의 방 안.

민호, 수희의 사진을 방 안의 빨랫줄에 거는,
지안의 사진에는 〈내 친구 지안〉, 〈내가 가장 사랑하는 사람, 지안〉, 〈웃는 지안〉, 〈말 없는 지안〉, 〈착한 지안〉 등이 쓰여 있다.

씬11 회상 - 지하철 계단.

지안과 햄버거를 먹으며 민호, 신나서 조금 급한 걸음으로(거의 조금은 뛰듯) 말하고 있는.

민 호 웃기지 마, 자식아, 그때 너 나 아니었음 죽었어, 자식아! 술 먹은 건달들 오니까 쫄아가지고,

지 안 쫄긴 누가 쫄아, 식은땀은 지가 흘렸으면서,

민 호 내가 무슨 식은땀을 흘려, 형님 그게 저희는… 하면서 먼저 꼬리 내린 게 누군데?

그때, 민호, 맹인부부와 부딪히고,
맹인부부, 들고 있던 가방(안에 온통 이쑤시개가 든)과 지팡이를 놓친,

민 호 죄송합니다, 죄송합니다. (하고, 흩어진 이쑤시개들을 주으며, 혼잣말처럼 구시렁) 아씨, 왜 사람 가는 길을 가로막냐?

지 안 (민호 옆의 지팡이를 집으며, 단호한) 김민호,

민 호 ?

지 안 니 실수야.

민 호 (지안 보며) ?!

지 안 (맹인부부 손에 지팡이를 쥐어주며, 맘 아픈) 죄송합니다. 조금만 기다리세요. (하고, 멀리 떨어져 있는 물품들을 주섬주섬 줍는)

민 호 (물품 주으며, 지안을 물끄러미 보는)

씬 12 회상 - 전철 안(같은 날).

민호, 지안 앉아 있는,

민 호 (지안 보며) 미안하다고만 하면 되지, 그 이쑤시갤 뭐 하러 다 사냐?

지 안 (편안히 앞만 보고) 두고두고… 나 혼자 쓸라고.

씬 13 민호의 방 안.

민호, 책상 앞 의자에 앉아 비 오는 창가 보며 지안을 생각하는.

씬 14 수희의 작업실 안.

수희, 미리의 그림을 그리는.

씬 15 회상.

제주도에서 신나게 웃던 민호, 플래시백.

씬 16 수희의 작업실 안.

수희, 일에 열중하는.

씬 17 회상.

바닷가에서 교차하던 수희와 민호의 눈빛.

씬 18 수희의 작업실 안.

수희, 연필을 놓고, 한숨 쉬고, 민호를 생각하는, 착잡하다.

씬 19 오피스텔 전경, 희뿌연 새벽.

영숙의 시끄러운 노랫소리 들리는, 초인종 소리, 문 두드리는 소리 나는,

씬 20 영숙의 오피스텔 안.

영숙(잠옷 차림), 노래방기기를 틀어놓고 슬픈 뽕짝을 혼자 심취해 부르는. 신춘문예 당선 상패, 골프 트로피, 외국에서 받은 석사 수료증, 명우대학 국문과 졸업장, 졸업식 때 학사모를 쓰고 찍은 사진 보여지는.
초인종 소리 들리지만, 영숙, 아랑곳없는.

씬 21 영숙의 오피스텔 밖.

사람들, 여럿 자다 만 얼굴로 짜증 나는 얼굴로 '정말 너무하네, 사람이 없나' 등등 말하며 서 있고,
아줌마, 초인종을 누르고, 문을 쾅쾅 두드리는,
미리, 자다 깬 얼굴로 화난 얼굴로 서 있는,

아줌마 (계속 초인종 누르며) 여보세요! 여보세요! 사람들 잠도 못 자게 이게 무슨 경우예요, 여보세요!

그때, 민호 운동 갔다가 약수 떠서 오다가 그 광경 보고, 한쪽에 있는 미리 보고,

민 호　(미리 보고) 미리야, 무슨 일이야?
미 리　귀 먹었니? 소리 안 들려?

그때, 음악 끊기고,
민호, 미리, 조금 놀라는데, 문 열리는,

영 숙　(담담하게) 조용하죠. 가세요. (하고, 문 닫는)
미 리　(어이없는, 화난) 저 여자, 저거저거 또라이 아냐?

씬 22　미리의 오피스텔 안.

민호, 소파에서 샤워한 모습으로 수건으로 머릴 털고 있고,
미리, 커피를 내리고 있는,

미 리　새벽 4시부터 노래 소리가 들리더라구. 첨엔 엔간히 하다가 그치겠지 했지, 근데 웬걸 지금까지 두 시간을 넘게 주구리줄창…. 동네가 떠나가라, 꼴에 또 모르는 노래는 없어요. 발라드에 댄스에, 뽕짝에, 그렇게 사람들 정신을 쏙 빼놓고, 아까 그 여자 하는 말, 너두 들었지? 조용하죠, 가세요. 완전 또라이야, 또라이. 살다살다 진짜 별 미친 여잘 다 봐, 내가. (하다가, 민호 보며) 야, 근데 넌 니 집이 코앞인데 니네 집에 가서 씻지 왜 여기서 씻어?
민 호　(수건으로 머리 말리며) 우리 집은 더운물이 잘 안 나오잖아.
미 리　어쭈구리구리구리…. (수건 뺏으며) 이거 아저씨 거야, 니가 왜 써!
민 호　(담담한) 좀 쓰면 안 되냐?
미 리　안 돼. (하고, 다시 주방으로 가는)
민 호　에우…. (하고, 소파에 눕는, 천장 보는)
미 리　(커피 따르며) 커피 줄까?
민 호　(천장만 보며) 아니.
미 리　(커피 마시며, 민호 앞에 앉아 민호 보며) 참 수희랑 둘이 제주도 가서 어땠는지 안 물어봤네, 좋았어?
민 호　(천장만 보며, 건성으로 담담하게) 어.
미 리　나빴어?

민호 어.

미리 별로였어?

민호 어.

미리 그따위로 건성건성 대답할래?

민호 (보는)

미리 내가 널 모를 줄 알어? 너 수희 첨 볼 때부터 좋아했잖아? 아니라고 할래? 그런데, 왜 니네 집 책상 서랍에 온통 걔 사진이야.

민호 ?

미리 (눈빛 안 피하고) 훔쳐봤다, 경찰에 신고할람 해.

민호 (한숨 쉬고, 천장 보는)

미리 (민호 안쓰러운) 너 그러다 속 터져 죽는다.

민호 (천장만 보면) 내 일이야.

미리 내 친구 일이야. 니가 속상함 나두 속상해. 울 아버지 청소하다 트럭에 쳤을 때,

민호 (천장만 바라보며, 담담하게) 내가 널 도울 수 있게 해줘서 고마웠어.

미리 (보면)

민호 (천장만 보며) 니가 호철이 형 사랑한다고 그래서 나보고 그만 만나자고 했을 때, 양다리 걸쳐서 나 우습게 안 만들고 그렇게 솔직히 말해준 것도 고맙고, 내가 친구로라도 보자고 했을 때, 그러자고 해준 것도 고맙고, 수희 일 알면서도 지금껏 아는 내색 안 해준 것도 고마워. 그런데 한 번만 더 도와줘, 미리야. (미리 보며) 지금은 나 좀 냅둬주라.

미리 (보며, 커피 마시고, 다시 보고) … (담백하게) 커피가 맛있다, 한잔 먹어?

민호 (편히 웃고) 그래. 참, 오늘 니 차 좀 빌리자.

미리 왜?

민호 (보는) ….

미리 묻지 말아라…. 알았어. (하고, 일어나는데)

그때, 초인종 소리 나는.

민호 ?

미리 누구야. (하고, 커피잔 놓고, 나가는) 누구세요?

문 열면, 영숙 서 있는,

미리 ?
영숙 이 동네 맛있는 밥집 좀 알켜줘요.
미리 (황당한, 뭐야 하는 표정)

씬 23 미영의 가게 방 안.

미영, 세수를 한 얼굴로 들어와 이불을 개고,
담담하게 한쪽에 쳐진 병풍을 접으면, 다락방 같은 것 나타나는, 미영, 주머니에서 열쇠를 꺼내 다락방 문에 매달린 자물쇠를 여는, 다락방 문 열고, 한쪽에 놓인 의자에 올라가 다락방으로 들어가는.

씬 24 미영의 다락방 안.

미영, 스탠드를 켜고, 한쪽에 있는 금고를 여는,
금고 안에 많은 현찰(천 원, 오천 원, 만 원권이 차곡차곡 많이 쌓여 있는)과 수표, 보험증서들이 보이는,
미영, 금고 안에 넣어둔 다리미와 다리미판을 꺼내고 돈을 한 장 한 장 다림질하는, 편안한 표정이다,

영숙 (E) 장사 안 해요! 사람 없어요!
미영 (일만 하는)

씬 25 미영의 가게 안.

손님 두어 명, 한쪽에서 국밥 먹는,
영숙, 밥을 다 먹고, 물을 마시고 있는,
미영, 다른 쪽 테이블에 앉아 영숙을 물끄러미 보는,

영숙 (물잔 내려놓으며, 미영 안 보고) 음식을 잘하네, (미영 보고) 여기 배달도 돼요?

미영　(보는)
영숙　(미영 보며) 여기 배달도 되냐구요?
미영　(메모판에 적는)

인서트 – 메모판.
〈안대요〉

영숙　말 못해요?
미영　(고개 끄덕이는)
영숙　듣는 건?
미영　(고개 젓는)
영숙　그럼 내 말은 어떻게 들어요?
미영　(손가락(봉숭아물 들인)으로 입술을 가리키는)
영숙　아, 말하는 사람 입술을 읽는구나…. (하고, 미영 앞자리로 가서 미영의 손을 잡는)
미영　?
영숙　(추억에 젖는 듯, 미영의 손을 보며) 봉숭아물을 들이셨네. 이쁘다.
미영　(영숙 툭 치고)
영숙　(보면)
미영　(손짓으로 기다리라고 하고, 일어나 주방으로 가는)
영숙　?!

시간 경과.
미영, 영숙의 새끼손가락에 봉숭아물을 들여주는,

영숙　아, 봉숭알 냉동실에 두면 겨울에도 봉숭아물을 들일 수 있구나. 몰랐네.
미영　(열심히 무명실로 싸매주는)
영숙　(그런 미영을 가만 보는, 엄마 생각을 하는 듯 그리운) 울 엄마도 봉숭아물 좋아했는데….

그때, 민호와 미리 들어오는,

민 호 할머니!

영숙, 소리 난 쪽 보면,
민호, 미리 들어오다 영숙 보고,

미 리 (짜증스런, 혼잣말) 짱나네. (하고, 자리에 앉아, 자길 보는 미영에게) 할머니 된장, 둘!

미 영 (자리 떠서 주방으로 가고)

민 호 (물잔을 두 개 들고, 미리 자리로 가서 앉으며, 미리에게) 신경 쓰지 마. (하고, 물 마시는)

영 숙 (두 사람 보며) 거기 두 사람.

민호, 미리 (물 마시다, 영숙 보는)

영 숙 이름 뭐야? 이웃사촌끼리 이름은 알아야지.

민 호 (얼결에) 저는 김민호고, 얘는 최미리,

미 리 야!

민 호 (미리 보면)

미 리 누가 너보고 모르는 사람한테 내 이름 함부로 가르쳐주래.

영 숙 둘은 친구 사인가봐?

미 리 말하고 싶지 않거든,

영 숙 (말꼬리 자르며) 오늘 밤 우리 집에서 집들이 파티할 건데 두 사람 올래?

민호, 미리 ?

영 숙 중국요리 주문할 건데, 미라클호텔 중식부가 우리나라에서 젤로 잘나가는 덴데, 송이 전복 요리가 아주 훌륭,

미 리 (말꼬리 자르며) 아줌마.

영 숙 (보며, 밝게) 언니라고 불러도 좋을 거 같은데, 난?

미 리 됐거든요. 잘나가는 교수 남편에 애들까지 있다며, 그 가족들이나 불러서 같이 드세요. 그리고 부탁인데요, 저 아줌마랑 별로 말 주고받고 싶지 않거든요. 그러니까 말 좀 시키지 말아주,

영 숙 (말꼬리 끊으며) 너 참 말 많다, 그냥 싫다 그럼 될걸. (하고, 나가는)

민 호 (가는 영숙 보고, 작게 웃고, 미리 보며) 케이오 패?

미 리 (손바닥 들고, 한숨 푹 쉬며, 담백하게) 인정!

씬 26 영숙의 오피스텔 안.

영숙, 거실에 큰 탁자 놓고, 흰 천을 깔고, 촛대를 놓는.

씬 27 호텔, 레스토랑, 밤.

주민, 민호 모(민호 준 브로치를 한), 민재, 민재 처, 지안 밥을 먹는,

주 민 외과의사 공부 다시 해.

민 재 못 해요.

주 민 (먹으며, 민재 안 보고) 머리 좋은데 왜 다시 공부를 못 해. 내가 돈은 다 대주겠다는데….

민 재 (먹기만 하고)

민재 처, 지안 (눈치 보고)

민호 모 (먹기만 하는)

주 민 나쁜 놈의 자식. 의사 한다고 해서 기분 째져 있었더니 애비 몰래 신경정신과? 정신 빠진 놈. 한 놈은 고등학교도 검정고시로 나와, 삼류대학에나 들어가고, 한 놈은 천하에 쓰잘데기 없는 의사질을 하고,

민 재 아버지만 신경정신과가 우습죠. 다른 사람은 안 그래요.

주 민 지금 애비 무식하단 말을 하는 거냐, 너?

지안, 민재 처 모두 난감한,

민 재 (먹으며) 지안아. (고기를 자르며) 여기 음식이 맛있다, 많이 먹어라.

주 민 나쁜 놈의 자식. (들고 있던 나이프와 포크를 탁 소리 나게 놓고, 나가는)

지안, 민재 처 아버님. (하고, 나가고)

민 재 (음식 먹으며, 민호 모를 원망스레 보는)

민호 모 (음식을 무표정하게 먹는)

씬 28 달리는 미리의 차, 전경.

씬 29 달리는 미리의 차 안.

민호, 신중하게 앞만 보며 스피커폰으로 지안과 전화를 하고 있는,

지 안 (E) 수희 핸드폰이 밧데리가 다 됐는지, 전화를 해도 안 받아. 니가 수희한테 좀 가주라. 아버님 혼자 두고 갈 수가 없어서 그래.

인서트 – 앞차의 달리는 뒷모습.

민 호 (앞만(민호 모의 차를) 보는) 지금 못 가는데….

씬 30 주민의 집, 마당 + 집 안.

주민, 낙엽을 쓸어 모으는, 한쪽에 낙엽이 타고 있는,
카메라, 이동하면, 주민이 보이는 집 안쪽에 서서 지안 전화 받고 있는,

지 안 부탁한다. 8시에 만나기로 했으니까, 지금 바로,
민 호 (E) 알겠어, 갈게. 끊어. (하고, 끊는)
지 안 (전화 끊고, 한쪽에 놓인 찻잔 두 개 들고, 밖으로 나가는)

씬 31 주민의 집 마당.

주민, 지안이 주는 차를 마시는,
지안, 주민이 마시는 것 보고 차를 마시는,

주 민 (안 보고) 내가 오늘 또 욱하고 괜히 성질 핀 거지?
지 안 (보면)
주 민 울 아버지 밥상머리에서 화내시는 거 진짜 보기 싫어했는데, 내가 그걸 고대로 닮네. 나이 들면 성질도 죽어야 하는데…. (찻잔 한쪽 테이블에 놓고, 비질하는)
지 안 (주민 안쓰레 보는)

씬 32 달리는 민호 모의 차 안.

민호 모, 혼자 운전해 가는.
그때, 미리의 차(민호가 타고 있는) 그 옆을 스쳐 지나가는.
민호 모, 가는 민호의 차 보고, 웃고,

씬 33 달리는 미리의 차 안.

민호, 룸미러로 민호 모의 차를 보는,
그때, 핸즈프리의 핸드폰 울리고,

민 호 (핸드폰 보고, 스피커폰 누르는)
민호 모 (E) 언제부터 미행 중이야.
민 호 (웃으며) 들켰네.
민호 모 (E) 호텔부터야?
민 호 어.
민호 모 (E) 얼굴 보자, 차 세울까?
민 호 싫어. 이제 들켰으니까, 갈래, 재미없어.

씬 34 달리는 민호 모의 차 안.

민호 모, 스피커폰으로 말하고 있는,

민호 모 브로치 이쁘드라.
민 호 (E) 내가 보는 눈이 있잖아.
민호 모 얼굴 좀 보자.
민 호 (E) 다음 달에 또 이렇게 뜬금없이 봐요. 끊어. (하고, 끊기는 소리)
민호 모 (앞을 보면)
미리의 차, 깜빡이를 두어 번 켜고 내달리는 모습 보이는,
민호 모, 막막하게 서글픈 웃음 짓고, 그 모습 보는.

씬 35 유료 주차장.

민호, 차를 몰아서 세우고, 나가는.

씬 36 카페로 가는 길.

민호, 가다가 뭔가 이상해 멈춰 서서 레코드점 쪽을 보면,
수희, 레코드점에서 음악을 들으며 시디를 구경하고 있는,
민호, 그런 수희를 물끄러미 이쁘게 보고 작게 웃고는,
잠시 민호, 수희를 그렇게 보다가, 웃음 가신 얼굴로 들어가는.

씬 37 레코드점 안.

수희, 시디를 보고 있는,
민호, 툭 치고, 나가는,
수희, 순간 놀라 가는 민호 보는.

씬 38 레코드점 밖.

민호, 서 있는,
수희, 나와,

수 희 니가 어쩐 일이야?
민 호 (굳은 채) 넌 저 카페에서 지안이 만나기로 했음 거기서 기다리고 있어야지, 왜 여깄어?
수 희 만날 시간이 지나서 일이 있나보다 했지.
민 호 핸드폰은 왜 안 받어?
수 희 전원을 껐는데, 몰랐어.
민 호 (답답한) 지안이가 괜한 걱정을 했네. 넌 이렇게 혼자서도 잘 노는데. 이제 내 임무는 끝났으니까 갈게. (하고, 돌아서는데)
수 희 나 미리한테 가야 돼.

민 호 (보면)

수 희 미리 그림 완성했는데, 보여주기로 했거든.

민 호 따라와, 차 저쪽 주차장에 있어. (하고, 가는)

수 희 (가는 민호 보다가, 어색하게 따라가는)

씬39 달리는 차 안.

민호, 수희 어색하게 가는,

수 희 (창가 보다가, 민호 보고, 다시 창가 보다가, 민호 보며, 어색하게) 어디 갔다 … 오는 길이야?

민 호 (앞만 보며) 엄마 만나고 왔어.

수 희 엄마? 만나? 지안이한테 잘 안 만난다고 들었는데….

민 호 (앞만 보며, 혼잣말) … 길이 잘 뚫리네.

수 희 (어색한, 창가 보는데)

인서트 – 제주도, 펜션.
민호, 수희에게 입 맞추던, 모습.

수 희 (길게, 자기도 모르게) 휴……… .

민 호 (보면)

수 희 (어색한) 차 안이 더워. (하고, 차 문을 내리고, 등받이에 기대 창밖 보는)

민 호 (그런 수희 보다가, 앞만 보고 가는)

수 희 (창가만 보는, 어색하고 답답한)

씬40 미리의 오피스텔 안.

호철, 소파에 앉아 굳어서 조금은 짜증 난 표정으로 앉아 있고,
민호, 소파에 앉아 그런 호철의 눈치를 보며 있는,
식탁에서, 미리, 수희가 그린 그림(미리의 반 누드)을 보고 있다.
수희, 밥을 먹고 있고,

밖에서 음악소리와 시끌벅적한 소리(은석의 '엄마, 우유 어딨어' 하는 소리, 영숙의 '냉장고 찾아봐' 하는 소리, 파티를 하는지, '술이 좋네', '유럽여행 때 구한 거예요' 하는 어른들의 말소리, 웃음소리가 요란하다) 들리는,

미 리 (그림 보며) 수희야, 너무 이뻐.

수 희 (밥 먹으며) ?

미 리 (조금 큰 소리로) 이 그림 너무 이쁘다구? 야, 그러지 말고 우리 카페 손님들도 좀 그려주라. 액자 만들어서 전시하면 좋을 거 같은데?

수 희 데생 전문 아냐.

미 리 전문이 뭐 따로 있냐, 그리면 되지. 선금 줄게, 해주라, 어? 어?

수 희 (생각하는)

미 리 (애원조) 선금 줄게… 선금 줄게….

수 희 … 고민해볼게.

미 리 진짜다! (하고, 그림을 조금 떨어진 호철에게 보이며) 아저씨, 이거 나다.

호 철 뭐라 그래?

미 리 이 그림이 나라구.

호 철 (민호에게) 쟤 뭐래냐?

민 호 (고개 젓는)

미 리 (짜증 나게) 아, 정말 이 여자 미쳤나봐! 이 밤에 왜 이렇게 시끄럽게 난리야, 난리가!

수 희 (물 마시며, 무심히) 파티하나보다.

미 리 나 도저히 더는 못 참아! (하고, 나가려 하면)

호 철 놔둬.

미 리 뭘 놔둬?!

호 철 니가 임마 가족들 불러, 저 여자보고 신나게 놀랬다며? 그래서 노는데 왜 가서 시빌 붙을라 그래?

미 리 (버럭) 내가 놀라 그랬지, 시끄럽게 하라 그랬어?!

호 철 (버럭) 니 목소리가 더 시끄러, 자식아!

민호, 수희 (두 사람 보고, 답답하고, 걱정스런)

미 리 ?

호 철 너 왜 언제나 니 맘대로야! 오늘도 친구들 부를 거면 날 왜 불러?!

수희, 민호 (난감한) ….

미 리 내 친구들 보는 게 그렇게 싫어?

호 철 그래, 싫어!

미 리 (어이없고, 속상한) 내가 그림자랑 사귀냐? 내 친구들한테 내 애인 자랑 좀 하고 싶어서 부른 게 그렇게 큰 죄냐?

호 철 내가 싫댔잖아, 자식아!

미 리 그럼 가라.

호 철 가라면 못 갈 거 같냐. (하고, 나가는)

민 호 형! 형! (하다가, 미리 보며) 진짜 잘났다, 너.

미 리 저 인간 성격이 이상한 거지, 내 성격이 이상한 거냐?

민 호 끝까지, 끝까지…. 에우, 나, 집에 간다. (하고, 차 키 놓고 가는)

수 희 (미리에게, 달래듯) 미리야, 아저씨 가서 잡어. 그리고 사과해. 말없이 친구들 부른 거 미안하다고 하고, 어?

미 리 사괄 내가 왜 해! 내가 뭘 잘못했는데!

수 희 (답답한, 한숨 쉬고 가방 드는)

미 리 뭐야, 너두 가게?

수 희 아저씨한테 전화해서 오라 그래. 갈게. (하고, 나가는)

미 리 (답답한, 한숨 쉬고) 휴……. 앞집 여자 하나 땜에 이게 뭐야, 내가 진짜 오늘 저 여자 가만 안 둔다. (하고, 나가는)

씬 41 영숙의 오피스텔 앞.

미리, 자기 집 현관문 열고 나와 영숙의 집 문을 두드리며,

미 리 여보세요! 여보세요! 여보세요! (하다가, 문고릴 잡는데, 문이 열리는) 이런 문이 열렸네. (안을 빼꼼히 들여다보는)

씬 42 영숙의 오피스텔, 현관.

미리, 빼꼼히 고개만 디밀고 보는, 의아한,

미 리 뭐야? 말소린 들리는데, 신발이 하나도 없네. (하고, 들어와, 중문을 열며, 조심스레) 여보세요….

씬 43 영숙의 오피스텔 안, 어두운.

미리, 들어서서 방 안 풍경 보고 멍한.
카메라, 실내를 비추면,
어두컴컴한 실내에 거대한 스크린 쳐져 있고, 영숙이 친구들과 가족들과 즐겁게 파티하는 장면이 스크린 가득하다,
손도 안 댄 음식 거실 중앙에 놓여 있고,
영숙, 소파에 앉아 와인을 마시며 옛 생각을 하는 듯한 시선으로 스크린을 보며 서글프게 웃고 있는,
미리, 멍하니 그 광경을 보는.
F. O.

씬 44 민호의 옥탑방 앞 + 거리, 아침.

민호와 미리 나오며,

미 리 (E) 밥 먹자, 빨리 나와.
민 호 그래서 어제 어떻게 했어?
미 리 (계단 내려가며) 어떻게 하긴, 말할 분위기 전혀 아니라, 머뭇거리다 그냥 나왔지.
민 호 그럼 그 아줌만 니가 집에 들어갔던 것도 모르는 거야?
미 리 (집 앞까지 다 내려와 멈춰 서서, 민호 보고) 아니, 내가 나가는데 안녕 그러드라.
민 호 (답답한, 미리 보며) 너 각오해라, 그 아줌마가 가택침입죄로 고소해도 너 말 못해.
미 리 가택침입죄? 하라 그래라! 그럼 난 고성방가로 맞고소할 거니까.

그때, 두 사람 모습 위로, 영숙 목소리 들리는.

영 숙　안녕!

미리, 민호 놀라 소리 난 쪽 보면,

영 숙　(미영 가게 쪽에서 나오며, 미리 보고, 웃으며) 아침 먹으러 가나보네?

미 리　(어색한) 아, 네….

영 숙　어제 시끄럽게 해서 미안했어.

미 리　(어색하고, 버벅대는) 뭐, 사, 살다보면 그, 그럴 수도 있‥긴 하지만, (민호 보며, 작게) 말 좀 해라.

민 호　(영숙에게) 죄송해요. 어제 저희도 여러 사람이 모였는데, 앞집이 너무 시끄러우니까, 방해가 돼서, 그래서 미리가,

영 숙　미리 잘못 아냐, 내 잘못이지.

미 리　?!

영 숙　(미리 보며, 편하게) 사과 받아줄 거지?

미 리　(어색한) 그, 그럼요.

영 숙　그럼 오늘 밤 우리 집에서 화해하는 기념으로 와인파티 어때?

미 리　(영숙 보다가, 마지못해) 파티요?

민 호　초대해주심 고맙죠.

미 리　?!

영 숙　(웃으며) 고마워, 친구가 고팠는데 초대에 흔쾌히 응해줘서‥. 그럼 밤에 봐. (하고, 가는)

미 리　(가는 영숙을 보다, 민호에게) 야, 나 저 여자랑 말 주고받기 싫어! 가기 싫다고!

민 호　(미리 어깨에 팔 두르며, 미영의 가게 쪽으로 끌고 가며) 그냥 가자. 앞집 사람이랑 내내 불편하게, 카페 단골손님이기도 한데, 그냥 가자, 어, 가자.

미 리　싫어, 나는 싫다구! 뭔가 저 여자랑은 필이 안 맞는다니까!

민 호　(웃으며, 끌고 가며) 밥 먹자, 밥, 밥‥.

씬 45　수희의 작업실 안.

수희(답답한), 주인여자와 얘기하고 있는,

주인여자 미안해요, 나두 돈이 급해서, 작년에도 집세 안 올린 거 알죠?

수 희 네, 어떻게든 해볼게요.

주인여자 그래요, 부탁해요. (하고, 나가는)

수 희 (답답한, 자리에 앉아, 통장을 펴보면, 잔액 사십몇만 원이 전부다.)

그때, 노크 소리 나고,
수희, 노크 소리 난 쪽 보면,
미리, 창문에서 찬합통 들어 보이며 웃으며,

미 리 맛있는 할머니 밥!

시간 경과.
미리, 수희, 소파에 앉아 있는,

미 리 (차 마시고, 머뭇대며, 미안한) 수희야, 있잖아.

수 희 (보면)

미 리 (찻잔만 만지며, 어렵게) 어제·· 있잖아. 내가 너 바쁜데 내 그림 본다고, 오라고 해놓고···. 상의도 없이··· 아저씨까지, 부르고·· 그런 거 있잖아···.

수 희 (보고, 미리가 이쁜지 웃으며, 커피 마시는)

미 리 그래서 아저씨도 너도 기분 나쁘게 하고, 물론, 앞집 여자가,

수 희 그만.

미 리 (보면)

수 희 (웃고) 넌 뻔뻔한 게 낫다, 지금 너 무지 어색해.

미 리 (웃으며) 넌 꼭 말을 해도 그렇게 재수 없이 하냐?

수 희 (웃고, 작심하고, 담백하게) 미리야, 나 돈 좀 꿔주라, 오백만.

미 리 (보는)

수 희 구구절절 설명 안 해도 되지?

미 리 (웃으며) 우리 사이에 그럼 혼나지. (하고, 차 마시는)

수 희 (보며, 고맙고 미안하게 웃고, 차 마시고)

씬 46 민재의 진찰실.

영숙, 민재 앉아 있는,

민 재 그렇겐 못 해요.

영 숙 (담담하게) 왜요? 난 더 이상 진료받을 이유가 없는데.

민 재 (보면)

영 숙 남편은 당신을 참 신뢰해요. 그러니까 당신이 남편한테 더 이상 내가 진찰을 받을 이유가 없다는 소견서 한 장만 써주면 난 집으로 갈 수 있어요, 그러니까 써주세요.

민 재 (웃음 띤) 우기는 게 장긴가봐요.

영 숙 당신도 그런 거 같은데, 알콜릭이면서 알콜릭 아니라고 우기고 의사 일 하잖아요.

민 재 (웃음 띤, 가만 보며) 내가 알콜릭?

영 숙 우기네.

민 재 뭐든 자기가 본 게 진실이라고 믿는 것도 병이에요.

영 숙 ?

민 재 오영숙 씨 어머니 얘기 좀 할까요?

영 숙 그럼 내가 본 술병은,

민 재 어머니 얘기 피하고 싶어요?

영 숙 네.

민 재 (보는)

영 숙 (담담히 보는)

씬 47 재래시장, 낮.

금실, 이것저것 야채들을 챙기고 있고, 미영, 그 앞에 서서 물건을 기다리는,

금 실 (물건들을 장바구니에 넣으며) 하우스 물건이라 물건 값이 비싸. 손님상에 밑반찬들 두어 개만 놔. 정갈하게. 알아서 하겠지만.

미 영 (덤덤하게 보고 있는) …….

금실 (여전히 물건 싸며) 그리고 굳이 힘든데 물건 사러 나한테 올 필요 없어. 근처 돌아다니는 트럭 장사들한테 사. 내가 너한텐 이문도 못 남기고, 너 오는 거 안 반가워. (하며, 물건 넣으며) 이건 덤이야….

그때, 영숙, 시장을 구경하다가 미영 보고, 반색하며, 조심스럽게 미영에게 가 왁 하고 놀래키는,

미영 (덤덤히 보면)
금실 뭐야, 저 여잔….
영숙 (밝게, 미영의 팔짱을 끼고) 할머니 나랑 데이트해요.
미영 ?

카메라, 한쪽으로 돌아가면 미자, 떡볶이 가게 앞 난전에서 국수를 먹으며, 미영을 보는,
영숙, 미영을 '가요, 가요' 하며 끌고 가고,
미자, 계속해 두 사람을 보는,

씬 48 고급 레스토랑, 밤.

영숙, 미영(어안이 벙벙한 표정) 앉아 있다.

영숙 (냅킨을 무릎에 하며) 그 앞에 놓인 천을 이렇게 놓으세요.
미영 (영숙을 흉내내 하는)
영숙 잘했어요. 그 담엔 바깥쪽 스푼을 나처럼 들고, (앞에 놓인 수프를 떠먹으며) 이렇게 안쪽에서 바깥쪽으로 수프를 뜨세요.
미영 (영숙을 따라 하는)
영숙 (웃으며) 불편하죠? (하며, 아무렇게나 스푼을 들고 먹으며) 그냥 이렇게 먹어도 돼요. 어떻게든 수프만 떠먹음 그만이죠, 뭐.
미영 (웃으며, 수줍게 먹는)

시간 경과.

영숙 (고기를 썰며, 웃음 띠고 미영을 보는)

미영 (어색하게 고기를 써는)

영숙 (그런 미영을 이쁘게 보는) 고기 자르셨음 포크로 찍어서 소스 묻혀 드세요. 이렇게. (하고, 먹으며, 미영을 보는)

미영 (영숙이 하는 대로 고기를 먹으며, 수줍게 웃는)

영숙 (냅킨으로 입을 닦는)

미영 (놀라, 얼른 영숙처럼 냅킨으로 입을 닦는)

영숙 (웃으며) 이건 그냥 내가 하는 거고… 안 따라 해도 돼요.

미영 (어리버리하게 보다가, 다시 냅킨 내려놓고, 칼질을 하는)

영숙 (그런 미영의 얼굴의 주름이며 손을 애잔하게 보며 웃다가, 탁자를 톡톡 치는)

미영 (보면)

영숙 (맘이 짠한, 애써 웃으며) 우리 손 한번 재볼래요?

미영 ?

영숙 (손바닥을 펴 내밀며) 손 한번 대보세요.

미영 (왜 그런가 싶다, 제 손을 한번 보고, 어색하게 손을 영숙의 손에 갖다대는)

영숙 (맘 짠해지는, 작게 웃으며) 손이 크다. 일 많이 한 손. 이쁜 손. 나는 뺀질거리는 미운 손.

미영 ?

영숙 (맘을 추스르고, 빠르게 손 내리고, 칼질하다 미영 보며, 어색하게 웃을 듯 말 듯) 내가 어떤 사람인가 궁금하죠?

미영 …….

영숙 (서글프게 웃으며) 나는 나쁜 년이에요. (하고, 칼질하는)

미영 (영숙을 물끄러미 보는)

씬 49 미리의 카페 안.

수희, 손님을 그리고 있고,

수희 (작게 웃음 띤) 죄송합니다. 움직이지 마세요.

미리, 카운터에서 돈을 받으며,

미 리 (카드 긁으며) 요즘 왜 이렇게 안 와요?
손 님 일이 바빠요.
미 리 (카드 주며) 그래두 가끔 들르지, 보고 싶은데?
손 님 정말?
미 리 그렇게 진지하게 받음 내가 곤란하지.
손 님 (웃으며) 갈게요. (하고, 가고)

그때, 민호, 미리 옆으로 오는,

민 호 오늘 매상 괜찮냐?
미 리 (턱으로 수희 가리키는)
민 호 (수희 보는)

인서트 – 그림 그리는 수희.

민 호 (미리 보며, 담담하게) 뭐야?
미 리 손님들 반응이 무지 좋아. 수흰 돈 벌고, 나는 매상 올리고, 너는 그리운 수희 보고, 일타 세 피짜리 아니니? (하고, 수희에게로 가는)
민 호 (답답한, 얼굴 부비고)
미 리 (수희 옆으로 가서, 귀에 대고) 오늘 이 손님만 그리고 밤에 시간 좀 내줘.
수 희 (그림만 그리며) 왜?
미 리 도살장에 끌려가는데, 나만 죽기 싫어서, 같이 죽자.
수 희 ?
민 호 (답답하게, 수희를 보다 일하는)

씬 50 영숙의 오피스텔 안, 밤.

영숙, 열심히 주방 쪽에서 과일이며 안주를 만들고 있고.
민호, 수희 테이블 쪽 소파에 어색하게 앉아 있는,

민호, 수희가 신경 쓰이는지, 고갤 숙이고 있고,
수희, 민호 보다가 괜히 제 손톱을 보다, 창가를 보다 하는.
미리, 영숙의 졸업장이며 상장들을 유심히 보고 있는, 고개를 갸웃하며,

미 리 (구시렁대는, 혼잣말) 명우대? (혀 내밀고) ·· 이건 뭐야, 신춘문예 당선?··· (고개 젓고) 뉴욕 유니벌시티···. 기죽네.

카메라, 돌아가면,
영숙, 와인과 안주를 들고 테이블로 오며,

영 숙 (미리에게) 이리 와.

미리, 자리에 앉으며,

미 리 내가 아줌말 너무 몰라본 거 같네요. 상장이랑 학벌이 죽이던데요. 참, 수희도 명우대 출신,
영 숙 (샐러드 먹으며, 말꼬리 자르며) 다 뻥이야.
민호, 수희, 미리 ?
영 숙 (잔에 술 따르며) 저기 졸업장 상패 모두, 가짜라구.
민호, 수희, 미리 ?!
영 숙 (편하게, 술 한 모금 마시고, 천천히) 배운 것 없고 부모 빽 없는 내가 공부 잘하고 성실하고 잘생긴 남자랑 결혼하고 싶은데, 방법이 없드라. 운이 좋아 하던 일이 잘돼서 돈은 좀 있고··.
미리, 수희, 민호 (조금은 긴장해 영숙을 보면)
영 숙 사랑하는 남자는 너무 잘났고, 나는 초라하고. 그래서 남편을 속였지. 위태위태해도 지금까지 잘 넘어갔는데, 최근에 들켰어. 그 대가로 현재 남편과는 별거 중.
미 리 휴···· . (민호에게, 작게) 이럴 땐 뭐라고 말해야 하는 거니?
민 호 (술 마시며, 맘 무거운, 영숙 보며) 애들은요?
영 숙 (담담하게) 몰랐음 했는데, 최근에 자상한 남편이·· 아주아주 디테일하게 말했드라구. 그래서 애들과 나랑도 현재는 냉전 중. (하고, 민호와 미리 보며)

자기들 표정이 어쩔 줄을 모르겠는 표정이네.

민호, 미리 (보면)

영 숙 (술 마시며) 편하게 해. 가고 싶음 가도 돼. 이번 일로 같이 어울리던 동네 친구들 애들 친구 학부모들까지 모두 잃었어. 버려지는 데 순식간에 도가 트드라.

민호, 수희, 미리 (안쓰런)

영 숙 (담담하게) 문 열렸어. 내 걱정은 사양, 가고 싶음 가.

미 리 그 언니, 사람 참 물로 보시네.

영 숙 ?

미 리 우리가 뭐 애예요? 그깟 일로 우르르 왔다 우르르 가게. 술이나 마셔요. (영숙의 잔에 잔 부딪히며) 건배! (하고, 마셔버리는)

영 숙 (어쭈 얘 봐라 싶은, 웃는) ?

민 호 (영숙에게) 제가 한잔 따라드릴게요. (하고, 술 따라주는)

미 리 (수희에게) 너두 한잔해. (하고, 술 따라주는)

수 희 (윙크하고, 작게 웃으며, 작게 말하는) 멋있어.

미 리 (수희 귀에 대고) 자수하는 사람한테 광명 줘야지. (크게) 자 다들 잔 들고, 건배 한번 해요.

영 숙 (기분 좋게) 원샷이다!

미 리 두말하면 잔소리!

그렇게 잔 부딪히고 '원샷!' 하고 마시는 네 사람,
미리, '한잔만 더 해요' 하며 술을 따르고,
민호, 사람들 술 마실 때 핸드폰으로 영숙을 찍는,
영숙의 술 마시는 모습,

씬 51 미리의 오피스텔, 엘리베이터 앞.

민호, 수희 안에 타고 있고,
미리, 문 열고 얘기하는 상황,

미 리 미안해, 수희야! 밤도 늦었는데, 집에 가라 그래서. (자기 방 쪽 가리키며) 양아치, 저 인간 딴 날 같음 보내겠는데, 오늘은 어제 일도 있고 해서, (수희에게) 미안.

수 희 아냐. 괜찮아.

미 리 민호야, 수희 좀 데려다줘라. (윙크하며, 농담) 아님 니 집에서 같이 자든가.

민 호 입 닫고 문 닫어.

수 희 (어색한 미리에게) 가.

미 리 그래, 또 보자. (하고, 문 닫고)

두 사람 엘리베이터 안에서 어색한,
엘리베이터 1층에 멈추면,
민호, 먼저 내리고,
수희, 따라 내리는,

씬52 오피스텔 앞.

민호, 수희 나오는,

민 호 (앞장서 나오다가, 수희 보며) 가라.

수 희 (어색한) 어.

민 호 (돌아서서 가는)

수 희 (돌아서서 민호와 반대방향 쪽으로 가다가, 멈춰 서서, 가는 민호 보는, 그러다 다시 가는)

민 호 (가다가, 멈춰 서서, 가만있는)

씬53 미리의 오피스텔 안.

호철(러닝셔츠 차림), 소파 한쪽에 앉아 과자를 먹으며 담담하게 핸드폰을 받고 있고,
미리, 그런 호철을 침대에서 멀뚱히 보고 있는,

호 철 (신식과 전화하는 듯, 담담하고, 별일 아닌 듯) 어… 그래…. 일은 내가 알아

서 할 테니까 넌 걔들 뒤나 잘 밟어, 잠수타지 않게. 그리고 참 무더기놈 이 좀 닦고 자라 그래라. 자식이 입 냄새가 심해서 같이 대거릴 못 하겠어. 그래. 문단속 잘 하고…. 애들한테 나 여기 왔다고 말하지 말고.

미 리 (어이없는 듯 보고 웃으며, 혼잣말) 깡패가 무슨 문단속을 걱정해, 별나요.

호 철 오냐. 끊는다. (하고, 전화 끊고, 과자 먹으며, 일어나 침대로 가려는데, 핸드폰 메시지 오는)

미 리 ?!

호 철 (메시지 확인하는)

인서트 – 메시지 내용.

〈환절기야. 몸 살펴. 차나 물 많이 마시고 – 제주도〉

호 철 (따뜻한 마음이 느껴지는 듯, 씩 웃고, 화장실로 가는)

미 리 (혼잣말) 뭘 보고 웃어…. (하고, 일어나 호철의 핸드폰 메시지 확인하고, 화나는, 잠시 생각하다, 핸드폰 놓고, 화장실로 가는)

씬 54 미리의 화장실 안.

호철, 이를 닦는,

미리, 문 열고 호철 보며,

미 리 여자 있어?

호 철 (보는)

미 리 가족 있어?

호 철 (눈 부라리고, 맘에 안 들게 보는)

미 리 엄마나 누나, 여동생 있어?

호 철 고마해라.

미 리 진짜 나이가 몇이야? 66년생 맞어?

호 철 (고개 돌려, 거울 보며, 이만 닦는)

미 리 고향은 어디야? 강호철, 그 이름은 진짜니?

호 철 (아랑곳없이, 편하게, 양치하고, 나가는)

씬55 미리의 오피스텔 안.

호철, 옷을 입는,
미리, 나와 소파에 앉아 그런 호철 맘에 안 들게 보는,

미 리 삐져서 가냐? 참 버릇 못되게 들었다. 빽하면 삐지고, 입 닫고 말 안 하고. 얘기하다 할 말 없음 이렇게 가고.

호 철 (옷만 입으며, 안 보고)

미 리 (서운한, 눈가 그렁해 보는)

호 철 (할 일만 하다가, 담담하게 보며) 이제 다 떠들었냐?

미 리 (서운해, 눈가 그렁한) 만난 지 3년이 넘었는데, 우리가 서로에 대해 아는 게 뭐가 있어? 이게 사랑이야? 기분 내키면 왔다가, 돈이나 주고 가고, 가족이 몇인지, 어디서 살았는지, 대체 누굴 알고 지내는지, 친구는 있는지, 나는 아저씨에 대해 아는 게 하나도 없잖아! 우리 아빠도 엄마도 동생도 친구들도 안 만나주고!

호 철 (담담하게 보는) …….

미 리 나한테도 어디 가서 아저씨 만나는 거 말도 하지 말라 그러고, 나 힘들어도 말하지 말고 혼자 견디라 그러고, 나도 기대고 싶어!

호 철 착각하고 있네.

미 리 (서운한) ?

호 철 인생 돛대야! 홀로 가는 거라구. 근데 누가 누구한테 기대? 기대고 싶음 벽에 기대. 사람 힘들게 징징대지 말고! 여자가 뭐 유세냐? 기집애들이 빽하면 남자한테 기댈라고! 남자도 지 한 몸 살기 힘들어, 자식아!

미 리 아저씨도 힘들면 나한테 기대면 되잖아!

호 철 내가 잘 때 머리만 좀 기대도 힘들다고 징징대면서 뭘 기대래! 잘난 척하지 말어. 멋지게 말할라 하지 말고, 너나 잘 살어. 나는 나 알아서 살 테니까. 웃기고 있어. (하고, 나가는)

미 리 한 번만 더 물어, 여자 있어?

호 철 (돌아서서, 미리 보며, 강조) 무, 지, 기, 많어, 됐냐? (하고, 나가는)

미 리 (화나고 억울한) …….

씬56 달리는 호철의 차 안.

호철, 껌 씹으며 운전하며 가는,

호 철 (답답한)

씬57 상상 - 제주도 풍경.

하늘 위에서 본 제주도 풍경, 눈 오는 노루 뛰어노는 한라산(천백고지).

씬58 달리는 호철의 차 안.

호철, 입가에 쓸쓸한 미소 지으며,

호 철 지수야… 아무래도 내가 너한테 갈까보다, 그냥…. 휴….

그때, 핸드폰 오는,
호철, 스피커폰 켜고,

호 철 말해.

씬59 미리의 오피스텔 안.

울다 만 얼굴이다. 침대에 앉아, 수건으로 코 닦으며 전화하는,

호 철 (E) 말해. 전화 걸고 왜 말을 안 해? 끊어?
미 리 (담담히) 코딱지야.
호 철 (E) 알어, 코딱진 거.
미 리 징징댄 거 미안. 집에 와.

씬60 호철의 차 안.

호 철 … 휴…. (미리가 안쓰럽고, 맘 복잡하다)
미 리 (E) 올 거야?
호 철 .. 너 좋아하는 신당동 떡볶이 사가지고 갈게. (하고, 끊고, 피식 웃으며) 이쁜 놈…. 그냥 한번 놀아볼까 해서 만난 건데, 자꾸 좋아지네, 이럼 안 되는데 염병.

씬61 미영의 가게 밖, 낮.

민호와 미영 모습 보이는.

씬62 미영의 가게 안.

민호, 미영과 앞치마 하고 파를 다듬고 있다.

미 영 (물끄러미 보는)
민 호 (맘 아픈 듯 파만 다듬다, 미영 보며, 차분하게) 그렇게 보지 마, 할머니. 나도 이러면 안 되는 줄 알어, 수희는 지안이 애인이니까…. 수희가 날 좋아하는 것도 아니고, 나 하나만 가만있음 만사 오케이니까.
미 영 (눈은 물끄러미 민호 보며, 파만 다듬는)
민 호 할머니도 알겠지만, 나 참는 데 도 텄잖아. 이번도 참아지겠지?
미 영 (민호만 보는)
민 호 뭐라고 말 좀 해.
미 영 (보다가, 메모판에 글 써서 보여주는)

인서트 – 메모판.
〈밥 먹자〉

민 호 (기운 빠지는, 작게 웃고) 그래, 할머니 밥이나 먹자. 그리고 지안이 만나야겠어, 그럼 수희한테 가는 맘을 좀 잡을 것도 같다, 그지? (하고, 일어나 주방으

로 가, 일하는)

미 영 (민호를 물끄러미 보는)

씬 63 수희의 작업실 안.

수희, 컴퓨터 앞에 앉아 있다.
핸드폰의 문자메시지를 보고 있는,

〈그런데 그는 왜 거짓말을 시작했을까?〉

수 희 (심각하게) 잊을 만하면 오고 잊을 만하면 오고…. 뭐야, 대체….

씬 64 민재의 진찰실.

영숙, 민재 앉아 있는,

영 숙 (웃으며, 밝게) 애들이 진짜 순진하드라구요. 내가 스크린 보고 청승 떤 것도 일부러 자기들 들으라고 문을 열어놓고 한 것도, 전혀전혀 눈칠 못 채드라구요. 그리고 어젯밤엔 진짜 내가 판단을 잘한 거 같아요.

민 재 (영숙을 물끄러미 보는)

영 숙 미리란 애가 수희란 애가 명우댈 나왔다 그러는데, 아, 그래 여기서 솔직하자 안 그럼 또 들켜서, 혼자 심심하게 놀겠다는 판단이 딱 서더라구요. 그래서, 뺑이다 바로 직격탄을 날렸는데,

민 재 (작게 웃음 떤 채, 영숙 보며, 차분히) 되게 재밌나봐요?

영 숙 재밌는 정도가 아니라, 웃겨 죽는 줄 알았다니까. (하고, 웃음기 있는 얼굴로 민재 보며) 정말 솔직한 게 젤이드라. 지들도 내가 그렇게 정면승부 걸 줄 몰랐지. 내가 어제 깨달은 건데, 정말 솔직한 것만큼 사람 맘을 움직이는 건 없는,

민 재 (편안하게) 오영숙 씨.

영 숙 (웃음기 밴) 네?

민 재 (웃음기 밴) 내가 단언하는데 오영숙 씬, 솔직, 진실이란 걸 전혀 모르는 사람

이에요.

영 숙 (웃다가) ?

민 재 사람을 이용할 준 알죠. 그것도 아주 잘.

영 숙 …….

민 재 (시계 보고, 편안하게) 시간 됐네요, 가세요. (하고, 일어나 나가는)

영 숙 (굳은, 웃음기 가신, 멍한) ….

씬 65 지안의 회사, 전경.

지 안 (밝은, E) 민호야!

씬 66 지안의 사무실 안.

민호, 밝은 얼굴로 들어서고,
지안, 자리에서 일어나 반갑게 '어쩐 일이야' 하고,
민호, 지안과 하이파이브 하고, 주먹을 서로 치며, 즐겁게 인사하는.

지 안 연락도 없이 어떻게 왔어?

민 호 사무실 바꿨다길래 구경하러. 너두 보고 싶고. (둘레 둘러보며) 야, 사무실 죽인다, 야. 이렇게 좋을 줄 알았음 진작에 와볼걸. (하고, 사무실 창으로 가, 바깥을 구경하는) 와, 전경 끝내주네.

지 안 (한쪽 소파에 앉으며) 앉아.

민 호 여기가 니 자리다 이거지. (하고, 지안의 자리에 앉는)

지 안 (웃으며) 회사 들어와라.

민 호 싫어. 책상머리에 앉아 서류나 끄적이는 거 별로야.

지 안 (작게 웃고) 아버님한테 갈 건데, 같이 갈래?

민 호 (고개 저으며, 씁쓸하게 웃는)

지 안 (웃으며, 책상 앞에서 서류 들고) 그럼 혼자 좀 있어. 다녀올게. (하고, 나가는)

민호, 나가는 지안 보다가 지안의 책상 위에 놓인 사진들을 보는,

지안의 부모의 사진(수희가 본 것과 비슷한), 지안과 수희, 민호 셋이 찍은 사진.
민호, 그중에 지안의 부모 사진을 들고 보는,

수 희 (E) 나는 지안이 부모님 인상이 너무 좋아, 그렇게 늙고 싶어.

씬 67 회상 - 인서트.

작은 시외의 철거촌.
철거원1, 지안 부의 집 벽이며, 장독대며를 마구 부수는 상황.
동네 사람들, 안타깝게 구경만 하고 있는,
지안 모(청각, 언어장애인), 철거원 다리를 잡고, 우는, 철거원은 아랑곳 않고, 걸어다니며 집을 부수고, 지안 모는 다릴 잡고, 끌려다니는 상황이다. 선이는 울며 지안 모를 잡고 그러지 말라고 말리고,
지안 부, 수화를 하며, 다른 철거원2에게 애원하는,
철거원2, '아이, 귀찮게 정말! 그러게 왜 다들 떠나는데, 당신네만 안 떠나!' 하며 지안 부를 밀치고, 지안 부, 넘어지고,
그때, 지안(고등학교 3학년), '그만해!' 하며 뛰어와(지안 뒤에 상윤 같이 뛰어오는) 철거원2의 멱살을 잡고, 주먹을 날리고, 넘어진 철거원2를 다시 일으키려 하는데,
철거원1, 지안을 걷어차는, 지안, 나뒹구는, 입가며 얼굴이 다 깨진,
지안 모, 놀라 버버거리며 넘어진 지안을 잡고, 상윤도 참으라며 지안을 잡고, '지안아, 참아, 참아!' 울고,
사람들, 지안에게 달려드는 철거원1을 잡고, '참으세요! 참아!' 하고 말리고,
철거원2, 지안의 멱살을 잡아 일으키려 하면,
지안 부, 철거원2의 팔을 잡아, 자신을 보게 하고, 무릎 꿇고 비는,
철거원2, 성질이 나 숨을 몰아쉬고, 성질나 '아우!' 하고 발길로 아무거나 차고,
지안 부, 계속 비는,
지안 모, 상윤과 행인(주변에 있던) 지안이 튀어 나갈까 무조건 매달려 안고,
지안, 안긴 채 나가려 하며 소리치는,

지 안 (울며, 발악하듯, 소리치는) 빌지 마! 아버지 빌지 마! 빌지 마! 빌지 마!

카메라, 한쪽으로 가면 넋 놓고 멀리 서서 그 광경 보는 민호(지안을 미행한 상황), 그러다 돌아서는.

지 안 빌지 마! 아버지 빌지 마!

씬 68 지안의 사무실 안.

민호, 사진을 들고 물끄러미 보다가, 창가 보다가, 뭔가 쓰는, 그리고 쪽지를 책상에 놓고, 나가는,
잠시 후, 그 쪽지를 드는 손, 카메라, 그 모습 따라가면,
지안, 그 쪽지를 보는,

민 호 (E) 얼굴 봤으니 간다, 친구야.

지안, 차분하게 쪽지 놓고, 한쪽 보면, 앞면이 덮여진 사진 하나 있는, 그것을 들어보면, 지안의 가족사진이다, 생각 많은, 불안함에 맘 아픈.

씬 69 거리.

민호, 답답한 얼굴로 조금 바쁘게 걸어가는.

씬 70 미리의 카페 전경, 밤.

씬 71 미리의 카페 안.

수희, 손님과 인사하고 '낼 또 봐요' 하고 헤어지고, 그림을 커다란 가방에 넣고, 미리에게 오는,
그 옆에 민호, 칵테일을 만들고 있지만, 수희, 아랑곳 않고,

수 희　(미리에게) 갈게.

미 리　짐이 많다?

수 희　스케치북을 좀 많이 샀거든. 갈게. (하고, 나가는)

미 리　수희야!

수 희　(못 듣고, 그냥 가고)

미 리　(민호에게) 니가 내 차로 수희 집에 좀 데려다줘. 짐이 너무 많은 거 같다.

민 호　싫어. (하고, 칵테일을 손님에게 주며) 여깄습니다.

미 리　말 듣지?

민 호　싫다고.

미 리　내 성격 몰라? 밤샐래?

민 호　(보는)

미 리　(차 키 주는)

민 호　에으…. (하고, 키 들고 가는)

미 리　(가는 민호 보고, 웃고)

씬 72　버스정류장.

수희, 굳은 얼굴로 버스를 기다리고 서 있는,
그때, 경적 소리 나서 돌아보면,
민호, 미리의 차 타고 조수석 문 열고 고개 내밀며,

민 호　(편하게) 미리가 너 데려다주래. 타.

수 희　(속상한 맘 짐짓 참으며) 됐어.

민 호　그냥은 안 갈 거거든. 타.

수 희　(잠시 생각하다가, 조수석에 타는)

씬 73　달리는 미리의 차 안.

수희, 민호 앞만 보며 가는,
수희는 어색하고,
민호는 편한 듯 보이는.

씬74 수희의 작업실 앞.

미리의 차 서는.

씬75 미리의 차 안.

수희, 안전벨트 풀고, 내려 집으로 가는,
민호, 그런 수희 그냥 보는.

씬76 수희의 작업실 안.

수희, 들어와 불 켜고, 속상한 듯 소파에 앉아 두 손으로 얼굴 부비는데,
초인종 소리 나는,
수희, 문 쪽 보면,
민호, 수희의 가방 들고 들어서서 한쪽에 놓고,

민 호 가방 잘 챙겨. 칠칠아. (하고, 나가는)

수희, 그런 민호 보며,

수 희 김민호.
민 호 (보면)
수 희 (화나고, 속상한, 짐짓 차분히) 너 뭐야?
민 호 무슨 뜻?
수 희 제주도에서 나한테 왜 그런 거야?
민 호 ….
수 희 그 일 빌미 삼는 거 나도 싫은데, 궁금해. 니가 왜,
민 호 (말꼬리 끊으며, 멀멀하게 보며) 그랬는지?
수 희 그래.
민 호 어떻게 생각하는 게 니가 편한데? 또라이 아님 바람둥이?
수 희 (속상하고, 맘 아프게 보면)

민 호 니 맘대로 생각해. 둘 중 아무거나, 너 편할 대로. 뭘 선택하든 난 상관없으니까. (하고, 나가려 하는데)

수 희 제주도 일,

민 호 (멈춰 서서, 천천히 고개 돌려 보는, 맘 아픈)

수 희 (맘 아픈) 너는 아무렇지 않을 수 있는데, 나도 아무렇지 않을 줄 알았는데, 김민호, 아닌가봐.

민 호 ….

수 희 나 흔들려. 어떡해야 되니, 나?

그런 수희의 얼굴에서 엔딩.

젊어서
힘들겠다

4부

Goodbye Solo

Goodbye Solo

씬1 미리의 오피스텔 안.

미리와 호철, 각목쌓기를 하던 중,
미리가 이겨서 호철의 이마에 꿀밤을 먹이는 중이다.
호철, 두려운 표정으로 눈 감고 있고, 미리, 호철의 이마를 까고 신이 나 꿀밤을 먹이고, 호철, 눈을 질끈 감고,

미 리 (다시 호철의 이마를 까고) 자, 마지막 한 대, 자, 자, 자, 준비하시고, 준비하시고….
호 철 (짜증 내는) 엔간히 뜸 들이고 때려, 자식아!
미 리 미쳤냐, 내가, 몸 떨리게 쪼리는 이 맛을 포기하게….
호 철 (눈 뜨고 보며) 너 니가 질 때 보자.
미 리 난 절대로 안 지지, 머리가 좋거든. 눈 감어.
호 철 빨리 때려! (하고, 눈 감는)

미리, 호철이 눈을 감자마자 무지막지하게 호철의 꿀밤을 때리는,
호철, 제 이마를 부여잡고 '어우' 하고 아파하며 뒹구는,
미리, 발을 구르며 재밌어하는.

호 철　(화나, 각목 세우며) 다시 해, 다시, 너 오늘 죽었어, 아주!

시간 경과.
미리, 조심스레 각목을 빼고, 성공하면 '아자!' 하며 기분 좋고,
호철, 조심스레 손가락에 입김을 불어가며 빼는데, 무너지는,
호철, 놀라 미리를 보고,

미 리　(검지손가락을 까닥대며) 이리 오시지요.
호 철　(뒤로 주춤거리며, 물러나며) 한 번만 봐줘라.
미 리　어허, 이마를 대시지요.
호 철　(도망 다니며) 한 번만 봐줘. 이마에 혹 났단 말이야, 봐주라, 어? 봐줘 좀.
미 리　(호철 잡으러 다니며) 이리 오라니까.
호 철　(도망 다니며) 너는 모르지 니 손이 얼마나 매운지, 제발 봐주라. 코딱지, 한 번만, 한 번만.
미 리　어허! (하고, 호철 잡으려 하면)

호철, 도망 다니다 미리를 뒤에서 꼼짝 못하게 안고,
미리, 간지러운,

호 철　(미리를 등 뒤에서 안고, 미리 볼에 입 맞추려 하며) 봐주라, 봐주라, 한 번만.
미 리　(보고) 그럼 업어줘.

시간 경과.
호철, 미리를 업고 창가에 서 있는,

미 리　아저씨, 저기저기 저 사람들 지금 무슨 얘기할까?
호 철　(아래를 내려다보면)

인서트 – 오피스텔 밖.
술 취한 여자가 서 있고, 남자가 심각하게 여자의 어깨를 잡고 얘기하는 모습 보이는,

호 철　빤하지 뭐.

미 리　뭐가 빤해?

호 철　(동화를 읽어주듯 또박또박) 남자가 여잘 호되게 후릴 맘을 먹고 술집에 꼬드겨 데려갔지요. 그리고는 카드까지 긁어가며 비싼 술을 멕였어요. 자기가 다 책임진다고 걱정 말라고 마구 뻐꾸길 날려가면서. 그리고 계획대로 모텔로 데려갈라 그랬지요. 그런데, 여자가 홀라당 술이 깨, 말을 안 들어서 남자는 속이 타는 뻔한 상황이지요.

미 리　(어이없이 보며) 머릿속에 그딴 생각밖에 없지?

호 철　(따뜻하게 웃고, 미리 보며) 라면 끓여줄까?

미 리　좀만 더 있다가…. (하고, 바깥 보며) 아저씨랑 이러고 있으니까 너무 좋다. 우리 정말 낼 놀이공원 가?

호 철　그럼.

미 리　(호철을 꼭 끌어안으며) 좋다!

호 철　(웃으며) 에고, 코딱지….

씬 2　수희의 작업실 안(3부 엔딩 연결).

민호, 문 쪽에 서서 수희를 보고 있고,
수희, 소파에 앉아서 민호 안 보고, 답답한 한숨 쉬고, 두 손으로 얼굴을 부비고 민호 보며, 애써 웃으려 하며,

수 희　내·· 문젠 거지?

민 호　(맘 아프지만, 짐짓 담담한 척, 수희를 보는) …….

수 희　너는 제주도 일 별거 아닌데, 내가 오바하는 거야, 그지?

민 호　… 맞어, 너 지금 오바야.

수 희　….

민 호　….

수 희　(어이없고, 맘 아픈) 너무·· 하다.

민 호　(맘 아픈) 지안이한테나 잘해.

수 희　(화나는 마음 애써 가라앉히며) 너… 진짜 뭐니?

민 호　나? 글쎄. (하고, 가는)

수 희 후……. (어이없고, 속상해, 헛웃음이 난다)

그때, 전화벨 소리 나고, 수희, 전화 쪽으로 고개 돌리는.

씬3 달리는 미리의 차 안.

민호, 시끄러운 음악 틀어놓고, 맘 아프게 운전해 가는.

씬4 수희의 작업실 안.

수희, 책상에 앉아 지안과 전화하고 있는,

지 안 (E) 뭐 하고 있었어?
수 희 잘려고….

씬5 지안의 방 안.

지안, 침대에서 전화하고 있는,

지 안 너 그거 아냐? 오늘 우리 만난 지 딱 2년 되는 날이다…. 나 애 같지? 이런 거나 챙기고….

씬6 수희의 작업실 안.

수 희 (답답한, 짐짓 편하게) 우리가 벌써 그렇게 됐나?

씬7 지안의 방 안.

지 안 벌써라구? 고맙네. 나랑 만나는 게 안 지겹다는 뜻처럼 들려.

씬8 수희의 작업실 안.

수 희 … 지안아.

지 안 (E) 어?

수 희 (작심하듯) 이번 주말에 바람 쐬러 드라이브 가자. 도시락 싸가지고…. (어색하게 작게 웃으며, 짐짓 편하게) 내가 쌀게…. 그래, 너 좋아하는 계란말이 할게. (웃으며 전화하는) 사이다? 왜 계란도 삶지? (웃고) 아냐, 촌스럽다고 생각 안 했어, (사이) 민호? 만났지. (사이) … 지안아, 우리 얘기하자. (사이) 참 나 오늘 미리네서 너 닮은 사람 봤다. 너 몰라? 너 닮은 사람 되게 많아? 어머어머 어쩜 사람은 진짜 자길 모른다니까, 니가 무슨 꽃미남이야…. 내가 너한테 한 말이라구? 절대, 절대 아냐…. 너 이상한 버릇 생겼다. 왜 그렇게 우겨 (전화 계속 이어지는 느낌, 간간이 편하게 웃는)

민 호 (E) 지금쯤 수희는 지안이랑 통화할 거야.

씬9 놀이터.

민호, 미영 그네에 앉아 있다.

민 호 (쓸쓸하게 웃으며, 앞만 보며) 그리고 생각하겠지. 지안이한테 잘해야지. 다짐도 할 거야. 나, 김민호를 잊어야지. 이렇게 한 달만 지나면 수희랑 나랑은 전처럼 그냥 친구가 될 거야. 전처럼 이 자식 저 자식 하며 편하게 농담도 하고, 일주일 내내 안 봐도 그립지도 않은 친구. (미영 서글프게 보며) 그지, 할머니?

미 영 (물끄러미 보는)

민 호 (애써 맘 아픈 것 감추고, 웃음 띤) 걜 첨 볼 때부터 설렜다고 말 안 했어. 혼자서 많이 좋아하고 아팠다고, 정말 보는 것만으로 참 행복하다고 말하지 않았어. 그냥 난 미친놈이다, 어쩔래, 그랬어. 원래 뺑을 잘 쳐서, 말도 더듬지도 않고 꿋꿋하게…. 잘했지?

미 영 (민호 보다가, 뭔가 적어서 들어 보이는)

민 호 ?

인서트 – 미영의 메모판.
〈울고 시픔 울어〉

민 호 (서글프게 웃으며) 참을 만해. 아참, (하고, 웃옷 속주머니에서 군밤봉지를 꺼내며) 내가 할머니 줄라고 군밤 샀는데, (밤을 까며) 진짜 할머닌 애인 하나 잘 둔 줄 알어? 누가 할머니 생각해서 길거리에서 군밤을 사가지고 그것도 모자라 식지 말라고 가슴에 품었다가, 이렇게 까주기까지 하겠어, 그래 안 그래?

미 영 (고개 끄덕이며, 따뜻하게 웃는)

민 호 (까서 미영에게 주며) 아!

미 영 (입 크게 벌려 받아먹고, 씹으며 아이처럼 웃으며, 몸을 흔들며, 장난꾸러기처럼 먹는)

민 호 (그런 미영 보고 자기도 밤을 먹으며 같이 따라 해보는)

미 영 (편하게 웃으며, 그네 타며 여전히 장난스레 먹고)

민 호 (미영을 따라 하며, 기분 좋게) 갑자기 기분이 좋아진다, 할머닌 정말 괜찮은 친구야! 할머니 우리 누가 더 그네 높게 타나 내기하자!

민호, 높이 그네 타고,
미영, 민호를 따라 해보는,
그렇게 그네 타는 두 사람.
카메라, 한쪽으로 가면,
미자, 그런 미영을 멀멀하게 보고 있는,

씬 10 놀이공원, 낮.

미리와 호철, 기분 좋게 바이킹을 타고 있는,
주변 사람들은 무서워하지만, 두 사람은 신이 나서 소릴 지른다.
시간 경과.
호철과 미리, 다른 놀이기구를 바꿔서 타고 신이 난,
미리, 과자를 먹는 호철을 '이번엔 저거 타자, 저거' 하며 끌고 가고,
호철, 아이스크림을 먹으며 '잠깐만, 잠깐만' 하며 끌려가고,

다시 놀이기구를 신나게 타는 두 사람 보이는,
미리, 호철, 다시 사격장에서 서로 경쟁하듯 사격을 하는 모습 보이는,
호철, 미리 서로의 아이스크림을 뺏어 먹으려 장난을 치며 가는,

씬 11 달리는 미리의 차 안 + 밖.

미리, 운전하고, 호철, 옆에서 과자를 먹고 있는,

호 철 과자가 몸에 나쁘다는데, 끊어야 하는데 안 된다.

미리, 운전만 하다가 창가로 미리 부 청소하는 모습 보이고, 미리, 확인하고, 차를 한쪽에 세우는,

호 철 왜?
미 리 십 분만 줘?
호 철 화장실 가?
미 리 (웃고) 기다려. (하고, 나가는)
호 철 (과자 먹으며, 차창으로 미리 가는 모습 보는)

씬 12 차 밖, 도로.

미리, 건널목을 건너 길가를 청소하는 미리 부에게로 가서 앉아 가방을 뒤지는,

호 철 뭐야? (멍하니, 무심히 과자 먹으며 미리가 뭐 하나 보는)

씬 13 길 건너 도로.

미리 부(청소부 복장한), 청소를 하고 있는,
미리, 쪼그리고 앉아서 목도리를 꺼내 들고 미리 부를 보며,

미 리　이거 한번 해봐봐.
미리 부 (비질만 하는)
미 리　아빠!
미리 부 (보고, 덤덤하게 비질만 하는)
미 리　아빠!
미리 부 저리 비켜. 쓸어야 돼.
미 리　(일어나 목도리 해주려 하면)
미리 부 (탁 치는)

목도리 떨어지는,

미 리　(서운한, 눈가 그렁한)

카메라, 길 건너 호철을 보여주면,
호철, 상황 파악이 안 되는지 멍하게 두 사람을 보는,

미리 부 (쓰레기 쓸어, 봉지에 담는)
미 리　언제까지 이럴 거야?
미리 부 (일만 하며) 그 건달 놈하고 헤어지고 집에 들어올 때까지.
미 리　(서운하고, 속상한) 내 인생이거든?
미리 부 (리어카 밀고 가는)
미 리　(목도리 들고 달려가, 리어카를 잡고 있는 미리 부의 손을 거칠게 떼내고, 목에 목도리 해주고, 바쁜 걸음으로 가는)
미리 부 (가는 미리 덤덤하게 보면)
미 리　(돌아서서, 미리 부 보며) 그거 내가 짰어, 아빠 줄라고! 나 밥 잘 먹고 응가도 잘 싸고 잠두 잘 자. 엄마한테랑 진리한테 안부 전해줘! (하고, 돌아서서 가며, 손등으로 코끝을 문지르며 가는) 목도리가 잘 어울린다… 히….

씬 14　미리의 차 안.

호철, 조금 심란하게 미리 부를 보며 과자를 먹는,

씬 15 미리의 카페 안.

영숙(드레스 입은), 핸드폰으로 영화를 보고 있다,
한쪽에서 수희, 손님을 놓고 그림을 그리는,
준이(바 안쪽에 서서), 주스를 만들어 영숙 앞에 주며,

준 이 (애원조) 누나, 삼백만 원만 주라?

영 숙 너 저번 주에도 나한테 천만 원 가져갔잖아.

준 이 천만 원도 한방인 거 누나도 알잖아요. 누나 돈 많잖아. 삼백, 아니 쓰는 김에 천만 더 줘.

민 호 (바로 오며) 둘이 돈거래 해?

준 이 (영숙에게) 누나, 천만 원만.

영 숙 아, 자식, 못 준다니까.

준 이 천만 원만.

민 호 (준이의 뒤통수를 치며) 이게 또 사람들한테 돈 꾸고 난리네. 너 임마 형이 돈 꾸지 말랬지, 손님하고 왜 돈거래를 해!

준 이 그게 아니라 고스톱머니!

민 호 (미안한) 아프겠다. (준이 머리통을 잡고, 호 하고 입김 불어주는) 호호호.

준이, '놔' 하며 짜증 내고, 민호, 계속 불어준다며 준이의 머리통을 잡고, 실랑이하고,
수희, 그림 그리며 민호와 준이를 힐끗 보고 다시 그림 그리는,

영 숙 (핸드폰만 보며) 주접 엔간히들 싸고, 민호야, 내 등 뒤에 있는 남자 좀 어떻게 해주라.

민 호 (보면)

남자들, 술을 마시다 힐끗힐끗 영숙을 보는,

영 숙 내가 아까 화장실 갔다 왔을 때부터 느낀 건데, 저 늙다리들 계속 나 보지? 가서, 손님 그러다 사시(제 눈을 사시처럼 하며) 돼요, 어지간히 보세요. 그래.

민 호 (답답한, 영숙에게 얼굴 다가가) 누나가 다릴 좀 오므리지.

영 숙 ?

민 호 (영숙에게) 그렇게 터진 치마를 입고 다릴 꼬고 장딴지가 훤히 보이게 앉았는데 어느 남자가 안 보고 배겨. 나잇값 좀 해, 누나.

영 숙 (눈만 들어, 민호 보며) 꼭 그렇게 딱 집어서 사람 쪽팔리게 말을 해야 했을까? 꽉! 콱! (하며, 민호를 때릴 듯하고 나가는)

민 호 (그런 영숙 보고 웃고, 잔을 닦으려다가 수희를 보면)

수 희 (손님에게 완성된 그림을 사인을 해서, 보여주는)

손 님 와, 좋으네요.

수 희 카페에 걸어놀게요.

손 님 술 한잔해요, 내가 살게.

수 희 됐어요. (하고, 그림을 제 가방에 넣고, 가방 들고 인사하고, 나가는)

민 호 (가는 수희를 보고, 다른 손님을 맞는) 어서 오세요.

씬 16 미리의 카페 건물 화장실 안.

영숙, 세면대에서 손을 씻고 있으면,
수희, 화장실에서 나오는,

영 숙 자기 오늘 기분 별로로 보이네.

수 희 (작게 웃으며, 옆에서 손 닦으며) 아뇨.

영 숙 아니긴 별로로 보이는데…. 남자친구가 속 썩여?

수 희 (작게 웃으며, 손만 닦으며) 아뇨.

영 숙 거짓말 잘해?

수 희 ?

영 숙 불편해 보이는데 아니라고 해서. 아니다, 내가 잘못 봤을 수도 있다. 참 난 언제 그려줄 거야?

수 희 언제든지 언니 편할 때요.

영 숙 낼 새벽 2시.

수 희 새벽 2시요?

영 숙 안 되지? 그런데 왜 언제든 된대?

수 희　(웃음 띤) 그러네요. 전 낮이 좋아요.

영 숙　오케이. 그럼 낼 1시 우리 집.

수 희　좋아요.

영 숙　난 속 좁아서 늦는 거 이해 못 해, 시간 지켜. (나가려다가, 다시 수희 보며) 화장품 뭐 써?

수 희　… 그냥 아무거나 쓰는데… 대충… .

영 숙　이쁜 것들은 꼭 그렇게 말하드라. 사람 기죽게. (하고, 나가는)

수 희　(작게 웃고, 손 닦고, 나가는)

씬 17　화장실에서 현관으로 나오는 길목.

수희, 나오다가 문득 멈춰 서면,
민호, 한쪽에 앉아 자판기 커피를 마시는 뒷모습 보이는,
수희, 작게 한숨 짓고 그냥 스쳐 지나가는,
그때, 민호 목소리 들리는,

민 호　잘 가.

수 희　(멈춰 서서, 천천히 뒤돌아보면)

민 호　(웃음 띤 채, 편안하게) 왜?

수 희　(가만 서운하고, 속상해 보는)

민 호　말도 시키지 마? 인사도 하지 말까?

수 희　… .

민 호　내가 빤질거리는 것처럼 보이나보다?

수 희　아네.

민 호　(어이없는 작게 웃고, 혼잣말) 난 정말 이게 문제야. 여자들한테 빤질거리는 인상 주는 거. 전에 만났던 세미, 윤숙이, 지영이, 선미.. 걔들도 전부 그러드라고, 나 빤질거리는 게 싫다고. 고쳐야지. (하고, 일어나 가는)

수 희　(답답한, 작게 민호 간 쪽 보다, 후 한숨 쉬고 서 있다, 돌아서서 가는)

씬 18 미리의 카페 안.

지안, 술을 마시고 있는,
민호, 들어오다 지안 보고, 지안의 바 앞자리로 가며,

민 호 전화나 하고 오지. 수희 조금 전에 갔는데.
지 안 대신 너 보잖아.
민 호 (웃으며) 자식.
지 안 (편안하게) 민호야.
민 호 ?
지 안 나 수희한테 프로포즈할랜다.
민 호 ?!
지 안 내 용기에 축하 안 해줘?
민 호 (짐짓 밝게) 당근, 축하해줘야지! 축하주로 데킬라썬라이즈 어때?
지 안 좋지.
민 호 (호기롭게) 잠깐만, 기다리세요! (하고, 술을 찾으며) 이게 어딨냐…. (하는데, 맘이 불편하다)

F. O.

씬 19 미리의 오피스텔, 전경, 희뿌연 새벽.

호 철 (E, 가위눌린 잠꼬대) 그러지 마, 아버지‥.

씬 20 미리의 오피스텔 안.

호철, 침대에 누워서 땀을 뻘뻘 흘리며, 가위에 눌린,
미리, 자다가 눈 부비고 일어나 졸린 상태로 호철을 보고, 불 켜는,

호 철 (괴로운, 잠꼬대하는) 아퍼, 아퍼‥ 엄마, 아퍼…‥.
미 리 (호철 흔들며, 조금 졸린) 아저씨!

호철 악! (하며, 일어나는)

미리 (걱정스레 호철 보며, 손으로 호철의 얼굴에 땀 닦아주며) 또 가위눌렸구나.

호철 (넋이 나간)

미리 (호철을 안아주고, 졸린, 호철을 다독이며) 가끔 그러네…. 꿈이야… 괜찮아… 꿈이야…. 나쁜 꿈아, 울 아저씨 자게 가라, 가…. 울 아저씨 자게 가….

호철 (미리 품에 안겨, 땀 흘리며, 멍한)

시간 경과. 주방.

호철, 밥 먹으며 동생 진리와 전화하는 미리를 보는,

미리 (밝게) 기집애가 싸가지 없이, 언니보고 인생 똑바로 살라니, 너 죽을래? (사이) 야, 내가 집에 안 들어가냐, 엄마 아빠가 나 아저씨 만나는 거 싫어하잖아. 그래서 안 들어가는 거잖아.

호철 (밥 먹으며, 미리 전화하는 모습만 빤히 보는) ….

미리 (웃음 띤) 기집애야, 내가 동생이 둘이냐, 열이냐? 너 하난데 니가 날 이해 못하면 난 어디 가서 하소연을 하냐? 내가 잘했다는 게 아니라, 언니 좀 이해해 달라고. (전화 끊기는) 진리야 진리야….

호철 (미리 보다가, 밥 먹으며) 동생이 안 만나준대?

미리 (밥 먹으며) 돈 떨어짐 연락하겠지 뭐.

호철 (밥 먹으며) 집에 들어가지.

미리 (밥 먹으며) 아저씨랑 같이 금의환향해서 들어갈 거야.

호철 (보는, 조심스레) 니네 아빠 엄마한테 잘해주냐?

미리 (밥만 먹으며, 안 보고) 아빠가 엄마 좋아 죽어. 울 엄만 집이 찢어지게 가난해도 아빠가 잘해주니까 힘든 것도 모른다고 입버릇처럼 말해. (보며, 순간 눈 동그래지며) 어, 우리 집에 대해 첨 물었다! 와우!

호철 (답답한) 사우나 좀 갔다 올게. (하고, 일어나 한쪽으로 가서 옷 갈아입는)

미리 기브앤테이크 알지?

호철 (옷 입다가, 보는) ?

미리 아, 영어 모르지, 미안. 주고받는다.

호철 뭘 주고받어?

미리 우리 집에 대한 정보를 줬으니, 아저씨도 나한테 하나는 말해줘야지. 고향 어디야? 형제는? 엄마 아빠는?

호 철 (미리 빤히 보는)

미 리 (눈치 보며) 또… 화나는 질문한 거야?

호 철 (옷 입으며, 무심히) 고향은 제주도 한림읍 30번지 우성보육원.

미 리 ?

호 철 (옷만 입으며, 담담히) 형젠 없고, 일곱 살 때 부모님은 농약 먹고 돌아가셨어. 이제 계산 끝났지.

미 리 ?!

호 철 사우나 갔다, 일 갈 거다. (하고, 나가는)

미 리 (호철 나간 쪽을 보며, 안쓰런, 걱정스런)

씬 21 사우나, 라커 룸.

민호, 옷을 벗어 옷장에 넣는데,
호철, 다른 편에 와서, 옷을 벗으려 하는,

민 호 형.

호 철 (보는) ?

씬 22 찜질방, 사우나실.

남자들, 두어 명 앉아 있는,
호철, 민호 수건으로 아랫도리 가리고 나란히 앉아 있는,
남자들, 모두 호철의 문신에 시선이 가는,
호철, 아랑곳없이 자리에 앉아 벽에 기대는,
남자들, 눈치 보며 호철을 힐끔거리는,
한쪽에 어린 남자아이(5살 정도) 호철을 빤히 보다가 남자1에게 말 거는.

남자아이 아빠, 저 아저씨 몸에 꽃, 무슨 꽃이야?

호철, 민호 말소리에 남자아이 쪽 보는,

남자1 (긴장해, 남자아이에게 말하는) 조용히 해.

남자아이 무슨 꽃인데?

남자1 조용히,

호 철 (말꼬리 자르며, 웃음 띤) 코스모스.

민 호 (호철 보는) ?

남자1, 아이 호철 보면,

호 철 코스모스 알지? 가을에 길가에 많이 피어 있는 하늘하늘한 꽃.

남자1 (아이 손잡고, 서둘러) 나가자. (하고, 나가는)

옆에 있던 다른 남자도 나가고,
호철, 가는 남자 물끄러미 보며,

호 철 에우 자식이… 애를 어떻게 교육을 시킨 거야. 코스모스 정도는 갈쳐줘야지, 에우 에비가 돼갖고 그딴 것도 안 가르치고 에우, 에우….

민 호 (조심스레) 형, 문신하면 아파요?

호 철 (보고)

민 호 말씀하기 싫음 마세요.

호 철 너 바늘에 찔리면 아프냐? 안 아프냐? 아프지? 바늘에 한 번만 딱 찔려도 아픈데, 칼로 바늘로 이렇게 온몸에 막 그림을 그리면 아프겠냐? 안 아프겠냐?

민 호 근데 왜 아픈데 문신을 해요?

호 철 (앞 보며, 서글픈) 사람들이… 날 무서워했으면 좋겠어서….

민 호 (호철을 보는데, 뭔가 안쓰런)

씬 23 회상 - 어린 시절 호철의 작고 낡은 방 안.

어린 호철(작고 마른, 7살), 무서워 구석에서 엉엉 울고, 호철 부, 술 취해서, 호철 모의 머리채를 잡고, 마구 때리는,

호 철 (두 손을 싹싹 빌며) 엄마 아파요, 아버지, 그러지 마세요, 엄마 아파요!

호철 부 (호철 모를 때리다, 호철 보고, 넋 나간 듯 휘적휘적 걸어오는)

호 철 (구석에 몸을 자꾸 밀착시키며, 빌며) 아버지, 무서워요…. 아버지, 호철이 무서워요… 무서워요… .

씬 24 샤워실.

민호, 머리를 감다가 옆을 보면,
호철, 벽에 손을 짚고, 가만 물만 맞는,
민호, 호철 보는.

씬 25 영숙의 오피스텔 안.

영숙, 옷을 꺼내놓고, 미리와 수희 앉혀놓고 부산스레 말하는,

영 숙 이 옷이 낫니? 이 옷이 낫니?

미 리 (짜증스런) 둘 다 괜찮다니까.

수 희 전 오른쪽이 나요.

영 숙 (수희 보며) 진짜 너 맘에 든다. (미리 보며) 너는 나빠, 기집애야. (하고, 옷 갈아입는)

미 리 진짜 언니 이상하다. 무슨 약속을 이렇게 해. 애들하고 선약이 있음 수희랑 약속을 말아야지, 똥개 훈련시키냐? 아주 자기 멋대로야.

영 숙 (옷만 입으며) 미안해, 내가 원래 인생 이렇게 살았다. 금방 올게, 놀고 있어.

미 리 그러니까, 소박을 맞지.

영 숙 (보면)

수 희 (두 사람 눈치 보며, 영숙에게) 저기 언니,

영 숙 (미리에게) 최미리,

미 리 왜?

영 숙 너 진짜 날카롭다. 나두 내가 왜 소박을 맞았나 지금 이 순간까지 궁금했는데, 넌 어떻게 내가 소박맞은 이율 단번에 아냐, 야, 날카롭네, 얘. 날카로워. (하고, 옷 입으며) 아, 날카로워.

미리, 수희 (어이없어, 웃는)

씬 26 사우나 앞, 거리.

신식, 영웅, 무더기 차를 대기해놓고 기다리는,
호철, 민호, 사우나에서 나오는,

호 철 (민호 안 보고 차로 가며) 미리한테 일이 급해서, 연락 못 하고 간다고 담에 전화하자, 그래.

민 호 직접 가서 말씀하세요.

호 철 홀딱 벗고 목욕까지 해놓고 그딴 부탁도 못 들어주냐?

민 호 (작게 웃고, 조심스레) 쌈… 하러 가요?

호 철 그럼 깡패가 쌈하러 가지, 춤추러 가겠어요? (하고, 차에 타고 가는)

민호, 왜 저럴까 싶은 얼굴로 호철 보고 가는,

씬 27 달리는 호철의 차 안.

신식, 호철, 뒷자리에 앉아 있고,
영웅, 운전하고, 무더기 조수석에 탄,

신 식 오늘은 형님은 말씀만 하십시오. 뒷처린 제가 하겠습니다.

호 철 (보면)

신 식 (앞에 애들 안 듣게 작게, 걱정스레) 이제 형님도 나이 드셨습니다.

호 철 죽을래?

신 식 걱정됩니다.

호 철 이 바닥에서 나 곪았다고 수군대는 거 나도 귀 있어 듣는다. 당분간은 어떤 일도 내가 나서. 도착하면 깨워. (하고, 눈 감고)

신 식 후……. (호철이 걱정스런)

씬 28 패밀리 레스토랑 밖.

영숙, 차를 몰고 와 주차장에 세우고, 서둘러 레스토랑 안으로 들어가려다, 차로 가서 백미러로 제 얼굴 확인하고, 다시 레스토랑으로 가는.

씬 29 패밀리 레스토랑 안.

영숙, 테이블에 앉아, 물을 마시며 애들을 기다리는, 그러다 시계 보고,

영 숙 전화해볼까… (하고, 테이블 옆에 놓인 핸드폰 보고) 아냐… 기다리자…. 애들은 다구치는 거 싫어해… 다구치지 말자…. 오다가 사고가 났나…. (하며, 불안함에 손가락으로 테이블을 톡톡 치는, 그러다 물 마시고 핸드폰 들어 전화하는, 신호음 가고, 잠시 후, 반갑게) 은석아, 어디야?… (황당한) 뭐? 왜 거? 어?

씬 30 스케이트장 (호철과 미리 놀이공원 갔을 때 찍음 될 듯).

은석, 스케이트 타고, 한쪽으로 와서 전화하며,

은 석 (짜증스런) 왜 여깄긴 친구 만나러 왔지.

씬 31 패밀리 레스토랑 안.

영 숙 너 오늘 엄마 만나기로 한 거 잊었어?
은 석 (E) 난 약속한 적 없어. 엄마가 일방적으로 한 거잖아.
영 숙 은미는?
은 석 (E) 같이 있어.
영 숙 (한숨 쉬고, 짐짓 차분히) 너두 은미두 곧 뉴욕 들어간다며? 그럼 엄마 얼굴은 보고 가야지. 서울 있는 동안 연락도 안 하고, 너 엄마가 전화 안 했음 은근슬쩍 왔다가 그냥 갈려 그랬어?
은 석 (E) 그래서 어쩌라구!
영 숙 지금 당장 와.

씬 32 스케이트장.

은 석 싫어! 벌써 친구들 만나서 놀러 왔단 말야, 끊어요. (하고, 전화 끊고) 은미야! (하고, 은미 있는 데로 가고)

씬 33 패밀리 레스토랑 안.

영 숙 (속상해, 핸드폰 보다, 다시 전화하는, 전원이 꺼져 있다는 메시지 들리는, 눈가 그렁해, 가만있는, 맘 아픈)

씬 34 창고 안.

남자, 얼굴이 온통 피투성이다, 나가떨어지는,
호철(땀이 비 오듯 흐르는), 남자 앞으로 다가서면,
남자, 싹싹 빌며,

남 자 한 달만, 여율 주십시오. 한 달만, 잘못했습니다, 한 달만….

인서트 – 비는 남자의 얼굴과 비는 어린 호철의 모습 빠르게 교차되는.

현실.

호 철 (맘 아픈, 작심하고, 다시 발로 남자를 걷어차고) 보름이다. (하고, 나가는)

씬 35 허름한 창고 앞.

무더기(두려운), 신식(걱정스런), 영웅 껌을 씹으며 트로트를 흥얼거리며 서 있는, 한쪽에 차 세워져 있고,
신식, 걱정스레 시계 보는,
잠시 후, 창고 문 열리고, 땀에 흠뻑 절은 호철(얼굴이며 옷에 핏자국 묻어 있는)이 휘적휘적 나오는,

무더기, 영웅 재빨리 창고 안으로 들어가고,
신식, 차문을 열어주면,
호철, 차에 기대서고, 힘이 드는지 숨 고르는.

신 식 (호철 걱정스레) 괜찮으세요?

호 철 (땀만 흘리며, 숨을 조금 몰아쉬며, 신식 보며) 내가 늙었나보다. 사람 때리는 게 자꾸 겁나.

신 식 (안쓰럽게 보는)

호 철 그딴 눈으로 보지 마, 자식아. (하고, 하늘 보며) 우리 코딱지가 무지기 보고 싶네. (힘들게, 웃음 띤) 이쁜 기집애··.

씬 36 미영의 가게 안, 저녁.

미영, 이쁜 찬합에 든 잡채며 샐러드를 먹고 있는,
영숙, 그런 미영을 물끄러미 보는,

미 영 (먹다가, 영숙에게 먹으라고 몸짓으로 말하는)

영 숙 (서글픈 웃음) 아뇨. 근데 나 음식 잘하죠.

미 영 (웃으며, 고개 끄덕이는)

영 숙 애들 줄라고 아침부터 만들었는데··· 참 모르죠? 나 애 있어요. 남자애 하나 여자애 하나.

미 영 (물 마시고, 멀뚱멀뚱 보면)

영 숙 (눈가 붉어지며) 할머니·· 솔직히 나 지금 너무 화나. 내가 돈 벌어 지들 유학까지 시키는데, 땅장사 집장사 닥치는 대로 해서, 귀하게 귀하게 키워놨더니 내가 대학 안 나왔다고···. 아니, 내가 거짓말 좀 했다고, 어떻게 나한테 이래. 남편은 체면 땜에 아무 일도 안 했어요. 나는 죽어라 발품 팔며 이 나라 방방곡곡을 땅 찾아 다녔는데···. 집도 내가 사고, 차도 내가 사고···. 남편 박사학위도 내가 돈 주고 사줬어··. 근데 어떻게 나한테 이래.

미 영 (보는) ····.

영 숙 생색내는 거는 아니지만··· 그냥 좀 억울해.

미 영 (일어나 영숙 옆에 와서, 안아주는, 눈가 그렁한)

영숙 (흐느끼는) 아무도 날 이해 못 해. 그게 너무 억울해…. 난 열심히 산다고 살았는데… 아무도 날 이해할 사람이 없어, 그게 너무 억울해, 그게 억울해….

그런 두 사람 한 화면에 보이고.

씬37 오피스텔 전경, 밤.

씬38 영숙의 오피스텔 안.

민호, 소파에 앉아 있고, 미리(영화 보고, 깔깔거리며, 웃는), 소파에 누워 민호의 다리를 베고 오징어를 먹으며 비디오를 보고 있는,

민호 넌 일하는 사람 중요하게 할 일 있다고 불러놓고, 뭐 하는 짓이냐?
미리 (비디오만 보며) 뭐 하는 짓이긴 비디오 보지. 이 집 텔레비전이 크잖아, 여기서 보면 영화 보는 거 같애.
민호 (한숨 쉬고) 나한테 말할 거 있다며, 그거나 해, 카페 가게.
미리 없어.
민호 뭐?
미리 (누운 채, 민호 보며) 너 저쪽 방에 있는 수희한테 가고 싶지? 그럼 가. 영숙이 언니 그림 얼마나 그렸나 궁금해서 왔다 그러고. 슬쩍 한번 봐.
민호 넌 나 가지고 놀면 재밌냐?
미리 (웃으며) 어.
민호 (벌떡 일어나는)
미리 (굴러 떨어지며) 아!
민호 갈게. (하고, 가고)
미리 수희야, 민호 간대! 수희야!
민호 (와서 쿠션으로 미리를 치며) 으이그, 으이그!
미리 (웃고) 왜 그래!

씬39 영숙의 방 안.

영숙, 침대 벽에 기대 흰 남방을 어깨가 훤히 보이게 모델처럼 하고 앉아 있고, 수희, 그림을 그리는,

미 리 (E) 야, 너 진짜 가냐! 삐졌냐!
민 호 (E) 누나 가요! (하고, 문 열리고 닫히는 소리 들리는)
수 희 (짐짓 그림에만 몰두하는)
영 숙 민호야! 밥 먹고 가!
미 리 (들어와, 앉으며) 벌써 갔어요. (영숙 보며) 벗을라면 다 벗지 그게 뭐야?
영 숙 은근슬쩍 섹시가 진짜 섹시야.
미 리 별걸 다 알아요, 아줌마가. (수희의 그림 보며) 이제 시작이네.
수 희 (그림만 그리는)
미 리 너랑 민호 싸웠냐? 둘이 왜 눈도 안 마주치고, 카페에서 봐도 말도 안 하고, 왜 그래?
수 희 (그림만 그리며) 별일 없어.
영 숙 (수희를 빤히 보는)
미 리 (수희 뚫어져라 보며) 니들 전번에 제주도에서 무슨 일 있었지?
수 희 (그림만 그리는)
미 리 침묵은 긍정인데?
수 희 (그림만 그리는)
미 리 수희야, 지안이랑 헤어지고 민호 만나. 민호 진짜 괜찮아. 진짜라니까, 진국이야. 겉보기엔 헐렁해 보여두 속이 꽉 찼어.
영 숙 (두 사람을 귀엽다는 듯 보며) 민호가 국거리냐, 진국이게. 그리고 민호가 뭐 만두냐 속이 꽉 차게.
미 리 또, 또 딴지 건다.
영 숙 넌 왜 한 남자한테 일부종사할 애를 가지고 들쑤셔. 그것도 친구 사이인 남자들을 가지고.
미 리 지안이가 싫으니까 그렇지.
영 숙 니 남자도 아니고 남의 남자가 왜 싫어?
미 리 (아무 생각 없이) 그 자식이 학교 다닐 때 나랑 입 맞춘 거 애들한테 다 떠벌

렸단 말이에요, 비겁하게!

수희, 영숙 (미리 보는) ?!

미 리 (아차 싶다) 수희야, 내가 뭐랬니, 지금?

영 숙 수희 남자친구랑 입 맞췄다고 그랬다, 이 또라이야.

미 리 (머리 쓸어 올리며, 휴 하고 한숨 쉬고, 수희 보며) 고등학교 때.

수 희 (그림만 그리는)

미 리 오해 없기다. 암튼 여자랑 있던 일을 떠벌리며 좋아하는 놈이 난 결코 괜찮다고 생각 안 해.

영 숙 어렸잖아.

그때, 미리의 전화 오는,
미리, 전화 받으며,

미 리 아저씨?! 어 나 앞집에 있어…. (하고, 가는)

수 희 (착잡한, 그림을 그리는)

영 숙 (수희 보고) 너두 나두 기분 별로 같은데, 그만하자.

수 희 (보면)

영 숙 자고 가. 잠옷 옷장에서 대충 꺼내 입고. (하고, 이불 쓰고 눕는)

수 희 (캔버스 보며, 착잡한)

씬 40 미리의 오피스텔 안.

미리, 누워 있는 호철의 멍든 등을 마사지하는,

미 리 (속상하지만, 짐짓 담담하게, 어른스럽다) 맨날 때리고 산다며 왜 멍이 들어.

호 철 (눈 감고) 잔소리할라면 자.

미 리 (조심스레, 짐짓 아무렇지 않은 듯) … 아저씨 엄마랑… 아빠는 왜 농약을 마셨어?

호 철 (담담하게) 아버지가 엄마를 많이 때렸어…. 그래서 엄마가 아버지 밥에 약 넣고, 자기도 마셨어.

미 리 (눈가 붉어지는) 몇 살 때.

호 철 내가 일곱 살 때.
미 리 ·· 돌아가신 모습·· 봤어?
호 철 어.
미 리 무서웠겠다.
호 철 많이.
미 리 (호철의 등에 누워, 호철을 안는)
호 철 (눈 감고, 담담히) 코딱지, 나 동정하면 죽는다.
미 리 (눈 감은 채, 눈물 흐르는, 깔끔하게) 어. 안 할게.

천천히 F. O.

씬 41 주민의 집 전경, 아침.

주 민 (E) 아줌마 나 국 좀 줘요.

씬 42 주민의 주방.

주민, 민호 모, 지안 밥을 먹고 있는.
아줌마, 서빙을 하는,

주 민 (밥 먹으며, 신문 보며) 지안이 오늘 뭐 하냐?
지 안 여자친구 만나려구요.
주 민 맨날 뭐 하러 만나느라 돈 쓰냐, 결혼해버리지.
지 안 (웃는)
주 민 (민호 모 보고, 신문 보는)

인서트 – 영화 광고.

주 민 (민호 모 보며) 오늘 뭐 해?
민호 모 친구들이랑 쇼핑 갈 거예요. (하고, 수저 놓고 나가는)
주 민 저게, 진짜··· 사람 개무시하고···. (지안 보며) 신경 쓰지 말고 밥 먹어. (하고,

나가는)

지 안 (답답한)

주 민 (E) 쇼핑은 무슨 쇼핑이야! 나가지 마!

씬 43 민호 모의 침실.

민호 모, 화장품을 바르면,
주민, 뺏으며,

민호 모 (보면)

주 민 친구들이랑 우르르 몰려다닐 시간에 민호 자식이나 집에 데리고 와!

민호 모 걔 싫어하잖아요.

주 민 자식 싫어하는 애비가 어딨냐?

민호 모 (담담하게) 민호 당신 자식 아니야.

주 민 (로션을 화장대에 집어던지는)

민호 모 (보면)

주 민 (속상하게 민호 모 보며) 한 번만 더 민호가 내 자식 아니라고 떠들어라. 그땐 진짜 가만 안 둔다. (하고, 나가는)

민호 모 (담담하게, 다시 화장하는)

씬 44 편의점 앞.

수희, 평상복 차림으로 걸어와 편의점 안으로 들어가면.

씬 45 편의점 안.

수희, 들어와 인스턴트 밥을 고르는,

민 호 (E) 집에 안 갔냐?

수 희 (보는)

민 호 (물 사 들고, 수희 보며) 영숙이 누나네서 잤나보네?

수 희 (답답하고, 속상하게 보는)
민 호 (맘 아프지만, 짐짓 편하게) 지안이 만난다며?
수 희 (밥을 고르는)
민 호 지안이가 오늘 너한테 프로포즈한대. 기분 어때?
수 희 (밥을 만지작거리다, 민호 보며) 니 기분은‥ 어떤데?
민 호 (서글프게 웃으며) … 좋아.
수 희 (서운한) 그래? 내 기분도 말해줄게. 나는 너처럼 거짓말을 잘 못해. 지금 난, 기분 아주 안 좋아. 아니, 무거워. 이윤, 너 때문에.
민 호 (맘 아픈, 애써 웃으며, 가볍게) 울 엄마 아버지도 나만 없음 아무 문제 없고, 너랑 지안이도 나만 없음, 굿이고…. 염병, 죽으라 소리네. (하고, 카운터에 돈 주고 가는)
수 희 (속상한, 잠시 생각하다가 더는 못 참고 나가는)

씬 46 거리.

민호, 걸어가는.

씬 47 거리.

수희, 뛰어와 민호의 팔을 잡아채는,
민호, 속상한 얼굴로 확 팔을 뿌리치는,

수 희 (속상하게 보는)
민 호 (맘 아프게 보는) ….

씬 48 회상 - 제주도.

펜션에서 수희 입에 입 맞추던 민호, 그리고 눈 뜨던 수희.

씬49 거리.

수 희 (어찌할 바를 몰라, 크게 한숨 쉬고, 머리 쓸어 올리는)

민 호 (서글픈, 속상한) 할 말이 없다. 아니 할 말은 많은데 할 수가 없다.

수 희 (눈가 붉어져 보면)

민 호 (울 것 같은, 맘 아픈) 지안이 프로포즈 잘 받아, 친구야. (하고, 수희 머리를 헝클어뜨리고 가는데, 맘 아픈)

수 희 (속상하게, 민호 보고)

씬50 영숙의 오피스텔 안.

영숙, 소파에 앉아 전화하고 있는,
신호음 가다가,

은 석 (E, 퉁명스레) 5시쯤 친구들 만나러 나갈라구요.

영 숙 그럼 그 전에 엄마 만날 수 있어?

은 석 (E) 네.

영 숙 고마워. 그럼 집에서 보자. 먼저 끊어, 어. (하고, 끊는)

수 희 (차 가져다주고) 언니, 차.

영 숙 (차 마시는)

수 희 애들 오늘 가요?

영 숙 (서글프게 웃으며) 쪽팔리니까 내 얘긴 하지 말자. (하고, 차 마시고) 지안이 만나러 간다며 표정이 그게 뭐야?

수 희 (보면)

영 숙 수다 떨고 싶어. 도와주라. 지안이가 몇 번째 남자?

수 희 (서글프게 웃으며) 처음이요.

영 숙 첫사랑에 목매는 스타일?

수 희 아뇨.

영 숙 다행이다. 첫사랑은 처음이란 뜻밖에 없는 건데, 텔레비전 보면 온통 첫사랑 땜에 목매는 거 비현실적이라 싫었거든. 두 번 세 번 사랑한 사람들은 헤퍼 보이게 하잖아. 성숙해질 뿐인데. (하고, 차 마시다, 푹 하고 웃어서 커피를 흘

리는)

수 희 ?

영 숙 (웃음 띠고) 갑자기 내 첫 애인이 한 말이 생각나네, 참 순진한 애였는데⋯.

수 희 어떻게 순진한데요?

영 숙 나한테 프로포즈 하면서 그러드라. 세상에 여잔 나밖에 없다구. 그래서 내가 물었잖아. 너 엄마, 이모, 고모 다 없냐?

수 희 (작게 웃는) 그랬더니요?

영 숙 그랬더니, 이번엔 자기 인생에 내가 마지막이라드라. 그래서 마지막이란 소린 스물네 살짜리가 할 소리가 아니다 그랬드니, 이번엔 나 없음 죽어버리겠대드라. 그래서 죽으라 그랬지.

수 희 (놀란) ⋯.

영 숙 걱정 마, 안 죽고 애를 넷이나 낳고 잘 살고 있으니까. (차 마시며) 사랑할 땐 왜 그렇게 빈말들을 잘하는지. 순진한 애도 사기꾼처럼 말을 번지르르르.

수 희 적어도 그 순간엔 진실 아닌가?

영 숙 (보며) 그럼 지금 이 순간 니가 내 전부고, 지금 이 순간 너만을 사랑하고, 지금 이 순간 미치게 사랑한다고 해야지, 왜 건방지게 영원히를 앞에 붙여들.

수 희 (작게 웃고) 맞네요. (하고, 차 마시며 생각하는)

영 숙 (수희 보며) 너 지안이한테 맘 떴지?

수 희 (보면)

영 숙 (수희 보며) 아침에 민호 만났다고 하는 니 얼굴이 예사롭지 않드라.

수 희 (차 마시는)

영 숙 사랑은 안 변하지만, 사람 맘은 변한다.

수 희 (보면)

영 숙 그냥 그렇다고. (하고, 일어가 화장실로 가는)

수 희 ⋯⋯.

씬51 오피스텔 앞.

민호와 지안, 서서 얘기하고 있는,

지 안 어머님한테랑 아버님한테랑 전화드려봐.

민호 맨날 싸우는 게 일이셔, 냅둬.
지안 (걱정스런) 다른 사람한텐 안 그러면서 부모님한텐 왜 그렇게 냉정해?
민호 (괜히 발로 땅만 차는)
지안 안 좋은 일 있어?
민호 할 얘기 다 했어? 다 했음 나 들어갈게. 피곤하다.
지안 수희 보고 들어가?
민호 그냥 갈래.

그때, 수희와 영숙 나오는,

영숙 (민호의 말꼬리 자르며, 지안 보고) 안녕하세요. 수희 애인이 어떻게 생겼나 보고 싶었는데, 멋지네.
지안 (어색하게 인사하는) 안녕하세요.
민호 (한쪽에 어색하게 서 있는 수희 보다, 눈길 피하고, 지안에게) 간다. (하고, 가는)
지안 민호야!
민호 (뒤도 안 돌아보고, 손 흔들고 가는, 민호의 앞모습 보이면, 맘 아픈)
수희 (가는 민호 보고, 지안에게) 가자. (하고, 차에 타는)
영숙 (가는 민호 보며, 뭔가 이상한 느낌 느끼는)
지안 (영숙에게) 담에 또 뵐게요.
영숙 네.
지안 (차에 타는)

차 가고,
영숙, 가는 차 보다가, 한쪽에 세워둔 차를 타는.

씬 52 달리는 지안의 차.

수희, 생각 많은,
지안, 편하게 말하는,

지 안 김밥 쌌어?

수 희 …. (아차 싶은, 어쩌지 하는 눈빛으로 보는)

지 안 (웃으며) 니가 그렇지…. (앞만 보고, 말하는)

수 희 (지안 보다, 창가 보는, 생각 많은, 복잡한)

씬 53 달리는 영숙의 차 안.

영숙, 운전해 가다가, 미영의 가게 앞(한쪽에 의자 나와 있고, 민호 앉아 있는)에 있는 민호(수희, 지안 생각에 골똘한, 맘 아픈) 보며 혼잣말.

영 숙 젊어서 힘들겠다….

씬 54 미영의 가게 앞.

민호, 막막하게 앉아 있는 모습.

씬 55 달리는 영숙의 차 안(횡단보도 앞에 있는).

영숙, 애들 생각에 답답한 듯 한숨 쉬고, 스피커폰으로 전화 걸고 있는,
스피커폰에 남편이라고 쓰여 있는, 영숙 전화 끊고,

영 숙 이 남잔 애들만 두고 무슨 세미날 이렇게 오래 가 있어…. 전화도 안 받고.. 답답하네…. .

영숙, 후 하고, 창문 열고, 후 하고 다시 숨을 깊게 쉬는데, 끽! 하는 자동차 브레이크 소리 들리는,
'안 돼!' 하는 미영의 소리 들리는,
느린 그림.
영숙, 놀라 브레이크를 잡고 소리 난 옆을 보면,
바퀴가 밀려가는 차, 로봇을 안고 우는 남자아이(부자집 아이로 보이는) 차를 멍하니 보고, '안 돼!' 하며, 달려오는 미영 보이는,

영숙, 놀라고,
미영, 뛰어와 아이를 안고, 엎어져 누르는,
차 간신히 두 사람을 비껴서 끽 하며 서고,
느린 그림 사라지고,

영 숙 (멍한) 안 돼?… (하며, 미영을 보면)

사람들, 운전자들 차에서 내려 우는 애를 일으키는,
미영, 아무렇지 않게 툭툭 털고 사람들 아랑곳없이 그냥 길을 건너는,

영 숙 (계속 미영을 보는)

씬 56 달리는 지안의 차.

수희와 지안 교외로 가는.

씬 57 민호의 집 안.

민호, 벽에 기대앉아 지안이나 수희의 사진을 한 장, 한 장 보고 있다.
그러다 멈추고 사진 한 장 보면,
지안, 비에 흠뻑 젖어 시골집의 처마 밑에서 환하게 웃고 있는,
지안의 사진 속으로 들어가는 듯한 느낌.

씬 58 회상 - 시골집(제주도에서 찍어 오면 좋을 듯).

시골집 처마 밑에서 지안과 민호(하이킹을 하다가, 비가 와 처마 밑에 있는 상황) 앉아 있는,

지 안 (웃으며(사진 속 장면), 민호를 보면)
민 호 (사진 찍으며) 좋아, 표정 좋아.
지 안 (웃으며, 보온병에서 커피 따라주며) 마셔.

민 호 (마시며, 엠피스리 꺼내 이어폰을 지안과 제 귀에 꽂고) 음악 듣자.

음악 들리는,

지 안 (눈 감고, 담담하게) 너무 좋다. 민호야, 너는 소리란 게 얼마나 아름다운 건지 모르지?

민 호 (보는, 맘 아픈)

지 안 나는 안다. 어떤 사람들은 소리 때문에 살기도 하고, 어떤 사람들은 소리 때문에… 가끔 죽기도 해. 믿어지지 않겠지만.

민 호 (눈가 붉어져, 지안을 빤히 보는)

지 안 민호야.

민 호 (외면하려, 차 마시며) 어?

지 안 (눈 감고) 세상에 나를 전부… 이해해줄 사람이 단 한 사람만이라도 있음 난 참 좋겠다.

민 호 (안 보고, 담담히) 내가 해줄게.

지 안 장담하지 마. 나는,

민 호 (보면)

지 안 나 자신조차도 용서가 안 되는 놈이니까.

민 호 …….

씬 59 민호의 집 안.

민호, 지안의 사진을 보다, 벽에 기대,

민 호 (맘 아픈) 유지안, 내 친구 유지안… .

씬 60 시골 재래시장.

지안, 수희 즐거운 표정으로 뻥튀기를 먹으며 이것저것을 구경하고 있다,

지안, 살아 있는 게를 들고 수희를 놀리고, 수희, 재밌어하며 게를 잡아 지안의 얼굴에 가져다대고, 지안, 놀라 뛰어가고,

수희, 나물전에 가서 비듬나물, 취나물, 고사리, 더덕하며 온갖 나물 이름을 다 말하는,
지안, '어떻게 그걸 알어?' 하면 수희, 장난스레 '나물 좋아하거든' 하며, 다시 구경하고, 강아지 파는 데 가서 강아지를 들어보며 서로 좋아하는.

씬 61 스키장.

지안, 수희, 스타트 라인에 서 있고, 하나 둘 셋 하고, 스키를 신나게 타고 있는,
수희, 지안 스키를 타는 모습 번갈아 보여주는,
그러다 수희 넘어지고,

지 안 괜찮아?
수 희 엉덩방아 찧은 거야, 괜찮아.
지 안 (수희를 일으켜 세우는)
수 희 난 좀 쉴래. 더 탈래?
지 안 어. 나중에 커피숍에서 봐. (하고, 가는)
수 희 (가는 지안 보고, 가고)

씬 62 스키장, 일각.

수희, 커피를 마시고 있다가, 고개 들면,
리프트 타고 내려오는 지안, 손을 흔드는,
수희, 웃으며 지안에게 손을 흔들어주는,
다시 생각하는, 마음이 무거운.

씬 63 회상 - 도서관.

수희, 책을 잔뜩 골라 쌓아서 들고 자리로 가려 하는데, 앞에 뭔가 있는, 피하려 몸을 움직이면, 상대도 같은 방향으로 피하려고 움직이는,
또다시, 움직이면, 상대도 같은 방향으로 움직이는,

수희, 휴 하고 한숨 쉬고, 고개 바깥쪽으로 내밀며,

수 희 저기요.

상대(지안)도 '저기요!' 하는, 서로 바라보며 호감을 갖는(처음 만남)

씬64 스키장 커피전문점.

지안, 커피카운터에서 커피를 주문하는,
카메라, 한쪽으로 가면, 수희, 페치카에서 맘 아프게 지안을 보고 있는.

씬65 회상 - 수희의 작업실.

수희, 화난 채 작업을 하고 있는,

수 희 싫어, 난 니 돈 안 받아!
지 안 (양복 차림(회사 다니는) 수희의 팔을 잡으며, 맘 아픈, 소리치는) 어머니 돈도 싫다, 내 돈도 싫다, 그럼 학교는 어쩔 거야! 학비 때문에 벌써 6년째 학교 다녔으면서, 또 휴학을 하는 게 말이 돼!
수 희 (울먹이며) 니가 상관할 거 아냐!
지 안 정수희, 정말 말 그렇게밖에 못 해!
수 희 (버럭) 그래! 그렇게밖에 못 해, 그렇게밖에 못 하겠다, 나는! (하고, 손으로 얼굴 가리고, 흐느끼는)
지 안 (맘 아픈, 따뜻하게 안아주고) ….
수 희 너무 쪽팔려, 너한테두 너무 챙피해서… 이제 더는 말하기도 싫어. 번번이 학기 시작할 때마다 돈 때문에 맘 졸이고, 엄마한테 눈치 보고, 나 정말 너무 싫어, 지안아. 나 정말 너무 싫어….
지 안 (수희 안고, 안쓰런) 괜찮아… 괜찮아….

지안과 수희 모습 한 화면에 보이고.

민 호 (E) 그들 사이엔 내가 다 알지 못하는 많은 추억이 있다.

씬 66 민호의 집 안 + 미리의 집 안, 밤.

민호, 핸드폰 받고 있는, 미리(주방에서 찌개 간 보며)와 화면 나눠지며,

미 리 저녁 먹으삼.

민 호 싫어.

미 리 지랄 말고 오삼. (하고 끊는, 화면 사라지고)

민 호 (답답한) ⋯⋯.

씬 67 스키장 커피숍 안.

수희, 지안 커피를 마시는,

수희, 재밌게 웃는,

지 안 웃기지?

수 희 다시 말해봐, 기억하게.

지 안 잘 들어. 아줌마와 건달의 공통점 세 가지.

수 희 (잘 듣는)

지 안 첫 번째 우르르 떼로 몰려다닌다.

씬 68 회상 - 거리(앞 씬).

민 호 (서글픈) 할 말이 없다. 아니 할 말은 많은데 할 수가 없다.

씬 69 스키장 커피숍 안.

수 희 (민호 생각에 집중 안 되는, 다시 잘 들으려 하는) 두 번짼,

지 안 (웃으며) 아무나 보고 형님이라 그런다.

씬70 회상-편의점 앞.

민호, 눈가 붉어져 수희 보다가 돌아서서 걸어가는,

씬71 스키장 커피숍 안.

지 안 셋째, 문신을 좋아한다. 아줌마들 눈썹 문신하니까. (사이) 수희야.
수 희 (생각하고 있다가) 어?
지 안 (서운한) 너 내 말 안 듣고 있었구나?
수 희 (미안한) 미안…. (하고, 커피 마시는)
지 안 산책할래?

씬72 스키장, 일각.

수희, 지안 걸어와 벤치에 앉아 있는,

지 안 (하늘 보며) 와, 별 무지 많다.
수 희 (생각 많은)
지 안 (하늘 보며) 난 별 참 좋아. 어떻게 하늘에 저렇게 이쁜 게 떠 있을까…
수 희 …. (제 생각에만 빠져 있는)
지 안 수희야.
수 희 (보면)
지 안 우리 가을에 결혼,
수 희 (말꼬리 자르며, 지안 보며, 작심한 듯) 지안아.
지 안 말해.
수 희 (미안하지만) 나 너랑 결혼 안 해.
지 안 (가만 담담히 보다가) 가을이 빠르면 내년에 해.
수 희 자신 없어.
지 안 (맘 아픈, 담담하게) 참 너 결혼이… 별로지. 그럼 동거는 어때? 난 아무래도 상관없는데.
수 희 (지안을 맘 아프게 보는)

지안 (수희 눈만 보며, 담담하게) 왜 그래?

수희 …….

지안 수희야.

수희 (머뭇대다가) 지안아, 나 좋아하는 사람이 생겼어, 미안해.

지안 (눈가 붉어져, 가만 수희를 보는데 맘 아픈)

수희 (맘 아프게, 눈 감는데) 정말 미안해, 지안아.

지안 (맘 아픈, 어렵게) 누, 구야?

수희 ….

지안 누구야….

수희 (천천히 지안 보고, 눈가만 그렁해, 맘 아픈) … 민호.

그런 수희 모습에서 스톱모션 되면서 엔딩.

나도 나이 들고 싶다

5부

Goodbye Solo

Goodbye Solo

씬 1　미영의 가게 밖, 전경, 밤.

미영, 가게 안에서 손님들에게 국밥을 나르고 있다.
미영의 모습 보여주다, 카메라 한쪽으로 가면, 가게 바깥쪽 1톤 트럭(야채상) 안에 미자, 운전대에 앉아 미영을 물끄러미 덤덤히 보며, 김밥을 먹고 있다가, 테이프를 틀고(트로트 나오는), 차 시동 걸고 가는.

씬 2　거리, 밤.

민호, 웃음 띤 걸어가며 핸드폰 하고 있는,

민 호　지금 형 집으로 가고 있어. 전철역에서 삼거리 지나서 가고 있는 중이야. 5분이면 도착할 거야.
민 재　(E) 오지 마.
민 호　할 얘기 있어, 갈 거야.
민 재　(E) 그럼 전화로 해.
민 호　(멈춰 서서, 굳은) 얼굴 보고 싶어. 갈게. (하고, 전화 끊고, 부지런히 가는)

그런 민호의 모습 보이고.

씬3 인서트 - 회상.

놀이터.
어린 시절 민재, 16살, 민호, 8살(유난히 키가 작은)이다.
놀이터에서 민재, 농구를 하며 민호의 주위를 돌며 즐겁게 장난치고,
민호, 즐겁게 웃으며 '민재 형 공 줘, 민호 공 줘' 하며 따라다니는,
둘이 아주 즐거운.

어린 민호 (E) 난 이 세상에서 엄마하고 형이 젤로 좋아!

씬4 민재의 아파트 단지 내.

민호, 걸어서 단지로 가는데,

민 재 (E) 너 왜 그래?
민 호 (멈춰 서서, 앞을 보면)
민 재 (화난, 굳은) 내가 보기 싫다고 오지 말랬지.
민 호 (작게 웃음 띠고) 소주 한잔하자.

씬5 스키장, 벤치(4부 연결).

지안, 맘 아픈, 막막하게 앉아 있는, 수희, 눈물 흐르는 채 놔두고 가만 앉아 있는,

지 안 … (가만 앞만 보다가, 수희 보는, 맘 아픈) ….
수 희 (고개 숙이고, 가만있는)
지 안 (어렵게, 천천히 말하는) 민호도… 너랑 같은 거야? 둘이 같이,
수 희 (안 보고, 어렵게 말하는) 아니야, 나만 그런 거야.
지 안 (막막한, 수희 보며, 천천히) … 수희야, 나 믿을 수가 없다.
수 희 (눈가 그렁한, 맘 아픈)
지 안 (수희를 보며, 눈가 붉어져, 담담하게, 힘들게 말하는) 내가 너한테 뭐… 잘못

했어?

수 희 (고개 젓는, 맘 아픈) 그런 거 없어.

지 안 … (맘 아픈 것 참으며) 집에 가자. 쉬고 싶다. (하고, 일어나 가는)

수 희 (그대로 앉아 있는) ….

씬6 달리는 지안의 차 안.

지안, 맘 아픈, 담담하게 운전해 가는,
수희, 등받이에 기대 눈가 그렁해 멍하니 창가만 보고 가는.

씬7 선술집 안.

민호, 고기를 뒤적거리며 짐짓 기분 좋게,

민 호 이 집 고기 정말 맛있다, 딴 데보다 좀 비싼 거 같은데, 맛이(엄지손가락 치켜들며) 이거네. (먹으며) 형두 먹어.

민 재 (굳은, 민호만 보며) 우리 오늘로 서로 보는 거 마지막으로 하자.

민 호 (보며) 입맛 떨어지게 왜 그래?

민 재 나는 너,

민 호 (속상한, 애써 담담하게) 너만,

민 재 ….

민 호 너만 상처 받은 거처럼 굴지 마라, 진짜.

민 재 ?

민 호 (맘 아픈, 짐짓 담담하게) 오토바이 사고 난 날, 암것도 모르고 너만 살려달라고, 그럼 뭐든 하겠다고 의사한테 울고불고 애원하는 나한테 다짜고짜 니네 엄마가 바람펴서 너 난 거다, 나는 니 형 아니야. 니 피 필요 없어. 그렇게 말하는 넌 나한테 충분히 잔인했어, 아니냐?

민 재 (보는)

민 호 그래, 너두 안됐지. 사춘기 피 뜨거운 사내놈이 지가 참 이뻐한 동생이 엄마가 바람펴 난 자식이란 걸 알았다면, 너도 참 안됐지.

민 재 (보는, 눈가 그렁한)

민 호 그래서 나는 너한테 이유도 모르는 채 참 많이 맞았다. 너무나 잘해주던 형이 하루아침에 무섭게 돌변해서 야구몽둥이로 사흘 걸러 개 패듯 패는데, 나는 왜 그러나 왜 그러나…. 이유도 모르고, 착한 형이 저럴 땐 내가 뭘 잘못했겠지, 그러고만 있었어.

민 재 (담담하게) 할 말이나 하고 가지. 신세 한탄 말고.

민 호 (눈가 붉어져, 어이없게 작게 웃고) 독하네. 후…. (하고, 맘 다잡고 짐짓 담담하게) 사랑하는 여자가 생겼어. 근데 하필 지안이 애인이야.

민 재 ?!

민 호 어떻게 해야 할지 몰라서, 똑똑한 형한테 묻고 싶어서 왔,

민 재 그 일은 내가 상관할 바가 아니다. 니네 엄마한테나 가서 물어. (하고, 일어나 가는)

민 호 (멍하니, 가만있는, 서글픈, 막막한, 혼잣말) 나도 너처럼 엄마가 미워. (하고, 멍하니 앉아 있는)

씬8 영숙의 집 앞.

영숙의 차 세워져 있고,
영숙, 차에 타고 있는,

영 숙 (시계를 보면, 9시 30분이 넘어가고 있다) 얘들이 대체 어딜 간 거야…. 집에도 없고, 전화도 안 받고….

그때, 핸드폰 오는,

영 숙 (서둘러 받으며) 여보세요? (사이) 은미야, 너 어딨어?

씬9 공항.

은미, 공중전화 걸고 있는,

은 미 (조심스런) 여기 공항이야. 좀 있다가 비행기 타.

씬 10 영숙의 차 안.

영 숙 (어이없고, 속상한) … 뭐, 공항?

은 미 (E) 미안해, 엄마, 오빠가 엄마한테 말하지 말라고 그래서….

영 숙 (애써 맘 추스르며) 아빠도‥ 같이 있어?

은 미 (E) 아니, 아빤 세미나가 일정보다 길어지셨대. 그래서 못 왔어.

영 숙 (순간 화가 나서) 그럼 니들끼리 수속 밟(진정하며) …. 몇 시 비행기야, 엄마가 지금 갈게.

은 미 (E) 곧 떠나. 10시 비행기라 지금 막 들어가야 돼.

영 숙 (속상한, 순간, 눈물 왈칵 나는, 참는) ….

은 미 (E) 엄마.

영 숙 (자기 감정 참으며) 어.

씬 11 공항.

은 미 (속상하지만, 따뜻하게) 나는 엄마 편이야. 엄마가 거짓말한 건 싫지만, 그래도 엄마니까 좋아.

씬 12 영숙의 차 안.

영 숙 (말 못 하는, 맘 아픈) 고마워.

씬 13 공항.

은 미 우리 여름엔 보자. 어, 엄마? 내가 전화 자주 할게.

영 숙 (E) 그럼 그래야지.

그때, 은석 오며,

은 석 (지나가며 은미에게) 뭐 해? 안 들어가? (하고, 출국장 쪽으로 가는)

은 미 (영숙에게) 엄마, 건강해야 돼?

씬14 영숙의 차 안.

영 숙 (맘 아프지만, 작게 웃음 띤) 너두. 그래 메일 쓸게. (맘 아픈) 어, 들어가. 어…. (하고, 전화 끊고, 맘 아퍼, 눈 감고 가만있는)

씬15 공항.

은석, 출국장에 줄 서서 있으면, 은미, 눈가 닦으며 오는,

은 석 (퉁명스레) 누구한테 전화했어?
은 미 (퉁명스레, 째려보며) 엄마한테 했다, 왜?
은 석 …. (답답한)
은 미 왜 또 화내보시지!
은 석 (가만 은미 보다가) 가자. (하고, 들어가는)
은 미 (가는 은석 보고, 출국장에 들어서는)

씬16 영숙의 차 안.

영숙, 손으로 눈가 닦고, 맘 추스르고, 시동 걸려다가, 핸드폰 보고, 전화를 하는, 통화음 가다가 멈추면,

영 숙 (짐짓 밝게) 어, 여보, 나.
남 편 (E, 귀찮은) 왜?
영 숙 당신 너무했드라. 오늘 애들 가는데 당신이 갔어야지. 아님 나한테 말을 해주던가…. 애들이 나이보다 철이 든 것처럼 보이긴 해도 아직 어린데,
남 편 (E) 내가 놀다가 안 갔니? 세미나가,
영 숙 (말꼬리 자르며, 미안한) 알지, 세미나 중요한 거…. 나는 그냥 애들이 걱정돼서, 내가 걱정이 은근히 많잖아. 하긴 애들이 한두 번 왔다갔다한 것도 아닌데…. (자랑하듯) 참, 여보 나 애들하고 통화했다. 은미가 나 이해한대.

씬 17 여자의 아파트 안.

남편, 평상복 차림으로 침대맡에 앉아 핸드폰을 받고 있는(얼굴은 보이지 않는).

남 편 (짜증스런) 그래서?

그때, 여자 주방에서 음식 장만하며,

여 자 자기야! 밥!

씬 18 영숙의 차 안.

영 숙 (여자의 소리를 들은) ?
남 편 (E) 할 말 없음 끊,
여 자 (E, 남편의 말꼬리 자르며) 자기야, 밥 먹어요!
영 숙 (의아한(?)) 여·· 보, 여자 목소리가 들려? 당신 혹시 여자랑·· 있,
남 편 (E) 담에 전화할게. (하고, 끊는)
영 숙 (천천히 전화기 내리고, 차분해지는, 뭐가 뭔지 판단이 안 된다) …….

씬 19 수희의 작업실 앞.

지안의 차 와서 서는.

씬 20 지안의 차 안 + 차 밖.

수희, 안전벨트 푸는,

지 안 (앞만 보며, 천천히) 나한테·· 하고 싶은 말이,
수 희 (보는)
지 안 (수희 보며, 맘 아픈) 민호를 좋아한다는 말이 전부는 아니지?

수 희 (작게 고개 끄덕이는)

지 안 (앞만 보며) … 전화할게.

수 희 조심해서 가. (하고, 내리는)

수희, 가는 지안의 차를 보는.

씬 21 달리는 지안의 차 안.

지안, 운전해 가고, F. O.

씬 22 미리의 오피스텔, 전경.

호 철 (E) 목 아퍼, 그만 떨어져!

씬 23 미리의 오피스텔 안.

미리, 호철의 등에 매달려 있고, 호철, 밥을 차리고 있다.

미 리 싫어, 안 떨어질 거야. 이렇게 꽉 붙어 있을 거야.

호 철 (밥을 차리며) 전생에 너는 분명히 끈끈이였을 거야. (하며, 밥을 푸고, 상에 갖다놓고)

미 리 (웃으며) 맞아, 나는 끈끈이였고, 아저씬 그 끈끈이에 붙은 똥파리였을 거야.

호 철 (멈추고, 미리 보며) 뭐, 똥파리?

미 리 (호철 입에 살짝 입 맞추고, 씩 웃는)

호 철 할 말만 없음 입을 맞춰대고…. 에그, 진짜…. (하고, 찌개 갖다놓는)

미 리 (웃고) 와, 순두부다! (하고, 호철의 등 뒤에서 내려와, 식탁 앞에 앉아, 순두부를 먹는)

호 철 (의자에 앉으며) 넌 나보다 순두부가 좋지?

미 리 지금은. (하고, 순두부를 먹는)

그때, 호철의 전화 오고,

호철, 전화를 받으며,

호 철 네. (하다가, 굳는) 네, 그런데요, 아는데요?

미 리 (밥 먹다가) ?

호 철 (사이, 다급한) 알았습니다, 곧 갑니다. 지금 당장 갑니다. (하고, 일어나 옷 입는)

미 리 (호철 보며) 아저씨, 왜 그래? 무슨 일이야?

호 철 전화할게. (하고, 나가는)

미 리 (가는 호철에게, 걱정스런) 다치지 마! 전화해!

씬 24 몽타주.

1, 오피스텔, 엘리베이터 앞.
호철, 뛰어와 엘리베이터 벨 누르고, 층을 보면, 1층이다. 호철, 다급하게 비상구를 찾아 뛰는,

2, 비상구 계단.
호철, 급하게 뛰어 내려가는,

3, 중급호텔 로비+호텔 밖.
망가진 휠체어와 피 보이고,
들것에 실려가는 지수
카메라, 앞을 보면 앰뷸런스, 급히 가는 모습 보이는.

4, 주차장.
호철, 급하게 뛰어와 차를 몰고 나가는,

5, 달리는 호철의 차 안.
호철, 클랙슨을 누르며 차를 몰아 가고,

6, 호철의 아파트 밖.

신식, 무더기, 영웅 서둘러 나와 차로 가서 타고, 출발하는.

씬 25 병원(민재의 병원) 앞.

앰뷸런스 서고, 사람들 나와 들것에 실린 지수(머리며, 몸에 온통 피와 상처다)를 이동침대에 옮겨 수술실로 가는, 옆에서 걱정스런 김 선생(얼굴만 까진) 따라가며,

김 선생 임 선생, 임 선생, 어떡해‥ 어떡해‥.

그때, 한쪽으로 가면, 호철의 차 급하게 와서 멈추는, 호철 나와 로비로 뛰어들어가는,

씬 26 병원 안.

호철, 급하게 수술실로 뛰어가는, 그러다 지수의 이동침대 수술실로 가는 걸 보고, 김 선생 안절부절하는데,
이동침대 옮기던 간호사 소리치며,

간호사 보호자 계세요!
김 선생, 호철 전데요!
김 선생 (그 소리에 호철을 보는)
호 철 (김 선생 보고, 헉헉대는)

씬 27 병원 일각.

김 선생, 호철 앉아 있고,
영웅, 무더기 조금 멀리 떨어진 곳에 서 있는,
신식, 커피를 두 잔 뽑아와 김 선생과 호철에게 주는,

김 선생 (신식에게) 고맙습니다.

호 철 (커피 받으며) 돈 가져왔지?

신 식 네. (하고, 작은 가방을 호철 옆에 놔주는)

호 철 너만 오지, 애들은 뭐 한다고 달고 와?

신 식 죄송합니다. 형님이 다치신 줄 알았습니다.

호 철 가.

신 식 네. (하고, 인사하고 가는)

호 철 (김 선생 가방 주며) 병원비 쓰세요.

김 선생 그래….

호 철 서울엔 어떻게 오신 거예요?

김 선생 어저께 일산에서 전국보육원원장 모임이 있었어. 아침에 장소 이동하려는데, 엘리베이터가 고장 나 계단으로 내려오다, 휠체어 드는 사람이 발을 헛디뎌서….

호 철 네에. (하고, 차 마시는)

김 선생 아직도 주먹 쓰나보네. 지수는 야채상 한다고 그러든데….

호 철 (커피잔만 보며, 덤덤하게) 지 버릇 개 주나요.

김 선생 어려서 보육원에서 만나 지금까지, 니들 인연도 참…. 근데, 지수랑 좋아하는 줄은 알았어도, 혼인신고한 줄 몰랐는데, 언제 했어?

호 철 지순 몰라요, 싫다는 걸 제가 어거지로 했어요, 두어 달 됐나…. (하고, 커피 마시는)

씬 28 도로.

민호, 미리를 태우고 자전거 타고 가는(자전거 앞엔 장바구니 놓여 있는), 민호, 생각이 많은,

미 리 아, 니가 양씨였음 얼마나 좋을까….

민 호 ….

미 리 우리 양씬 힘들다고 절대 나 자전거 뒤에 안 태워주는데…. 으이 꼰대.. 벌써 보고 싶네. (그러다, 주변 보고) 야, 너 어디 가. 할머니 심부름하러 시장 간다며….

민 호 (주변 보고) 이런… 미안.

미 리 정신을 어디다 두고 운전을 해⋯.

민 호 (그냥 가는)

씬 29 수희의 작업실 안.

수희, 용접을 하다가 멈추고, 옆에 있는 물병 들어 물을 마시다가, 무심히 지안과 찍은 사진을 보는, 맘이 싸한, 그러다 다시 마스크 쓰고, 용접하는.

씬 30 지안의 사무실, 저녁.

지안, 창가에 서서 생각 많은.

씬 31 인서트 - 회상.

1, 수희의 작업실.
수희, 소파에 아픈 얼굴로 이불을 덮고, 머리에 물수건하고 누워 자고 있는,
민호, 탁자에 엎드려 자고 있는, 옆의 대야에 물 담겨 있는,
그때, 민호의 어깨에 지안의 손 올려지는,

지 안 (작게) 민호야.

민 호 (깨며, 얼결에) 왜, 수희야, 수건 갈아줄까?

지 안 (옆에 앉으며) 나야, 늦었지?

민 호 왔구나. (두 손으로 얼굴 부비며) 너 왔으니까 이제 난 가야겠다. (하고, 웃옷 들면)

지 안 수희 좀 어때?

민 호 감기가 심하네. 병원 가기 싫다는 걸 우겨우겨 가서 주사 맞히고, 약 멕이고, 물수건 해주고 하니까 열은 좀 떨어진 거 같애. 참 주방에 생강차랑 죽 끓여놨으니까 깨면 멕여.

지 안 (작게 웃으며) 꼭 니가 애인 같다.

민 호 (서글픈, 작게 웃고, 일어나는)

지 안 (수희의 이불을 여며주다, 이상해 뒤를 보면)

민 호 (수희를 물끄러미 보다가, 지안 보고, 작게 웃고) 갈게. (하고, 돌아서는)

씬 32 지안의 사무실 안.

지안, 서글프게 창가를 보는, F. O.

씬 33 병원 전경, 아침.

씬 34 병원 화장실.

호철, 세수하고 목에 건 수건으로 얼굴을 닦으며 나가는.

씬 35 병원 복도.

호철, 화장실에서 나오는데, 핸드폰 메시지음 들리는,
호철, 메시지 보는,
메시지와 미리 목소리 같이 들리는,

미 리 (E) 보고 싶어, 양씨야!

호철, 담담하게 메시지 보고 가는.

씬 36 회복실 안.

지수, 산소호흡기 쓰고 누워 있는,
김 선생, 호철 앉아 있는,

호 철 (옆에 앉으며) 의사 다녀갔어요?
김 선생 어, 다 좋대. 출혈이 많아 걱정했는데, 별 탈 없다네. 일주일 정도 있음 제주도 가서 진료받아도 될 것 같대. 나도 좀 씻고 올게. (하고, 나가는)

지수의 침대맡 의자에 앉아, 지수를 보다가, 지수의 손 보고 지수의 손을 잡는, 눈가 붉어지고 맘이 따뜻해지는 느낌이다, 작게 따뜻하게 웃는.

씬37 민호의 집 안.

미영, 쪼그리고 앉아, 이불을 덮고 멍하게 앉아 있는 민호를 물끄러미 보는.

민 호 (제 생각에 빠진, 멍한)
미 영 (메모판에 글을 쓰고 있는, 다 쓰고, 민호를 툭 치고, 메모판을 가리키는)
민 호 (메모판 보는)

인서트 – 메모판.
〈할무니 가까, 밥 안 묵고 더 자?〉

민 호 (작게 씩 웃고) 가까가 아니라, 갈까야. 할무니가 아니라 할머니고. 어떻게 내가 그렇게 한글을 갈쳐도 맨날 그렇게 틀리냐? (수화하며) 할머니 바보지?
미 영 (고개 끄덕이는)
민 호 (작게 웃으며) 수화도 내가 할머니 땜에 일부러 배웠는데, 갈쳐줘도 모르고, 그리고 내가 바보지 하면 할머니한테 그럼 안 돼 하고 날 탁 치고 얼굴을 찡그리면서 화를 내는 거야, 고갤 끄덕이는 게 아니고, 바보야.
미 영 (작게 웃으며, 민호 머리 만져주는)

그때, 문소리 나며, 미리 들어오는,

미 리 (E) 친구야, 밥 먹으러 가자! 밥!
민 호 (문소리 난 쪽 보고)

미리, 들어오며,

미 리 (반갑게) 할머니 있네.
미 영 (웃고)

미 리　(자리에 앉으며) 야, 니네 방 진짜 뜨근하다. 넘 좋아, 이런 거. 할머니 잠깐만. (하며, 미영의 다리를 베고 눕는)

미 영　(미리의 머리를 만지며, 편안한)

민 호　(미리 보고) 왜 왔어?

미 리　밥 먹으러 같이 가자구.

민 호　형 없구나?

미 리　(윙크하며, 미안한 듯) 어. (하고, 핸드폰 꺼내 전화하는, 잠시 후) 수희야, 나 미리. 야, 너 지안이 프로포즈 받았,

민 호　(순간 전화기 뺏는)

미 리　왜?

민 호　(화내고) 수희가 지안이 프로포즐 받았는지 어쨌는지 니가 왜 물어?

미 리　(황당한) 친구니까 묻는다, 궁금해서 묻고?

민 호　제발 최미리 사람 작작 좀 괴롭혀라, 어?! 작작 좀 괴롭히라고?! 그리고 부탁인데, 친구면 제발 시키지 않는 짓은 하지 좀 마! (하고, 일어나는)

미 리　(누운 채) 핸드폰 줘.

민 호　(눈 부라리고 보면)

미 리　(기죽어) 아저씨한테 할 거야.

민 호　에으…. (하고, 핸드폰 던져주고, 나가는)

미 영　(나가는 민호 담담히 보는)

미 리　(민호 간 쪽 보며) 니가 수희한테 전화하지 말람 내가 안 하냐? 임마…. (하고, 전화하는) 수희야, 나.

씬 38　민호의 집, 옥탑.

민호, 답답하게 한쪽 평상에 앉아 있는,
미영, 나와서 민호 옆에 앉는,

민 호　(미영 보며) 할미니, 수희 이름만 들어도 막 화가 나.

미 영　(보면)

민 호　(거리 멍하니 보며) 잠자고 일어나면 한 일 년쯤 시간이 확 갔음 좋겠다….

미 영　(가만 민호처럼 거릴 보는)

씬 39 민호의 집 안.

미 리 말해봐봐, 지안이 프로포즈 받았어, 안 받았어?

씬 40 수희의 작업실 안.

수 희 …·.

미 리 (E) 수희야, 수희야! 야, 너 전화 끊었어?

수 희 아니.

씬 41 민호의 집 안.

미리, 앉아 전화하는,

미 리 길게 말할 필요 없어. 받았다 안 받았다만 말해. 더는 안 물을게.

씬 42 수희의 작업실 안.

수 희 (차분한) … 안 받았어.

미 리 (E) 오케이, 알았어. 밥 안 먹었다며 밥 먹어라. (전화 끊는)

수 희 ….

씬 43 민호의 옥탑.

미리, 문 열고 나와 민호 옆에 앉으며,

미 리 민호야!

민 호 (보면)

미 영 (돌아보는)

미 리 (담백하게) 수희, 지안이 프로포즈 안 받았대. (하고, 미영에게) 할머니 밥. (하고, 가며, 혼잣말) 무서워 죽겠네, 자식….

민 호 (생각 많은)
미 영 (민호 손 잡아주고, 가는)
민 호 (그대로 멍한) ….

씬 44 미영의 가게 앞.

영숙, 외출복 차림으로 생각 많게 식당으로 가는, 그때 미리, 식당에서 나오며,

미 리 언니.
영 숙 (보면)
미 리 땅에 돈 떨어졌어, 왜 코를 박고 걸어?
영 숙 (미리 보고) 말 시키지 마. (하고, 가게로 들어가는)
미 리 진짜 말 재수 없이 해요. (하고, 가는)

씬 45 미영의 가게 안.

사람들, 여럿 밥을 먹고 있는,
영숙, 들어와 한쪽에 앉아 무심히 옆에 놓인 병의 물 따라 마시고, 미영을 보는,
미영, 주방에서 일하고 있는,
영숙, 그제야 생각나는,

씬 46 인서트 - 회상(4부).

도로.
영숙, 후 하고, 창문 열고, 후 하고 다시 숨을 깊게 쉬는데, 끽! 하는 자동차 브레이크 소리 들리는,
'안 돼!' 하는 미영의 소리 들리는,
느린 그림,
영숙, 놀라 브레이크를 잡고 소리 난 옆을 보면,

바퀴가 밀려가는 차, 로봇을 안고 우는 남자아이(부잣집 아이로 보이는), 차를 멍하니 보고, '안 돼!' 하며, 달려오는 미영의 모습.

씬 47 미영의 가게 안.

영숙, 물잔을 입에 댄 채, 멀뚱히 미영을 보는,
미영, 손님에게 돈을 받고, 손님들 우르르 나가면, 미영, 문을 열고 나가, 계속 인사하고(영숙, 문을 등지고 앉아 있는, 영숙의 등 뒤에서 벌어지는 상황, 영숙의 자리 앞에 거울이 있어, 뒤의 상황이 보이는),
영숙, 물잔을 입에서 떼고, 그냥 바닥에 유리잔을 떨어뜨리는, 유리잔 박살이 나는,
미영, 아랑곳없이 인사를 마치고, 뒤돌아 깨진 유리잔 보고, 영숙을 멀뚱히 보는,
미영, 유리잔을 줍는,
영숙, 그런 미영을 보며,

영 숙 (담백하게) 할머니.. 말 하지?
미 영 (유리잔만 줍는, 그렇게 다 줍고, 영숙 보고, 아무렇지 않게 웃고, 휴지통에 버리러 가는)
영 숙 (미동 없이 미영을 물끄러미 보는)

씬 48 달리는 영숙의 차 안.

영숙, 담담하게 운전해 가는.

영 숙 할머니가… (고개 젓고) 모르겠네.

잠시 후,

여 자 (E) 자기야! 밥 먹자!
영 숙 (의아한(?), E) 여.. 보, 여자 목소리가 들려? 당신 혹시 여자랑.. 있,

남 편 (E) 담에 전화할게.
영 숙 (담담하게) 여자가 있다…. (어이없이 작게 웃으며) 어이없어…

씬 49 민재의 병원 로비.

민재, 점심 식사하러 가는, '식사 안 하세요?' 하며 간호사나 의사들과 목례하고, 병원 밖으로 가는,
호철, 음료수병 사 들고 병원으로 들어오는, 두 사람 스치는.

씬 50 병원 앞.

민재, 병원 나와 가는데, 등 뒤에서 클랙슨 소리 들리는.
민재, 뭔가 뒤돌아보면,
차창 문으로 영숙 고개 디밀고,

영 숙 타요.
민 재 (화나는, 맘에 안 들게 영숙을 보는)
영 숙 안 꼬셔요. 타요. 차 한잔하자고.
민 재 진찰시간에 오세요. 밥 먹어야 돼요.
영 숙 (말꼬리 자르며) 오늘부로 나 그쪽 환자 아니에요. 이제 진찰 안 받는다구. 우리 이제부터 친구하고 같이 차 한잔해요, 밥 한 끼 안 먹는다고 어떻게 되는 것도 아닌데.
민 재 ….
영 숙 지금 안 보면 그쪽이랑 나랑은 끝이라구요.
민 재 ….
영 숙 같이 살자는 것도 아니고 차 한잔하자는데, 뭐가 그렇게 생각이 많어. 진짜 잘났네. (하고, 차 달리는)
민 재 (가는 차 보다가, 핸드폰 꺼내 전화하는) 오영숙 씨, 차 세워요.

앞에 가던 영숙의 차 서는,
민재, 걸어가 차에 타는.

씬51 영숙의 차 안.

민재, 차에 타 안전벨트 하며,

민 재 딱 차 한잔하는 겁니다.
영 숙 (담담하게) 두 잔 마심 사람 치겠네. (하고, 운전해 가는)
민 재 (이 여자가 왜 이러나 싶은, 답답한, 영숙 보며) ?

씬52 커피전문점 전경.

민재 보이고,
영숙, 차를 가져와 자리에 앉아 민재에게 주고, 자기도 마시는,
민재, 차를 마시려는.

씬53 커피전문점 안.

민 재 (영숙 보다가, 차 마시려다가, 멈추고, 영숙에게) 난 녹차 달라고 했는데?
영 숙 여긴 커피가 맛있어요.
민 재 (보며) 의사 권고도 안 듣고 막무가내로 진찰도 안 받겠다, 차도 자기 멋대로… 왜 그래요?
영 숙 여지껏 내 멋대로 못 살아봐서겠죠.
민 재 (보면)
영 숙 (차 마시고, 민재 보며) 남편이 바람을 피우는 거 같아요. 전활 걸었는데, 자기야, 밥 먹어요! 하는 여자 목소리가 들렸어요.
민 재 (보는) ….
영 숙 (창가 보며) 내 남편 이순식 나 정말 많이 사랑하는데…. (민재 보며) 나 남편한테, 애들한테 참 잘하고 살았어요. 물 떠와라, 네, 돈 줘라, 네, 늦는다, 네, 못 들어간다, 네, 자자, 네, 자지 말자, 네, 넌 아무래도 거짓말하는 수준이 미친 여자 같다, 정신과 치료 받아라, 네.
민 재 … 바람이다, 단정 짓지 말아요. 성급하게.
영 숙 (담담하게) 바람이 아니다, 그래서 기대하고 다시 상처받기 싫은데? (차 마시

고, 민재 보며) 왜 나랑 차 마셔줘요?

민 재 불쌍해서요.

영 숙 (씁쓸하게 웃으며) 너무 솔직하네. (담담히) 그럼 나도 솔직할게요. 난 유부남 딱 싫어하니까, 내가 꼬리칠 거란 상상 안 해도 돼요. (사이) 남편하고 헤어지기 싫어요, 어떻게 해야 되는지 방법 좀 가르쳐줘요?

민 재 (보는)

영 숙 모르는… 구나?

민 재 …….

영 숙 괜히 왔네, 그럼. (혼잣말처럼, 창가 보며) 바람은 시간 가면 멎는 거니까, 기다림 될까? 기다리고 참고, 무조건 잘하고, 그러다 보면,

민 재 (담담하게) 왜 그러고 살아요?

영 숙 (보는) ?!

민 재 하고 싶은 대로 해요, 네 하고 싶음 하고 아니오 하고 싶음 하고, 오영숙 씨 맘대로.

영 숙 (맘 아픈, 짐짓 담담하게) 남편한테 버려지기 싫어요.

민 재 (따뜻하게) 오영숙 씨가 잘해야만 좋아하는 사람이라면, 오영숙 씨가 네네 해야만 좋아하는 사람이라면 지금 끝내는 것도 나쁘지 않아요.

영 숙 (민재를 물끄러미 보며) 내 맘대로 해라…. 사실 지금 내 맘은… 복수하고 싶은데?

민 재 합법적이면.

영 숙 (민재 보다, 막막하게 차 마시는)

씬54 미리의 카페 안.

민호, 앞치마 하고 수건 들고 열심히 테이블을 닦고, 청소하는,
바텐더 두 명 정도 청소를 하는,
그때, 준이 들어오며,

준 이 형!

민 호 (보는) 너는 왜 이렇게 출근이 늦어?

준 이 (어색하게, 웃으며) 그러게, 참 나쁘지?

민 호 화장실 청소나 해. (하고, 일을 하려 고개 돌리다가, 이상해 다시 문가 쪽을 보면)

지 안 (문 쪽에 서 있는)

민 호 …. (지안 담담히 보는)

씬55 수희의 작업실 안.

수희, 열심히 용접을 하는,
미리, 그런 수희를 보고 있는,
수희, 일하다가 멈추고, 한쪽에 있는 수건으로 땀 닦고 다시 일하는,
미리, 담담히 수희를 보는,

씬56 한강 고수부지, 난간, 해질녘.

지안, 민호 앉아 있는,

지 안 (강가만 보며, 담담히) …· 한강 참 이뻐.

민 호 ….

지 안 (민호 보며, 어렵게) 민호야.

민 호 (안 보고, 짐짓 담담하게) 어.

지 안 (짐짓, 아무렇지 않은 듯) 수희가 니가 좋댄다.

민 호 (맘 아픈, 외면하는)

지 안 (서글픈) 한 며칠 고민했다. 내가 사랑하는 여자가, 내가 좋아하는 친구를 좋아한다는데, 그럼 나는 어떻게 해야 되나? 수희는 자기 혼자서만이라는데, 곰곰 생각해보니까, 아니… 너도 수힐 좋아하고 있었구나 싶드라. 어쩌면 나도 이미 알고 있었는데, 아니겠지 하고 넘어간 거 같고…

민 호 (작심하고, 짐짓 담담하게, 지안 보며) 유지안, 아니야.

지 안 나도 믿고 싶다.

민 호 (담백하게) 믿어 그럼.

지 안 (보면)

민 호 (힘들게 지안 보며, 괜히 화나는 맘 참고, 애써 담담하게) 못 믿을 게 뭐 있냐?

믿음 되지.

지 안 (보면)

민 호 가자. 일해야 돼. (하고, 일어나 가는)

씬 57 고수부지, 지안의 차 안.

민호, 창가 보고 있는,
지안, 잠시 후 와서 타는,

지 안 (안전벨트 하고, 시동 걸려다 민호 보는)

민 호 (창가만 보는)

지 안 민호야.

민 호 (창가만 보며) 얘기해.

지 안 나 봐.

민 호 (보면)

지 안 (눈가 붉어져, 맘 아픈) 참으려고 애쓰다가 힘들면 얘기해.

민 호 (보면, 맘 아픈 것 애써 참는)

지 안 그 누구도 아닌, 니 입으로, 나한테, 그래줬음 좋겠다.

민 호 (맘 아픈, 외면하며, 짧게) 그럴게.

지 안 가자. (하고, 시동 걸고 가는)

민 호 (창가 보며, 맘 아프고, 막막한)

씬 58 수희의 작업실 안, 밤.

수희, 머리 감고 수건으로 털며 욕실 쪽에서 나오는,
그때, 미리 봉지 들고 들어오는,

수 희 (미리 보며) 안 갔어?

미 리 (소파에 앉아, 맥주를 꺼내며, 수희 안 보고) 하루 종일 말을 안 해서 입이 붙었나 했는데, 아니었나보네.

수 희 (소파에 앉으며) 술 샀네. (하고, 캔을 따서 마시는)

미 리 (수희에게 간 시선을 떼지 않고, 캔을 따서 한 모금 마시는, 마시는 내내 수희 걱정스레 보는)

수 희 (미리 보며) 일 안 가?

미 리 명색이 사장이잖아. 안 가도 돼.

수 희 (미리를 물끄러미 보는)

미 리 말할라고 애쓰지 마. 그냥 술만 마셔도 돼.

수 희 (미리 보며, 담담하게) 지안이한테 민호가 좋다고 했어.

미 리 ?! ….

수 희 ….

미 리 (짐짓 담담하게) 사실, 나 지금 속으로 엄청 놀랐다. 아침에 지안이 프로포즈 안 받았다고 했을 때도 그랬는데…. (숨 고르며) 후… 말해.

수 희 (캔만 보며, 짐짓 담담하게 말하려 하지만, 맘 아픈) 지안이 나한테 참 잘했는데, 늘 따뜻하게. 동갑내기지만 아버지처럼, 오빠처럼, 2년을 꼬박 언제나 나만을 위해서…. 아, 정말 나는 참 운 좋은 여자다. 어떻게 이런 사람을 만났을까…. 얼마나 순간순간 감사했는지 몰라.

미 리 (수희 안타깝게 보는)

수 희 (미리 안 보며, 눈가 붉은) 미리야. 나 내가… 정말 싫어. 내가 어떻게 지안일 배신하니? 나 자신한테도 내가 왜 그랬는지 설명할 방법을 모르겠다.

미 리 그게 어떻게 설명이 되냐?

수 희 (천천히 고개 들어, 보면)

미 리 (캔만 보며, 담담하게) 어려서 민호가 나 좋다는데 진짜 나도 이상하드라. 그렇게 착하고 재밌고, 멋진 애가 왜 안 좋은지. 그리고 양씨 만났는데, 진짜 나 자신도 황당하드라. 그런 날건달에 늙다릴…. 하루만 안 봐도 미치겠고. 그때 난 알았잖아. (수희 보며) 사랑은 그 어떤 걸로도 설명 불능. 주둥이로 설명되는 건 절대, 사랑 아님. 굳이 이유가 필요하다면 그냥 좋다. 수희야, 민호 정말 너 많이 좋아한다. 걔 서랍에 온통 니 사진인 거, 너 모르지?

수 희 (창가 쪽으로 시선 돌리며, 눈가 붉은, 맘 아픈) 난 엄마처럼 이 사람 저 사람… 그러기 정말 싫었는데….

미 리 (속상한, 안쓰런) 니가 자주 그랬냐, 첨이잖아.

수 희 (안 보고, 맘 아픈) 위로 안 돼.

미 리 (수희 보는)

씬 59 수희의 작업실 앞.

수희, 미리를 배웅하는,

미 리 밥 챙겨 먹어. 일 너무 많이 하지 말고.
수 희 (작게 웃으려 애쓰며) 응.
미 리 영숙 언니 그림 그려주기로 한 날, 올 거야?
수 희 (어색하게 웃으며) 일은 해야지.
미 리 (웃으며) 너답다. (어깨 툭 쳐주고) 힘내! (하고, 가고)
수 희 (그런 미리를 담담히 보다가, 집으로 들어가려는데)

민호, 목소리 들리는,

민 호 (E) 왜 그랬어?
수 희 (소리 난 쪽 보면)
민 호 (한쪽 벽에 기대 있다가, 수희 앞에 서는, 맘 아프지만, 짐짓 담담하게) 지안이한테 왜·· 그랬냐고? 지안이 상처 주고, 너랑 나랑 뭘 어쩌자고?!
수 희 (가만 보다, 들어가려 하는)
민 호 (팔 잡으면)
수 희 (뿌리치고, 얼굴 두 손으로 부비고, 맘 다잡고, 민호 보며) 같이 뭘 어떡하자고 하지 않았어.
민 호 ….
수 희 (맘은 아프지만, 차분하게) 니가 나한테 화내지 않아도 지금 난 나 자신에게 충분히 화가 나.
민 호 ….
수 희 니 생각하면서 지안일 만나고 싶지 않았을 뿐이야. 너한테 좋아해달란 말 안 해. 만나달라고 매달리지도 않을 거야. 두 사람 우정, 깨지길 바라지도 않고.
민 호 (맘 아픈) 그럼 지안이한테 가서 니가 한 말 실수라고 말해.
수 희 (가만 보다가, 맘 아픈) 실수가 아닌데, 어떻게 그래. (하고, 돌아서서 가는)
민 호 (가는 수희 보는, 맘 아픈)

씬 60 민호의 집 안.

수희와 지안의 사진 컴퓨터에서 차례로 바뀌는, 민호와 세 사람이 즐겁게 지내던 한때의 사진도 있는, 민호, 작게 서글프게 웃음 띠고 그 사진들을 보고 있는, 그러다 한쪽에 놔둔 핸드폰을 보는.

씬 61 수희의 작업실 안.

수희, 침대맡에서 메시지를 보는.

인서트 – 메시지.
〈그런데 그는 왜 거짓말을 시작했을까?〉

수 희 (뭔가 생각하는)

다시, 메시지음 들리는,
수희, 다시 메시지 보는,

인서트 – 메시지.
〈그는 여기서 끝내고 싶지 않다〉

수 희 (메시지 보며, 심각한) ….

F. O.

씬 62 병원 전경, 낮.

씬 63 회복실.

지수(얼굴 안 보이는), 침대에 누워 있고,
호철, 침대맡 의자에 앉아 있는, 그런 호철의 모습 위로, 지수의 말소리 들

리는,

지 수 (담담하게) 혼인신고 취소해.

호 철 (보며, 가볍게, 담담하게) 싫어.

지 수 이런 법은 없어.

호 철 어차피 너 결혼도 안 하고 보육원 원장으로 늙어 죽을 거잖아. 남자도 안 만난다며? 혼인신고 하고 말고 상관없잖아.

지 수 오빠 결혼해야지.

호 철 (외면하며) 나 같은 놈이 결혼은 무슨, 안 해.

지 수 나한테 죄책감 갖지 마.

호 철 너는 내가 죄책감 같은 걸 아는 놈처럼 보이냐? 사람 잘못봤어. 나 인간 말종이야. 잠이나 더 자. 낼 올게. (하고, 나가는)

가는 호철 보다, 외면하는, 지수의 옆얼굴 보이는.

씬 64 미리의 오피스텔 안.

미리(얼굴에 온통 밀가루를 묻혔다), 소파에 앉아 반죽을 하며 티브이의 오락 프로를 보며 키득거리는,
호철, 그 옆에서 과자를 먹으며 멍하게 생각하는,
미리, 호철에게 말 거는,

미 리 아저씨, 저것 좀 봐봐, 너무너무 재밌어. 안 보면 후회해.

호 철 (생각 많은) 너나 봐.

미 리 알았어. 근데 나 말 잘 듣지? 그러니까 미리 이쁜 기집애, 그래.

호 철 (생각하며, 건성) 미리 이쁜 기집애.

미 리 (웃으며, 호철 볼에 입 맞추고, 다시 티브이 보는)

호 철 ….

씬65 인서트 - 회상.

1, 여관방 안, 흑백 화면(3년 전 상황).
호철, 팬티에 웃옷 입고 있고,
지수, 창가로 등 돌리고, 속옷 차림으로 있는, 옆의 블라우스를 입는,

호 철 (별 생각 없이 가볍게 웃음 띤 채) 니가 오빠 좋다고 어려서부터 그래도 내가 안 믿었는데, 너 진짜 날 좋아했구나? 근데 지수야, 오빠 나쁜 놈이야. 너도 이제 나이가 서른이 넘고 그래서 알겠지만, 남녀관계 자고 나면 끝이다. 참고로 난 징징대는 여자 딱 싫어라 해.

지 수 (블라우스 단추 채우는 모습 보이는)

호 철 (옷 입으며) 그러니까 오빠 말은, 이제 나 찾아 서울 오지 말라고. 몸만 베린다고. 나는 나쁜 놈이니까.

지 수 ….

호 철 (지갑에서 수표 꺼내 지수 옆에 놓고) 잘 가라.

지 수 (등만 보인 채, 차분하게) 돈 가져가.

호 철 (웃으며) 즐거웠다. (하고, 나가는)

지 수 (옆에 놓인 돈 보는)

2, 나이트클럽, 밤.
호철, 나이트클럽 앞에서 핸드폰을 하며 쪼그려 앉아 있는,

호 철 (웃으며) 야, 김소영, 나 싫어…. 뭘 또 만나? 볼 장 다 봤는데 신랑한테나 잘하세요. 얘 좀 봐라, 난 이제 너 싫다니까, 질렸다고…. 몰랐구나, 나 원래 이런 놈이야. (웃으며) 그래, 그렇게 욕하고 잊어라, 그게 너 사는 길이다.

그때, 전화 오는,

호 철 소영아, 전화 왔다, 끊는다. (하고, 핸드폰 받으며) 여자마다 날 좋다네. 골빈 것들. (사이) 여보세요? 예, 김 선생님. (멍한, 멀멀한) 뭐요? 뺑소니요? … 지수가… 다리가 잘려요….

미 리　(E) 아저씨.

씬66 미리의 오피스텔 안.

호철, 생각하다가, 미리 보면,
호철, 얼굴에 밀가루가 묻혀지는(미리가 묻힌),

미 리　으, 재밌다, 재밌어! 진짜 웃기다, 도너스 같애.
호 철　(미리만 멀뚱히 보는)
미 리　(웃다가, 호철 보며, 순간 웃음 가신) 삐졌냐?
호 철　….
미 리　어으 진짜진짜 성격 이상해. 자기는 나 안아가지고 목욕탕에 빠뜨리고, 이쁘다고 궁댕일 물어뜯고 별짓을 다 하면서 내가 밀가루 조금 묻혔다고…. 어우, 어우, 치사해, 치사해, 그래그래 닦아준다, 닦아줘. (하고는, 옆의 걸레를 들어, 호철 얼굴을 문지르다가) 어머! (입을 가리고, 장난스레) 수건인 줄 알았는데, 걸레야! 호호호….
호 철　(담담하게) 코딱지.
미 리　(웃음 띤) 왜… 양씨?
호 철　헤어지자.
미 리　또또또… 말도 안 되는 소릴 해대지. 기다려, 수제비 해줄게. (하고, 밀가루 반죽한 것 들고, 주방으로 가는)
호 철　(자조적인 혼잣말) 염병, 내가 맘잡고 양심적으로 말하면 왜 다들 씹어제껴, 썅.

씬67 미리의 카페 안, 밤.

민호, 컵을 닦고 있고,
영숙, 바에 앉아 술을 마시며 민호와 얘기하는,

민 호　(영숙 보는) ?
영 숙　(작게 웃으며) 놀랬어?

민호 (영숙 보다가, 컵 닦으며, 담담하게) 복수는 무슨… 그냥 한번 알아봐. 남편이 진짜 바람피는지 마는지. 그게 우선 아니야.

영숙 흥신소 아는 데 있어?

민호 (보면)

영숙 알아보라며?

민호 (컵 내려놓고, 양팔로 바를 짚고, 영숙 눈을 물끄러미 보며, 차분하게) 누나 이상한 거 알어?

영숙 내가?

민호 잘은 모르지만 남편이 바람폈다면 나 같음 화가 날 거 같애. 맘도 아프고.

영숙 나, 그런데?

민호 아니. 지금 누난 비즈니스하는 거 같애. 일이 터졌네. 어떻게 처리하지. 회사 사장이 결재서류 받아놓은 거처럼 보인다고.

영숙 그럼 어떻게 해야 안 이상한 건데?

민호 남편한테 가서 물어? 당신 여자 있냐? 나 무지 화난다. 어떻게 그럴 수가 있냐?

영숙 (화나지만, 짐짓 담담하게) 그럼 남편은, 너 의부증이다, 정신과 치료 받아라 그럴걸.

민호 (답답한) 그렇게 단정 짓지 말고 한 번,

영숙 (속상한) 한 번이 아니라 열 번 백 번도 더 당한 일이야. 대학 안 나왔다고 집에서 쫓겨낸 거 보면 몰라. 애들하고 못 만나게 하는 거 보면 모르니? 지 마누라 짓은 못 하게 하드라도 엄마 노릇은 하게 해줘야지. 나 내쫓고, 애들 방치하고, 지는 여자랑… 심해.

민호 (맞지 싶다, 맘 아픈, 진심으로) 남 일에 내가 주제넘었다. 알지도 못하면서 미안해.

영숙 (술잔 보며) 니가 나한테 미안하다니까 좋네, 내 편인 거 같아서. 감정이 터지면 주체 못 할 거 같애. 이상해 보여도 이해해라.

민호 (작게 따뜻하게 웃으며) 오늘 술 내가 낼게.

영숙 땡큐. (주위 둘러보며) 참 수희 안 왔네.

민호 (잔만 닦는)

영숙 의리냐, 사랑이냐 나한테 물어줄래?

민호 (보면)

영 숙 난 무조건 사랑이야. 여자랑 남자랑은 달라요 그러면서 남녀 가를 거면 이제부터 나한테 말도 시키지 마. (하고 술 마시는)

민 호 나도 나이 들고 싶다, 나이 들면 누나처럼 그렇게 명쾌해지나?

영 숙 (술잔 보며, 서글픈) 지금, 이 순간, 이 인생이 두 번 다시 안 온다는 걸 알게 되지.

민 호 (보는)

씬 68 미영의 가게 밖.

미영, 가게 밖 화덕에 올려진 솥을 내리고 연탄불을 갈고 있는.

씬 69 미영의 가게 안.

영숙, 테이블에 앉아 손에 〈무엇이든지 도와드립니다〉라고 쓴 광고 명함을 하나 들고 전화하고 있는,

영 숙 스카이에서 일하는 친구가 전화 한번 해보라고 해서 했어요.

씬 70 호철의 아파트 안.

신식, 전화 받고 있는,
영웅, 무더기 화투치고 있고,

신 식 그런 일은 안 하는데, 스카이에서 부탁한 거면 해야겠네요. 일단 남자 쪽 이름, 주소, 직장만 가르쳐주세요. (쓰고) 계좌번혼 메시지 넣겠습니다.

씬 71 미영의 가게 안.

영 숙 그럼 이 번호로 연락주세요. (하고, 전화 끊고, 착잡한)

그때, 미영 연탄집게 들고 들어와 영숙 보고, 메모판(〈뭐주까〉라고 쓰인)을

넘겨 보여주면,

영 숙 (가만 보다가) … 좀… 앉으실래요?

미 영 (웃고, 영숙 앞에 앉아, 양팔로 테이블을 괴고, 영숙 보는)

영 숙 (물끄러미 보다, 미영의 손을 잡는, 미영 안 보고, 조심스레) 전번 날… 할머니가 말하는 걸 들었어요.

미 영 (놀라지 않고, 아무렇지 않게 멀뚱히 보는)

영 숙 아닌가? 내가 잘못 듣고 잘못 봤나? 그랬었는데, (미영 보며) 아무리 생각해도 난 분명히 듣고 분명히 봤드라구.

미 영 ….

영 숙 만약에 내가 본 게 진짜라면,

미 영 (따뜻하게 보는)

영 숙 (따뜻하게) 이유가 있겠죠…. 내가 남편하고 애들을 속인 것처럼 할머니한테도 사람들을 속이는 이유가… 있겠지?

미 영 (그냥 따뜻하게 보는)

영 숙 언젠가 그 이유를 말하고 싶을 때, 나한테 말해주세요. 놀라지 않고 들어줄게.

미 영 (보는)

영 숙 할머니가 나 힘들 때 안아준 것처럼, 안아도 줄게요.

미 영 (봉숭아 물든 영숙의 손가락을 보는)

영 숙 (그런 미영을 짠하게 보는)

그때, 미자(모자 쓰고) 문 열고 들어와 한쪽 테이블에 고개 숙이고 앉는,

영 숙 (미자 보고, 애써 편하게) 오늘 메뉴 콩나물국이랬죠, 주세요.

미 영 (고개 끄덕이고, 일어나 물 떠서 미자에게 주고, 〈뭐주까〉라고 쓴 메모판을 보여주는)

미 자 (메모판 보고) 암거나 줘요. (하고, 물 마시는데 손에 검은 돼지점이 있는)

미 영 (조금 굳어서 그 점을 보는)

인서트 – 미자의 손.

미 영 (돌아서서 주방으로 가는데, 멍한)
영 숙 (물 마시며, 미자를 좀 이상하게 보는) …….

씬72 주민의 회사 전경.

주 민 (E) 아직 퇴근 안 했냐?

씬73 지안의 사무실 안.

지안, 창가 보다 자리에서 일어나고,
주민, 들어오는,

지 안 사장님.
주 민 (소파에 앉으며) 창가 보며 뭐 해?
지 안 (주민 옆에 앉으며) 바깥 풍경이 이뻐서요.
주 민 (지안을 물끄러미 안쓰럽게 보는)
지 안 (어색하게 웃으며(가볍지 않은)) 왜 그렇게 보세요.
주 민 애인이 바쁘냐? 젊은 놈이 밤늦도록 사무실에 있게?
지 안 (어색하게 웃으며) 네. 근데 왜 퇴근을 이제 하세요?
주 민 집에 사람이 없으니까, 들어가기 싫어.
지 안 (작게 편하게 웃으며) 어머니 또 외출하셨어요?
주 민 (하고, 창가 보며) 여긴 정말 전경이 좋다.
지 안 (그런 주민을 물끄러미 보다가, 창가 보는)

씬74 수희의 작업실 안.

수희, 침대에 누워 눈 뜨고 가만있고,
수희 모, 잠옷 입고 냉장고를 뒤지며,

수희 모 난 밤참 안 하면 허전한데, 어떻게 이렇게 냉장고가 썰렁하니? 요즘 사람들 음식 안 남기기 운동까지 한다지만, 비어두 너무 비었네. 하긴, 쟁여놓고 버리는 것보단 백번 낫다. (냉장고에서 오이 꺼내 옷에 쓱 닦고, 뚝 잘라 한입 먹고, 수희 옆으로 와 누우며, 수희의 엉덩이 두들기며) 아이고, 이쁜 내 새끼. (사이) 야, 너 웬일이냐?

수 희 (엄마 안 보고, 가만있는)

수희 모 몸에 손대는 거 딱 질색인 애가, 엉덩일 만져도 가만있고?

수 희 (안 보고) 아저씨랑 안 좋구나?

수희 모 아냐, 아저씨 출장 가서 온 거야. 전번에 말했잖아, 이번이 쫑이라고. 참 넌 지안이랑 결혼 안 해, 연애만 할 거야?

수 희 (일어나 앉으며, 차분한) 헤어질려고 해.

수희 모 (순간 말 못 하고, 조심스레, 일어나 앉으며) … 왜?

수 희 ‥ 내 맘이‥ 변해서.

수희 모 (담담하게, 걱정스런) 그냥? 아니면, 다른 남자‥ 생겼어?

수 희 (수희 모의 눈만 보는, 맘 아픈)

수희 모 다른 남자‥ 생겼구나….

수 희 (고개 숙이는)

수희 모 (짐짓 대수롭지 않게) 지안이한테 말하지 말고 그냥 좀 시간 지내보지, 그러다 다시 지안이가 좋아질 수 있잖아. 혹시 벌써 말한 건 아니지?

수 희 ….

수희 모 (속상하지만, 짐짓 대수롭지 않게) 그럼 할 수 없지 뭐. 나쁘지 않다. 결혼 전에 이 남자 저 남자 만나보는 거. 그런데, 수희야.

수 희 (보면)

수희 모 (맘 아픈, 수희의 머리카락 뒤로 넘겨주며) 나처럼‥ 엄마처럼‥ 사람 바꾸는 거‥ 버릇 들면 안 돼?

수 희 … 주무세요. (하고, 눕는)

수희 모 (누우며) 엄마 팔 베.

수희 모, 수희를 팔베개해주고, 안아주는,

수희 모 (맘 아픈, 토닥여주다가, 천천히) … 너‥ 힘들겠다.

수 희 (흐느끼는)

수희 모 (안쓰런 다독여주며) 근데 아파야, 크니, 어째, 아파야지.

씬 75 편의점 안.

민호, 냉장고 문을 열고, 물을 꺼내 카운터로 가려다가, 문득 멈춰 서서 한쪽을 보면,

인서트 – 회상.

민 호 (서글프게 웃으며) … 좋아.

수 희 (서운한) 그래? 내 기분도 말해줄게. 나는 너처럼 거짓말을 잘 못해. 지금 난, 기분 아주 안 좋아. 아니, 무거워. 이윤, 너 때문에.

민호, 카운터로 가서 돈 계산하고, 밖으로 나가는.

씬 76 편의점 앞.

민호, 문 여는데, 눈 오는,
민호, 하늘을 보면, 눈이 내리는,
젊은 연인들 '와! 눈이다' 하며 뛰어가는,
남자, 눈을 뭉치려 하고, 여자 '던지지 마' 하고 도망가는,
민호, 그런 연인들 보고, 웃는.

인서트 – 회상.

1. 눈 덮인 들판(4부, 스키장 가서 찍어도 좋을 듯, 네 명이 스키 타러 간 적이 있다는 설정).
민호와 수희 서로 눈싸움을 하는,
지안, 미리 서로 따로따로 눈을 굴리는,
미리, 눈 맞고,

미 리 장난치지 마!

민호, 수희 아랑곳 않고, 서로 눈싸움하는, '야, 너 심해, 니가 심해' 하며 장난치다, 민호, 한 대 맞고, 수희에게 달려가 수희를 안고 입에 눈을 먹이는, 둘 다 즐거운.

2, 한강 고수부지.

지 안 (눈가 붉어져, 맘 아픈) 참으려고 애쓰다가 힘들면 얘기해.
민 호 (보면, 맘 아픈 것 애써 참는)
지 안 그 누구도 아닌, 니 입으로, 나한테, 그래줬음 좋겠다.

3, 수희의 집 앞.

수 희 실수가 아닌데, 어떻게 그래.

씬77 거리.

민호, 걸어가다가 버스정류장에 서 있는 버스 보고,
버스 가려 하면,

영 숙 (E) 나이가 들면 지금이, 인생이, 두 번 다시 안 올 거라는 걸 알지.

민호, 떠나는 버스를 보고 뛰어가는,

인서트 – 플래시백.
수희랑, 입 맞추던 모습,

민호, 죽어라 뛰어 버스의 문을 두들기고 버스 서면, 타는.

씬78 달리는 버스 안(눈 오는).

민호, 숨을 몰아쉬고, 자리에 앉아 핸드폰 하는, 신호음 가고,

수 희 (E) 여보세요?

민 호 (맘 아픈) 수희야, 나 지금 너한테 가는 길이야. 우리 만나자.

씬 79 수희의 작업실 안.

수희, 침대에 앉아, 전화기를 내리는, 담담한.

씬 80 미영의 가게 밖(눈 오는).

미영, 혼자서 테이블에 앉아 눈가 붉은 채 미자 생각을 하는,
카메라, 한쪽으로 가면, 트럭 안의 미자, 미영을 꼬나보며,

미 자 (비웃음에) 저 표정만 보면 진짜 천사네·· 가증스러. (하고, 운전하는)

미영과 미자의 모습 한 화면에 걸리면서 엔딩.

사랑할 때까지
해볼라고

6부

Goodbye Solo

Goodbye Solo.

씬1 거리, 눈 오는 밤.

수희, 민호 걷는,

민 호 (조금 어색하고, 수줍다, 쭈뼛거리다가) 춥지?

수 희 (어색한 웃음 짓고) 조금.

민 호 어디 들어가고 싶어도, 편의점에 물 사러 갔다가 그냥 뛰쳐나오는 바람에 지갑이 없다.

수 희 괜찮아. 걷자.

민 호 … 잠깐만. (하고, 멈춰 서서 주머닐 뒤지는)

수 희 (민호 보는) ?

민 호 (주머니에서 꼬깃한 천 원권 두어 장과 잔돈 꺼내며, 웃음 띤) 편의점 커핀 마실 수 있겠다.

수 희 (작게 웃음 띤) 나두 사줄 거야?

씬2 편의점 밖, 눈 오는.

밖의 유리창으로 보면, 수희, 창가 쪽 의자에 앉아 있고,
민호, 커피를 두 잔 들고 와서 한 잔을 수희에게 주는.

씬3 편의점 안.

민호, 수희 커피를 두 손으로 감싸 쥐고 마시는,

수 희 (차 마시고) 요즘은 계절이 따로 없는 거 같애, 봄에도 눈이 오고. (차 마시는)

민 호 (수희 조심스레 보며, 주저하다가) … 보고 싶었어.

수 희 (찻잔 보다, 민호 보며) … 나두.

민 호 (어색한, 작게 한숨 쉬고, 수희 보며, 조심스레) 생각 많이‥ 했어.

수 희 (고개 끄덕이는, 민호 안 보고)

민 호 (어려운, 찻잔 보며) 지안이한테 뭐라고 말해야 하나‥ 내가 지안이한테 이럼 안 되는데…. 널 포기하는 게 차라리 낫겠다, 그런 생각도 했어.

수 희 (찻잔만 보고 있는)

민 호 근데… 지안이한테 미안한 건 미안한 거고… (수희 보며) 니가 좋은 건 또 좋은 거드라구.

수 희 …. (천천히 민호 보는)

민 호 (수희 눈 보며, 어려운) 좋아한다구, 많이.

수 희 (눈가 붉어져, 민호 보며 작게 웃음 띤)

민 호 (수줍게 작게 웃고, 창가 보는, 편한) 커피 진짜 맛있다.

창밖으로 보면, 편하게 커피 마시는 두 사람 한 화면에 보이는.

씬4 지안의 방 안, 스탠드 불빛 켜져 있는.

지안, 컴퓨터 의자에 앉아, 생각 많은, 핸드폰을 켰다, 말았다 하는.

씬5 수희의 작업실로 가는 길, 눈이 그친.

수희, 민호, 걸어가는.
수희, 집 앞에서 멈춰 서고, 민호에게,

수 희 차비는?

민호 카드 있어.
수희 버스 끊겼을지도 모르는데, 잠깐 있을래? 지갑 가지고 나올게.
민호 버스 안 끊겼어.
수희 혹시 모르잖아. (하고, 집으로 가려 하면)
민호 (가는 수희의 손을 잡는)
수희 (어색한)
민호 후…. (하고, 떨리는 마음을 한숨 돌리고, 손 더욱 꽉 잡은 채) 버스 있어, 그냥 들어가서 자.
수희 그럴게.
민호 지안이한텐… 내가 말할게.
수희 너는… 너대로… 나는 나대로… 그래야 할 거야.
민호 전화… 할게.
수희 (어색하게, 작게 웃고) 어. (하고, 들어가는)
민호 (들어가는 수희 따뜻하게 보고, 작게 웃고, 돌아서서 가는데 행복하다, 걷다가, 훌쩍 뛰고, 달려가는)

씬6 수희의 작업실 안.

수희, 침대로 들어가려는데, 수희 모, 잠결에 말하는,

수희 모 (뒤척이며) 야밤에 어딜 나갔다 와.
수희 (조금 어색한) 어, 친구가 왔었어. (하고, 누우려 하면)
수희 모 니 핸드폰에 뭐 왔나보드라. 자꾸 삐삐거려.
수희 ?

수희, 사이드테이블에 놓인 핸드폰 보면,

인서트 – 메시지.
지안의 전화번호와 지안이라는 이름 떠 있는,

수희, 핸드폰 접고, 담담하게 있는.

씬7 오피스텔 전경, 아침.

씬8 몽타주.

1, 영숙의 오피스텔 안.
영숙, 창문을 열면, 빛 환히 들어오는.

2, 주방의 가스레인지에서 끓고 있는 커피주전자.

씬9 인서트 - 회상(화면색 다른 톤).

영숙, 온몸을 흰 침대커버로 감싸고 뛰어다니고,
남편, 팬티 차림으로 그런 영숙을 잡으러 다니는,
영숙, '그러지 마, 내가 잘못했다니까' 하며 웃으며 도망 다니고,

씬10 영숙의 오피스텔 안.

영숙, 창가에 앉아 커피를 마시는.

씬11 인서트 - 회상(화면색 다른 톤).

남편, 영숙을 잡아 넘어뜨리고, 목에 입 맞추면, 영숙, 깔깔대고 '간지러!' 하고 웃는.

씬12 영숙의 오피스텔 안.

영숙, 커피 마시는, 씁쓸한 웃음 지으며,

남 편 (E) 내 인생에서 오영숙 널 만난 게 가장 잘한 일 같다.
영 숙 (E) 나두 그래.
영 숙 그렇게 죽고 못 살 때도 있었는데…. (커피 마시는)

씬 13 미영의 가게 안.

미영, 설거지를 하고 있는데,
잠시 후, 미자, 커다란 야채봉지를 둘러메고 가게 안으로 들어와 야채봉지를 한쪽에 놓는,

미 영 (그런 미자를 물끄러미 보면)

미 자 (미영을 똑바로 보며) 오늘부터 내 야채 써요.

미 영 (보기만 하는)

미 자 (한쪽 주전자에서 물 따라, 테이블에 앉아 미영 보며, 턱으로 봉지 가리키며) 저거 다 오만 원. 좀 비싸긴 한데, 천사잖어. (하고, 물 마시며 미영을 빤히 보는)

미 영 (미자 보다가, 주머니에서 돈을 꺼내 주는) ….

미 자 장부 하나 마련해둬요. 목돈으로 받게.

미 영 (미자 보다가, 다시 주머니에 돈 넣는)

미 자 참 내가 누군지‥ 기억나죠?

미 영 (물끄러미 보면)

미 자 (작게 웃고) 기억하는구나…. 기억 못 함 무지 섭할 뻔했는데, 알아주니 고맙네. 자주 봅시다, 아줌마. (하고, 나가려다가, 미영 보는)

씬 14 미영의 가게 앞.

미자, 트럭에 올라 '야채 사세요! 호박, 오이, 가지, 감자…' 하는 스피커를 틀고 가고,
카메라, 한쪽으로 가면, 가게 안에서 미영, 가는 미자를 물끄러미 보는.

씬 15 미영의 가게 안.

미영, 가는 미자 보다가 야채봉지를 들어 테이블에 놓고, 쏟으면 엉망진창 썩거나 뒤틀린 야채들 나오는,
미영, 담담하게 앉아서 칼로 그 야채들을 다듬는.

씬 16 민호의 집 욕실 안.

민호, 세수한 채 거울 보며,

민 호 (어렵게) 지안아·· 미안해·· 정말 미안·· 그 말밖에···. (고개 젓고, 답답한) 아냐. (심호흡하고, 다시 거울 보며) 어떤 일이 있어도 넌 내 가장 친한 친구···. (고개 젓고, 다시 거울 보며, 맘 아픈, 혼잣말) 말을 할수록 말이 안 되네··. 진짜 뭐라고 할 말이 없다···. 휴··.

씬 17 민호의 방 안.

민호, 핸드폰을 보고 있다가, 작게 심호흡하고, 지안에게 전화 거는,
신호음 가고.

씬 18 모델하우스 안.

주민과 지안, 간부들 내부를 둘러보는,
핸드폰 진동 소리 나는,

주 민 (냉장고며, 설치된 기계들을 보며) 이번 건 지난번 양평 쪽보다 업그레이드된 제품이 아주 많네.

지 안 금영전자랑 손잡고 새로이 추진된 것들인데, 반응이 좋습니다.

주 민 내가 지었지만, 너무들 편히 산다. (그러다, 지안 보며) 전화 온 거 같은데, 받어라.

지 안 네. (하고, 핸드폰 보고)

인서트 – 핸드폰 문자판, 민호라고 쓰인.

지 안 (굳는, 잠시 보다 배터리 뽑는)

주 민 (지안 보며) ?

지 안 안 받아도 되는 전화예요···. 사장님 저녁에 뭐 하세요?

주 민 왜 나랑 놀아줄래?

지 안 (작게 웃으며) 뭐 하고 놀까요.

주 민 영화 볼래?

씬 19 민호의 집 안.

민호, 전화기 보고 있는데, 전화 오는,

민 호 여보세요?

씬 20 영숙의 오피스텔 안.

수희, 영숙을 그리고 있고,
미리, 과일 먹으며 전화하는,

미 리 잠깐만. (하고, 전화를 수희 주면)

수 희 ?

영 숙 (미리 보는)

미 리 받어, 어서, 민호야.

수 희 (어색한, 전화 받는) 어, 나야.

영 숙 (미리 보며, 입으로만) 뭐야?

미 리 (웃으며, 입으로만 작게) 민호랑 수희 엮였어요.

영 숙 (어이없이 작게 웃고, 수희 이쁘게 보면)

수 희 (어색한) 밥·· 먹었어?

씬 21 민호의 집 안.

민 호 (수줍은, 긴장한) 어. 대충··. 할머니네 안 갔어. 라면 먹었어. (조금 좋은) 알았어, 밥 먹을게. 너는?

씬 22 영숙의 오피스텔 안.

미리, 영숙의 팔짱을 끼고 앉아 영숙과 같이 수희를 이쁘게 보는,

수 희 나두 먹었어.
미 리 (영숙에게, 작게) 언니 재넨 하루 종일 밥 먹었냐만 할 건가봐?
영 숙 (수희 이쁘게 보며) 그러게.
수 희 영숙 언니네.

씬 23 민호의 집 안.

민 호 (조심스럽고, 짐짓 편안하게) 그렇구나. 그럼 가게 일하고 밤에 볼 수 있겠다. (사이) 그래, 그럼 그때 봐. (하고, 전화 끊고, 책상 위를 보면, 웃는 지안의 사진 보이는, 웃음 가시는, 미안한) ….

씬 24 영숙의 오피스텔 안.

수 희 (어색하게 그림만 보는)
미 리 (수희 보며) 너 지안이 땜에‥ 아직 맘이 많이 불편하구나?
영 숙 당근 불편해야지.
미 리 (영숙 보면)
영 숙 (미리 보며) 사람 배신하고 그럼 맘까지 편할라고? 그게 무슨 도둑년 심보야.
미 리 언닌 정말 그따위로밖에 말 못 하세요.
영 숙 넌 차라리 반말해, 존댓말이 더 기분 나빠. (수희 보며) 정수희.
수 희 (고개 들어, 영숙 보면)
영 숙 배신 별로지만, 근데 어떡해 맘이 변한걸. 앞길이 구만린데 안 변했다고 쌩까고 살아줄 수도 없고. 지안이가 나쁜 년, 니가 어떻게 나한테 그러냐 그러면서 달려들면, 그냥 나 죽네 해. 이렇다 저렇다 변명하지 말고, 무조건 잘못했다 그래. 그리고, 민호하고 있을 땐, 니 맘속에 지안이 불러놓지 마.
수희, 미리 (영숙 보면)
영 숙 (수희 보며) 민호랑 있을 때 민호가 좋음 그냥 웃으라고. 지안이한테 미안해

서 웃지도 못하고, 사랑하지도 못하고, 그건 민호한테도 너 자신한테도 못할 짓이잖아.

미 리 (영숙 보며) 와씨, 어떻게 그렇게 멋져? 이렇게 멋진 여자가 왜 소박을 맞았을까?

영 숙 글쎄 말이다.

수 희 (작게 웃는)

영 숙 그래, 기집애야, 그렇게 웃을 일 있음 웃어, 초상난 것처럼 있지 말고. 웃으니까 얼마나 이뻐.

미 리 (영숙의 어깨에 팔을 걸며) 오늘 연거푸 멋지네.

영 숙 두 번 들으니까 욕 같다.

수 희 (그래도 다시 지안의 생각에 착잡해지는)

씬 25 병원 앞.

호철의 차 한쪽에 서는.

씬 26 호철의 차 안.

호철, 앞좌석에 앉아 있고,
신식, 운전하고, 영웅과 무더기 뒤에 있는,

호 철 (벨트 풀며, 신식에게) 니들은 어디로 갈 거냐?

신 식 오영숙이란 여자가 의뢰한 남자 뒤 좀 밟을까 합니다.

호 철 (웃으며) 꼭 형사같이 말한다?

신 식 (작게 웃으며) 어려서 꿈이었습니다.

호 철 그 꿈 참 많이도 빗나갔다.

영 웅 (호철 눈치 보며) 형님… 저 돈 좀 주십시오.

호 철 (보며) 왜?

무더기 (끼어들며) 여자가 옷 사달랍니다.

영 웅 (무섭게 무더기 보는)

호 철 (영웅의 뒤통수 때리며, 화난) 자식이, 여잘 만나도 꼭 그딴 걸 만나? 내가 자식아, 옷 사달라고 그러고 금붙이, 다이아 사달라는 여자들 만나랬냐?! 말랬냐?!

영 웅 (속상한) 만나지 말랬습니다.

호 철 나이가 낼모레면 서른인 게 정신이 없어, 자식이. 내가 남자 돈 버는 거 쉽게 생각하는 여자, 백날 공들여봤자, 꽝이라고 했지! 남자는 뭐 사달라는 여자를 멀리해야 되고, 여자는 뭐 잘 사주는 남잘 멀리해야 되는 거라고 내 골천 번을 니 귓구녕에 대고,

무더기 왜 여자가 뭐 잘 사주는 남잘 멀리해야 됩니까, 형님?

호 철 (무더기에게) 돈 놈 아니고야 남자가 괜히 여자 뭐 사주냐? 엎어뜨릴라고 하는 짓이지. (영웅에게) 너, 그 여자랑 당장 헤어져. 자식이 기집애 보는 눈이 어떻게 그렇게 없어. (하고, 가는)

신 식 (가는 호철에게) 조심하십시오, 형님!

씬 27 호철의 차 밖, 병원 앞.

호철, 병원 안으로 들어가는 모습 보이는.

씬 28 달리는 호철의 차 안.

영 웅 (화난, 구시렁) 진짜 맘에 안 드네…. 돈은 같이 벌고, 쓰긴 혼자 쓰고,

무더기 형님이 여자들한테 무슨 돈을 써?

영 웅 내가 모르는 줄 아냐? 스카이 마담이 형님 갈친 거. 여자들한테 가게 내주고, 수술비 병원비 대주고,

신 식 (운전하며, 가라앉은) 주둥이 안 닫냐?

영 웅 (신식 맘에 안 들게 꼬나보는)

씬 29 병실 안.

아줌마, 청소를 하는,
호철, 침대맡에 앉아 허탈한,

호 철 여깄는 사람 언제 퇴원했어요?

아줌마 오전에 갔어요, 의사선생이 안 된다고 잡아도 막무가내대.

호 철 (답답한) 뭐 쪽지 같은 것도 남긴 것 없어요.

아줌마 네. (하고, 일하는)

호 철 (서운하게 둘레 둘러보다, 한쪽을 보면, 엽서 놓여 있는)

인서트 – 엽서.

지 수 (E) 이제 제발 꿈에서 깨어나. 우린 그냥 하룻밤 잤을 뿐이야.

호 철 (쓸쓸한 웃음) 거짓말.

씬 30 영화관 안.

흑백영화 〈남과 여〉 보는,
주민, 지안 영화를 보고 있는,
음악 흐르며 영화 속 남녀 행복한 모습 보이는,
주민, 지안 영화를 보는,
주민, 회상에 젖듯 서글픈.

씬 31 인서트 - 회상.

1, 달리는 차 안, 낮.
박 기사(30대 후반) 운전하고 가고 있고,
경혜(30대)와 주민, 뒷좌석에 탄,
주민, 룸미러로 기사를 물끄러미 보고, 시선 돌려, 창가를 보고 있는 경혜를 보는,

2, 비 오는 밤.
주민, 창가에 서서 밖을 내다보면,
경혜와 기사, 비를 맞으며, 입 맞추는 모습 보이는, (경혜 울고 있고, 기사, 경혜의 얼굴을 두 손으로 잡고 말을 하며 달래다가, 입 맞추는 상황)

주민, 커튼을 담담히 치는.

씬32 영화관 안.

주민, 보이고,
영화 속의 두 남녀가 입 맞추는 장면 보이는.

씬33 인서트 - 회상.

주민, 커튼 치는, 카메라, 옆으로 가면, 민재, 제 방 창문에서 경혜와 기사를 보는,
경혜, 기사와 입을 떼고 서로 안타깝게 바라보는(앞의 회상 씬과 같은),
민재, 분노로 눈가 그렁해 있다가 커튼을 치는.

씬34 민재의 진찰실.

민재, 경혜 보며 있는,

민 재 (물끄러미 보는)
경 혜 더 이상 너랑 이렇게 남처럼 왕래도 없이 지낼 수 없다고 생각해서 왔다. 대체 집에 왜 안 오는 거니?
민 재 (보는)
경 혜 상냥하고 속 깊은 애가 갑자기 사춘기부터 지금까지…. 전공의 선택할 때 니 부인이랑 결혼 반대할 때 화난 게 지금까지 오는 거니?
민 재 (보는)
경 혜 뭐라고 말 좀 해, 그렇게 입 닫고 있지 말고.
민 재 … (담담하게 보는) 박 기사하고 엄마 관계 알아요.
경 혜 ?!
민 재 민호가 어떻게 태어났는지도 알아요.
경 혜 (눈가 붉어져, 멍한) ….
민 재 이제 내가 왜 엄말 보지 않으려고 했는지 이해가 되세요?

경 혜 …. .

민 재 미안하다고 안 하시네요. 좋은 방법이에요. 쭉 그렇게 사세요. (하고, 일어나 옷 들고 나가려는데)

경 혜 …… 민호도… 아니?

민 재 (원망스레 보며) 네. (하고, 가려다, 돌아보고) 민호만, 걱정되시나봐요. (자조적으로) 하긴, 늘 그랬지. (하고, 나가는)

경 혜 ….

씬 35 병원 일각.

민재, 맘 아프게 걸어가고.

씬 36 지안의 사무실 안.

기사, 컴퓨터를 보고, 서류 다운받고, 지안의 서랍을 열어 이것저것 서류들을 보고, 메모를 하고, 전화하는, 지안의 명패 보이는,

기 사 이 기삽니다, 사장님.

씬 37 달리는 지안의 차 안.

지안, 운전하고,
주민, 전화하고 있는,

주 민 그래, 살펴봤냐?

기 사 (E) 현재 회사에서 진행 중인 기획안밖엔 없습니다. 파일은 전부 다운 받아놨습니다.

주 민 잘했다, 그럼 들어가고 파일은 낼 나 줘라. 담주에도 잊지 말고 오늘처럼 하고. (하고, 전화 끊고, 창가 보며) 네거리에서 좌회전해라.

지 안 (룸미러 보며) 네.

씬 38 갤러리 안, 일각.

주민, 지안 그림을 보고 있는,

주 민 (지안 보며) 뭐, 집을 나가겠다고?

지 안 (그림 보다 주민 보며, 조심스레) 독립하고 싶습니다.

주 민 (물끄러미 보다가) … 왜 캐나다 부모님이 들어오라시냐?

지 안 ·· 그건 아닙니다.

주 민 (물끄러미 보다가) 캐나다 부모님께 나한테 전화 한번 하시라 그래라. 캐나다 가서 내가 찾아봬도 좋고.

지 안 …. (긴장하는, 주민 안 보고)

주 민 (그림만 보며) 근데 부모님은 교환교수로 가 계시다드니, 너무 오래 거기 계신 거 아니냐?

지 안 … 정교수 되셨어요.

주 민 (지안을 보는) 잘됐네, (지안 보고) 참.

지 안 (보면)

주 민 지방에서 결혼해서 사는 여동생이 있다 그러지 않았냐? 연락 자주 해?

지 안 (그림만 보며) 남편이 해외근무지로 발령 나서 조카랑 다 나갔습니다. (하고, 자리 옮겨 그림 보는)

주 민 (지안을 물끄러미 보다, 자리 옮겨 그림 보며) 나중에 내 회사 맡을 놈 너밖에 없다, 그러니 집 나간단 쓸데없는 소리 마.

지 안 (그림만 보며) 회사 맡을 자신 없습니다.

주 민 지금 당장 하란 소리 아냐.

지 안 … 아버님은 왜 그렇게 절 믿으세요?

주 민 의심하고 의심해서 믿을 만하다 답이 나온 놈은 믿어야지, 어째.

지 안 (보면)

주 민 (지안 보며) 너는 니가 퍽이나 영리한 줄 알지?

지 안 ….

주 민 하긴 그 나이엔 그렇게 자길 과신하는 것도 나쁘지 않다. (하고, 시계 보는) 이제 왔겠네. 따라와라. (하고, 가는)

지 안 ?

씬39 갤러리 안.

경혜, 그림을 보고 있는,
카메라, 위로 올라가면, 이층에서 주민, 지안 경혜를 보고 있는,
경혜, 모습 위로,

지 안 (E) 어머니가 여기 계신 줄 어떻게 아셨어요?

카메라, 위로 올라가면,

주 민 (경혜만 보며) 몇 번 뒤를 밟아보니까, 뻔하드라고, 다니는 데가.
지 안 (안쓰레 보며) 왜·· 어머니 뒤를 밟으세요?
주 민 (경혜만 보며, 담담히) 보고·· 싶으니까.
지 안 (보는)
주 민 집에선 보기만 해도 악을 써대면서··· (지안 보며) 웃기지?
지 안 (보는)
주 민 가끔은 그냥 이렇게 말도 안 되게 사는 사람들도 있다. (하고, 다시 경혜 보는)
지 안 ··· (경혜만 보며) 아버님,
주 민 (보면)
지 안 (경혜만 보며) 사귀던 여자한테 다른 사람이 생겼어요. 근데 저는 포기가 안 돼요.
주 민 노력해보지.
지 안 그러기 싫어요.
주 민 그럼·· 기다리는 수밖에 없네. (경혜 보며) 기다리고 기다려봐. 누가 이기나, 해보는 거지 뭐.
지 안 (주민 보다, 경혜 보는)

세 사람 한 화면에 잡히는.

씬 40 달리는 버스 안.

수희, 앉아 있고, 옆자리에 사람 앉아 있고,
민호, 서서 가는,
잠시 후, 옆 사람 내리려고 일어나면,
민호, 수희 옆자리에 앉는,

민 호 (어색한, 수희 보며) 저녁 먹었냐?
수 희 (작게 웃으며) 먹었다고 벌써 두 번이나 말했는데. (하고, 창가 보는)
민 호 (어색하게 웃으며) 참 그랬지…… .
수 희 담부터 우리 집에 바래다줄 생각하지 마. 일하고 힘들다.
민 호 괜찮아.
수 희 (창가로 고개 돌리는)
민 호 (수희의 손을 보다가, 작심하고, 수희의 손을 잡는)
수 희 (민호 보면)
민 호 (수희의 손 잡아서 제 무릎에 올려놓고, 눈 감는) 손 빼지 마라, 무지무지 용기내서 잡은 거니까.
수 희 (민호 보다가, 민호의 어깨에 기대, 눈 감는)
민 호 (감은 눈을 뜨고, 편안하게 있는, 그때 메시지 오는)

핸드폰 보면,
메시지 -〈낼 만나자, 전화할게, 지안.〉

지 안 (E) 낼 만나자, 전화할게.
민 호 (막막하지만, 작심한 듯한, 수희의 어깨를 안고, 창가 보는)

F. O.

씬 41 달리는 지안의 차, 낮.

씬 42 달리는 지안의 차 안.

지안, 운전해 가고 있는.

씬 43 인서트 - 회상(지안이 고등학교 3학년 시절).

1, 철거촌, 낮.
(3부에 회상 장면, 철거원2에게 비는 지안 부까지만)

씬 44 공장, 운동장.

지안의 차, 서 있는,
지안, 차 안에서 여러 공원들과 배구를 하며 노는 선이를 보고 있는.

씬 45 인서트 - 회상.

1, 비 오는 선술집 앞, 밤.
철거원2, 술에 취해 가게 뒤쪽으로 가서 소변을 보는데,
누군가, 어깨를 쳐서 돌아보면,
지안(모자 쓴), 몽둥이로 철거원 머릴 때리고,
철거원, 쓰러지면, 지안, 철거원의 몸 위로 올라가 주먹으로 철거원을 때리는데, 어느 순간 누군가 팔을 잡아 돌아보면,
지안 부, 눈가 그렁해 지안 보며, 맘 아프게 고개를 젓는.

2, 지안의 본가, 마당, 낮.
수갑을 차고 경찰들에 의해 양팔이 들린 채 끌려가는 지안 부, 슬픈 눈으로 마루에 넋 놓고 앉은 지안을 보면,
지안 모, 수화하며 '어, 어, 어' 만 하며 경찰들에게 잡아가지 말라 애원하며 가고,
카메라, 한쪽으로 가면 선이, 지안을 멱살을 잡아 흔들고, 수화로 '니가 잡혀가야지, 왜 아버지가 잡혀가!' 라고 절규하는.

씬46 공장, 운동장.

지안, 눈가 그렁해 차마 더는 선이(친구들에게 수화로 공을 패스하라고 말하는)를 못 보고 운전해 가는.

씬47 달리는 지안의 차 안.

지 안 (눈가 그렁해, 가는)

씬48 거리.

민호, 걸어가다가 카페 앞에서 멈춰 서고, 잠시 서서 심호흡하고, 카페 안으로 들어가는.

씬49 카페 안.

민호, 들어와 둘러보면, 아무도 없는, 한쪽에 가서 앉아, 창가를 보는.

씬50 수희의 작업실 안.

지안과 수희, 차 마시며 앉아 있는.

지 안 (차 마시고, 수희가 작업하던 것 보고, 수희 보는) 작업 중이었나봐.
수 희 (찻잔만 보며, 맘 아픈) 어.
지 안 (수희 물끄러미 보며, 차분하게) … 왜 내가 싫어졌는지, 내가 뭘 잘못했는지, 왜 우리가 이렇게 됐는지 말해줄 수 있어?
수 희 (눈가 붉어져)… 미안해, 못 해.
지 안 ….
수 희 니가 잘못한 거 없어. 내가 변한 거야. 나도 이유를 찾아볼려고 했는데, 내가 생각해도 다 말이 안 돼. 그냥 내 마음이 문제야, 다른 문제 없어.
지 안 (맘 아픈) 나는 알지 못하고 너만 아는, 내 잘못이 있었음 했는데…. 내가 너한테 감정에 솔직하지 못했다거나 지루했다거나 일 땜에 소홀했다거나… 그럼… 고치겠다고 말하려고 했는데….

수 희 (지안 보며, 눈가 그렁해, 맘 아픈) … 너무… 미안해.

지 안 … 우리 오래 만났지… 근데 수희야, 나는 너랑 이제 시작이었어.

수 희 (맘 아픈)

지 안 … 이제 민호랑 있는 너를 내가 어떻게 보냐? (눈물 흐르는, 고개 모로 돌리고 가만있는)

수 희 (그런 지안 안쓰럽게 보다, 작게 한숨 쉬고, 외면하는)

씬 51 수희의 집 앞.

지안, 차에 앉아, 차창 문 열고 수희 보며,

지 안 들어가.

수 희 조심해 가.

지 안 또 보자.

수 희 갈게. (하고, 돌아서서 가는)

지 안 (가는 수희 보다, 운전해 가는, E) 민호야, 오늘은 너 못 보겠다, 나중에 연락하자.

씬 52 카페, 밖.

민호, 카페에서 나와 걸어가는, 허탈한, F. O.

씬 53 호철의 아파트 전경, 낮.

씬 54 호철의 집 안.

디지털카메라에 담긴 사진(O. L)들 보이는,
영숙의 남편과 여자가 카페에서 밥 먹는 모습, 여자의 아파트 앞에서 남편, 여자(웃는)의 볼에 입 맞추는 모습,

불 꺼진 영숙의 집, 불이 환한 아파트, 법률사무소 앞, 남편과 변호사가 얘기하며 가는 모습, 학교 앞에서 여자, 남편을 기다리는, 차에 타 둘이 입 맞추는, 등등의 여러 장의 사진이 하나하나 지나가는,
그 그림 위로 호철 목소리 들리는,

호 철 (E) 사진이 찐하네, 앞집 여자 쓰러지겠네.

신식, 양복 차림으로 있는,
영웅, 무더기 텔레비전 보며 라면 먹는,

신 식 형님이 전해주시겠습니까?
호 철 니가 가. (하고, 일어나 무더기 보며) 무더기 라면 몇 개 끓여 먹냐?
무더기 (눈치 보고 먹으며, 손가락 네 개 들어 보이는)
호 철 넌 임마, 동맥경환데 라면을 네 개나… 아이고, 진짜, (하고, 방으로 가는)
신 식 (무더기 보며) 그거 다 먹지 말고, 반만 먹어. (나가고)
무더기 네.
영 웅 (구시렁) 먹는 거 갖고 난리야.
무더기 형님이 나 위해 하는 말이잖어.
영 웅 (무더기 밉게 보는)

씬 55 미리의 집 안.

호철, 설거지를 하고 있는,

호 철 너는 아침밥 먹은 걸 여적 그릇도 안 씻고, 대체 왜 이러고 사니, 기집애가?

미리, 탁자에 앉아, 과일 먹으며 호철 보며,

미 리 (걱정돼, 짜증 나는) 하던 말이나, 마저 해봐, 영숙 언니 남편 진짜 바람펴?
호 철 (설거지하며) 바람이 아니라, 살림을 차렸다니까.
미 리 (어이없고, 걱정스런) 웬일이니, 진짜!

호철 괜히 아는 척 마라.
미리 신식이 아저씨 언니 어디서 만난대?
호철 스카이 옆에 카페.
미리 (옷 들고 나가는)
호철 야, 너 어디 가! 야, 코딱지!

씬56 카페 안.

영웅, 신식 앉아 있는,

영숙 (사진기를 내려놓고, 가만 생각하는)
신식 아파트는 여자랑 살림하는 데고, 변호살 만나는 이유는, 이혼소송,
영숙 (신식 보면)
신식 댁이 정신적으로 문제가 있다고 모는 거 같습니다. 조사해보니까, 그래요.
영숙 (옆에 놓인 지갑에서 수표 꺼내 주며) 수고했어요.
신식 (돈 받아, 나가는)

영숙, 사진기의 사진을 다시 보는,
창밖에서 미리, 신식과 부딪히고 인사하고, 카페로 걱정스레 오는 모습 보이는,
미리, 담담히 와서 자리에 앉아 영숙 보며,

미리 언니 걱정돼서 왔어. 얘기 들었거든. 괜찮아?
영숙 (미리 보다, 다시 사진들을 보는)
미리 어떡할 거야?
영숙 (사진만 보며) 이혼해야지.
미리 맘도 안 좋을 건데, 이럴 땐 딴생각하지 말고 친정엄마한테 가서 좀 푹 쉬어. 엄마한테 맛있는 것도 해달라 그러고, 짜증도 내고, 울기도 하고, 어?
영숙 (미리 멀뚱히 보는)
미리 엄마… 없어?
영숙 (미리 보는)

미 리 언니….

영 숙 (일어나 나가는)

미 리 (영숙 보는, 걱정스런 그러다 일어나 나가는)

씬 57 놀이터.

민호, 미영 그네 타고 앉아 있는,
미영, 물끄러미 민호를 보고 있고,
민호, 고개 숙이고 있다가 미영 보고,

민 호 그렇게 됐어. 지안이한테는 미안하지만… 그렇다고 수휠 만나지 않을 순 없었어.

미 영 (물끄러미 보는)

민 호 지안이한테는 아직 말하지 못했는데, 할라고… 그래.

미 영 ….

민 호 (서글프게 웃으며) 할머니 나 못됐지? 친구 여자나 가로채고?

미 영 (안쓰런, 고개 작게 젓는)

민 호 할머니, 고등학교 때 지안이가 친구들하고 짜고 나 물먹여서 퇴학당하게 하고, 나 이용한 거 알았을 때, 내가 할머니 찾아가 울면서… 놈한테 꼭 복수한다고 했던 말, 기억해?

미 영 (보는)

민 호 수희… 만나는 거 그거랑 상관없어. 그 일 이후로 지안이에 대해 많은 걸 알게 되면서, 걔가 왜 그럴 수밖에 없었는지, 이해했거든. 전에 말했는데, 기억나?

미 영 (고개 끄덕이고, 민호의 머리를 안쓰레 쓰다듬어주는)

민 호 만약에 지안이가 수희가 세상 모든 사람이… 나중에… 날 오해해도, 할머닌 알고 있어야 돼. 내 마음.

미 영 (고개 끄덕이고, 그네 타는)

민 호 (생각하는)

씬 58 수희의 작업실 안.

수희, 절단기로 쇠를 자르다가, 한쪽에 있는 핸드폰을 보는, 메시지 표시가 있는, 수희, 메시지를 보면,

인서트 – 메시지.
〈그는 그의 부모가 부끄러웠다〉

수희, 발신자 확인하면 정보 뜨지 않는,
수희, 생각하는.

씬 59 영숙의 남편 학교, 전경.

씬 60 영숙의 남편 학교, 복도.

영숙, 걸어가서 교수실 문 여는.

씬 61 남편의 교수실.

남편(뒷모습), 일을 하다 고개 들면,

영 숙 (작게 편하게 웃고) 오래만이네. (하고, 자리에 앉는)
남 편 뭐 하는 짓이야! 누가 당신보고 학교에 찾아오래!
영 숙 (편히, 담담히 보며) 목소리 톤이 높으네, 좀 내리지. 5분 줄게, 하던 일 정리해.

씬 62 카페 안.

남편, 손을 조금 떨며 인화된 사진을 보고 있고,
영숙, 차를 마시며 남편을 담담하게 보고 있는,

남 편 (사진을 한쪽에 내려놓고, 잠시 고개 숙이고 있다가, 영숙을 보는) 여자는 조교야…. 당신하고 일 있고 너무 힘들어서 술 마시고 하룻밤 실수한 게,

영 숙 그럼 술 깨고 나서 실수였어, 그럼 되지, 살림은 왜 차려? 여자랑 자고 다닌 거 첨 아니잖아? 내가 몰랐는 줄 아니?

남 편 ….

영 숙 너 그 여자한테 가선 그러지? 애들 엄마 만난 게 실수였다고? 인생 왜 그렇게 사니? 넌 왜 온통 실수만 하면서 살어?

남 편 (두 손으로 얼굴 가리는)

영 숙 변호사 만나서 내가 정신적으로 많은 문제가 있다 그랬다며? 그래서 애들도 재산도 관리할 수가 없으니, 니가 다 가져야겠다고….

남 편 여보,

영 숙 (뺨을 치는)

남 편 ….

영 숙 (눈가 그렁해) 천박해. 내가 너한테 잘 보이기 위해 한 거짓말이 들통 났을 때 미안하다고 무릎 꿇고 비는 나한테 니가 지금처럼 내 뺨 치면서 했던 소리야. 기억나니?

남 편 … 애들은 내가 맡을게.

영 숙 (맘 아픈, 어이없는) 내 명의로 된 삼청동 집을 준다면?

남 편 ….

영 숙 (눈가 그렁해, 어이없는) 이게 우리 마지막 보는 걸 텐데, 미안하다고 하고 끝내야지, 흥정은 좀 그렇지‥ 참 못났다, 너…. (하고, 가방 들고 나가는)

남 편 (답답한)

씬 63 달리는 영숙의 차 안.

영숙, 멀멀하게 가는,

영 숙 (E) 이럴 때 사람들은 울던데, 난 왜 눈물이 안 나지. 눈물샘이 말랐나.

씬 64 미리의 오피스텔 안, 밤.

호철, 소파 밑에 앉아 텔레비전을 보며 과자 먹고 있고,
미리, 옆에 앉아 호철에게 얼굴을 들이밀고 말을 거는,

미 리 말해봐봐, 정말 남자들은 영숙 언니 남편처럼 한 여자한테 만족을 못 해? 어?

호 철 (티브이만 보며) 그럴걸.

미 리 (떠보듯) 아저씨두? 아저씨두 그래?

호 철 (티브이만 보며) 나라고 별수 있냐, 그러겠지.

미 리 두 손으로 호철의 얼굴을 잡고, 제 쪽으로 돌리고 보게 하며) 아저씨 가슴에, (손가락으로 호철의 가슴 가리키며) 여기에 나 있니?

호 철 (제 가슴을 보고, 미리 보며) 여기에 니가 왜 있어, 넌 내 눈앞에 있고, 여긴 장기 있지. 폐, 간, 뭐 그런 거. 전문대나 나왔다는 게, 그딴 것도 모르고…. (미리 팔 치며) 비켜, 연속극 좀 보게.

미 리 (삐진, 일어나, 티브이 끄는)

호 철 (황당하게 보며) 뭐 하냐?

미 리 (호철 앞에 앉으며) 날 사랑하긴 해?

호 철 (과자 먹으며, 대수롭지 않게) 사랑이 뭔데?

미 리 (과자봉지 뺏는)

호 철 (귀찮은) 또, 또, 시작이네, 얘가.

미 리 나 없으면 못 살겠고, 나 보면 좋아 죽겠고, 세상 그 누구보다 내가 이쁘고, 나를 위해선 뭐든 할 수 있고, 그러냐고?

호 철 솔직히 말해도 돼?

미 리 … 해.

호 철 너 만나기 전에 너 없이 삼십칠 년을 살았는데, 이제 와 너 없이 못 살기야 하겠냐? 세끼 밥만 먹고도 살라면 살지. 그리고 너 보면 좋지, 그냥 좋음 좋은 거지, 꼭 좋아(강조) 죽겠어야 하냐? 그리고 널 위해 뭐든‥ 나는 못 해. 너두 내 성질 알겠지만, 니가 밥해달라 설거지만 해달라 그래도 난 짜증 나.

미 리 (서운한, 호철의 무릎 베고 누워) 진짜 나두 복 없지, 젊은 애들이 나 좋다고 그러는 거 다 뿌리치고, 늙다리 만나서 이런 대접이나 받고‥.

호 철 (웃으며) 지금도 안 늦었다, 가.

미 리　(천장 보며) 그럴까.

호 철　(티브이 켜서 보며, 아무 생각 없이) 그래라.

미 리　(일어나, 호철 보며) 뽀뽀하자?

호 철　그러자. (눈 감고, 입 내밀면)

미 리　(입술을 꼬집어버리는)

호 철　악! (하고, 눈 뜨고, 입 가리고, 놀란 눈으로 미리 보면)

미 리　(웃으며, 신난) 아우! 시원해! (담담히) 이제 밥 먹으러 나가자. (하고, 일어나는)

호 철　(입술이 아픈지, 입을 부비며, 미리 쪽 보는) 빼빼 마른 게 손모가지 힘은 왜 저렇게 쎄. (일어나는)

씬65　거리.

호철, 포장마차에서 와플 같은 군것질거리를 사고, 돈 내고, 거리를 둘러보며 미리를 찾는,

호 철　미리야, 미리야! (그러다, 한쪽 보면)

미리, 웨딩드레스 샵 앞에서 부러운 듯 웨딩드레스를 보며 서 있는,
호철, 미리 옆으로 와서, 군것질거리 먹으며,

호 철　뭘 그렇게 넋을 놓고 보고 있어?

미 리　(부러운 듯, 웨딩드레스 보다가, 호철 보며, 어색하게 웃으며) 내가 결혼하자 그럼 싫지?

호 철　인생 홀로 가는 돛대라 했지? 난 여자랑 엮이고 싶지 않아. 좋음 만나고 싫음 찢어지고 편하게 살자.

미 리　(호철 서운하게 보다가, 웨딩드레스 보며) 난 어려서부터 웨딩드레스 정말 입고 싶었는데…. (하고, 호철 보고, 애써 밝게 웃으며) 하지만, 아저씨가 싫으면… 나도 싫어. 결혼하지 말자. (팔짱 끼고, 짐짓 밝게) 가자!

호 철　(멈춰 서며) 최미리.

미 리　(짐짓 밝게) 왜?

호 철　너 나 진짜 좋아하냐?

미 리　(호철의 얼굴을 잡고, 입을 맞추는)

호 철　(눈 뜨고, 멍한, 맘이 아픈)

미 리　(입 떼고, 호철 보며) 하늘만큼 땅만큼. (하고, 웃고, 주머니에 손 넣고, 짐짓 밝게) 가자. (하고, 앞서 가는)

호 철　(그런 미리 물끄러미 보는, 미리에게 달려가, 미리 팔 잡아채며) 야, 야, 야, 너, 너, 너, 저, 정말 나 좋아해?

미 리　(조금 황당해 보면) ?

호 철　야, 자식아, 너 원래 이 남자 저 남자 만나던 애였잖아! 남자가 잘해주면 헬렐레하고, 잘 안 해주면, 싫어라 하고, 암튼 너 그런 놈이었잖아, 그, 근데 임마, 왜 이래?

미 리　(어이없게 보며) 좋아해줘도 지랄이삼? 참 지랄도 별나삼? 에으…. (하고, 성큼성큼 가는)

호 철　(따라가며) 미, 미리야, 미리야!

씬 66　거리.

지안, 걸어가는.

씬 67　인서트 - 회상.

1, 제주도에서 민호, 지안 레슬링하며 놀던,
2, 제주도에서 신나게 하이킹하던 두 사람(앞에 없으니, 찍어야 함)

씬 68　포장마차 안.

민호, 앉아 있는, 지안, 들어와, 민호 보고 앞에 앉는,
민호, 지안 보고, 어색한,

민 호　왔구나.

시간 경과.
지안, 술을 마시고 내려놓고,
민호, 그런 지안을 미안하고 안쓰럽게 쳐다보고 있는,

지 안 (다시 잔에 술 따르며, 차분하게) 오늘 수희 만났니?

민 호 아니.

지 안 전화는?

민 호 (미안한, 지안 보며) 너한테 수희 만나… 겠다고, 말하고 나서… 보는 게 내 맘이 편할 거 같았어. (작심하고) 미안하다, 지안아, 나 수희 만나야겠다.

지 안 (맘 아프게 보는)

민 호 (맘 아픈, 힘든, 그러나 맘 다잡고 힘들게 말하는) 전번에 너 만났을 때 수희 안 좋아한다고, 그렇게 말해놓고, 믿으라고 해놓고 며칠 안 돼서, 이러는 내가 나도 싫은데… 사내자식이 한번 입 밖으로 뱉은 말을 다시 뒤집는 거 진짜 나도 재수 없는데, 그렇게 됐다, 욕해라, 친구야.

지 안 수희 만나.

민 호 ?!

지 안 (눈가 붉어져, 맘 아프지만 애써 웃으며) 내가 가장 사랑하는 두 사람을 잃지 않는 방법은 그것밖에 없잖아.

민 호 (맘 아픈, 외면하는데, 눈가 붉은)

지 안 근데 민호야.

민 호 (맘 아프게, 보면)

지 안 니가 언젠가 우리 하이킹 갔을 때 그랬지, 내가 이 세상에 나를 전부… 이해해줄 사람이 단 한 사람만이라도 있음 난 참 좋겠다고 했을 때,

민 호 (보고, 맘 아픈) 내가 해줄게… 그랬어, 기억나.

지 안 그 말은… 지킬 자신 있니?

민 호 어.

지 안 (민호 보며, 담담하게) 김민호, 너는 그게 단점이야.

민 호 (맘 아프게, 지안 보는)

지 안 힘든 문젤 너무 쉽게 대답하는 거. (하고, 술을 마시는)

민 호 (지안을 물끄러미 보는)

씬69 정류장 앞.

택시 서 있고, 지안, 택시에 타는,
민호, 그런 지안(조금 취한)을 보고 있는,

민 호 혼자 가도 괜찮겠어?

지 안 (서글프게 웃으며) 민호야, 우리가 전처럼 만나면 웃고, 떠들고 그럴 수 있을까?

민 호 (맘 아픈) …… 시간이 흐르면.

지 안 (민호 보며) … 그래, 시간이 흐르면… 그래도 안 되면 어쩔 수 없고, 그지?

민 호 ….

지 안 (문 닫고, 택시 출발하는)

민 호 (가는 지안 보는)

씬70 달리는 택시 안.

지안, 차 백미러로 서 있다 돌아서는 민호를 물끄러미 보고 있는.

씬71 민호의 옥탑.

민호, 계단을 걸어 올라와 집의 문을 여는데,

경 혜 민호야.

민 호 (돌아보면)

경 혜 (맘 아픈 것 애써 숨기고, 짐짓 편하게) 엄마 오늘 자고 갈라고.

민 호 (작게 웃는)

씬72 민호의 방 안.

민호, 서서 책상 위를 이것저것 치우고,
경혜, 한쪽에 앉아 있는,

민 호 (어색하게 웃으며) 집이 완전 돼지우리지. 매일 치운다고 치워도 이래, 원래 내가 좀 드럽잖아. 그래도 일주일에 한 번은 걸레질도 해, 엄마랑 살 때보단 장족의 발전이지. 그지? (하고, 경혜 보면)

경 혜 (눈 감고 있는)

민 호 피곤해?

경 혜 (힘들게 눈 뜨고 보는)

민 호 여기서 자면 편히 못 자, 차 한잔만 마시고 집에 가.

경 혜 니 아버지한테 말했어, 오늘 너 만나서 자고 간다고. 엄마 너무 힘들다, 좀 누울게. (하고, 눕는)

민 호 (그런 경혜 안쓰레 보다가, 짐짓 밝게, 민호 모 일으켜 세우며)
이왕 자고 갈 거면 옷 갈아입고 자자, 옷 갈아입고. (하고, 경혜의 블라우스 단추 끄르려다, 웃으며) 민망하다, 엄마가 갈아입어. (하고, 한쪽에 있는 추리닝 주며) 이거 입어, 나가서 기다릴게. (하고, 나가는)

경 혜 (나가는 민호 보다가, 옷 갈아입는)

시간 경과.
민호, 방문 열고 들어오면,
경혜, 눈 감고 누워 있는,
민호, 쪼그리고 앉아 그런 경혜 안쓰럽게 보다, 경혜의 손을 잡고 무릎에 대고 고개 숙이는, 잠시 후, 경혜, 눈가 붉어져 눈 떠 민호를 가만 보는.

씬73 미영의 가게 앞.

미영, 가게 앞을 비질하는,
지나가는 사람, 담뱃갑 뜯고 껍질 버리면,
미영, 비로 쓰는, 그러다, 한쪽을 보면, 가게문 앞에 남자아이(4부에 나온, 옷은 비싼 걸로 잘 입은) 꼬질꼬질한 얼굴로 앉아 있는,
미영, 이상해서 가보는,
남자아이, 미영 빤히 보고,
미영, 남자아이를 보면,

인서트 – 회상.

4부, 도로에서 차에 치려 하는 남자아이를 안고 누르는 미영.

미영, 아이 앞에서 환하게 웃는,
그리고, 주머니에서 사탕 꺼내 아이 주는,
남자아이(이후, 석준), 사탕 받아서 가는,
미영, 그 아이를 보고, 웃으면,

미 자 (E) 여적도 애들 좋아하나 보네.
미 영 (앉아서, 미자 보면)
미 자 (턱으로 남자애 가리키며) 쟤도 나 꼬시듯 꼬신 담에 나처럼 상처 줄라고? 그렇게 그만 살지, 밥 줘요. (하고, 가게 안으로 들어가는)
미 영 (담담하게, 가게 안으로 들어가는)

씬 74 민호의 옥탑방, 아침.

민호, 슬리퍼를 끌고 서둘러 문 열고 나와, 계단을 뛰어 내려오는.

씬 75 미영의 가게 안.

미영, 이것저것 반찬을 챙겨 쟁반에 담고 있고,
한쪽에 미리, 호철, 영숙 밥을 먹고 있는,
민호, 서서 얘기하는,

민 호 (호철 보며, 조심스레) 형 오늘 기분이 별론가봐요?
호 철 (밥만 먹는)
민 호 (미리 보며, 작게) 왜 그래?
미 리 (밥 먹으며) 왜 그러겠니? 집에서 밥 먹자는 거 안 들어주고 할머니 밥 먹자 그러니까, 삐져 그러지.
호 철 (미리 보고, 눈 흘기는)
미 리 (보며) 어차피 우리 사이 다 아는 사람들이야, 간첩 접선하는 것도 아니고, 그럼 둘이서 맨날 방구석에만 있냐? 밤에만 둘이 몰래 돌아다니고, 우리가 뭐 박쥐냐, 진짜 성격 이상해?

영 숙 (밥만 먹으며) 성격 이상한 사람하고 왜 만나 헤어지지.

미리, 호철, 민호 (보면)

영 숙 남자들이 여자 숨겨놓고 만나는 이윤, 한 가지밖에 없드라. 어차피 헤어질 여자 가까운 사람들한테 알려 뭐 하나 싶을 때.

미 리 (호철 보며) 정말 그래?

호 철 (짜증 나는) 뭐가 정말 그래? 나는 그냥 싫어! (영숙 보며) 그리고 그쪽, 남 일에 끼지 맙시다, 주제넘게.

영 숙 (호철에게) 또래로 보이는데, 나이가 몇이에요?

미 리 66년생.

영 숙 (호철 보며) 나랑 같네, 말 까도 되겠네.

미리, 민호 (작게 감탄사) 오우….

호 철 (열 받고, 황당한) 후… 난 여자랑 말 안 까거든.

영 숙 안 까거든은 존댓말이냐? 존댓말을 할라면 요를 붙여야지. 안 까거든요, 이렇게. 너 공부 못했지?

호 철 (빤히 보는) ?!

민 호 (고개 절레절레 저으며, 미영 보고) 할머니, 나 밥 빨리 줘요, 가게!

미 리 (영숙과 호철 보며, 재밌는, 숟가락 입에 물고 호기심 어리게 두 사람을 보는)

호 철 (수저 놓고, 만 원 꺼내 탁자에 놓으며) 나 간다. (하고, 일어서면)

영 숙 야, 같이 밥 먹고 니 애인이랑 니 밥값만 낼름 내냐? 치사하게? 오천 원만 더 내.

호 철 (뭐 이런 게 있나 싶어 황당하게 보면)

영 숙 알았다. (만 원 들어, 미리 주며) 넣어. 니들 거까지 내가 낼게.

미 리 (장난치는, 웃으며, 주머니에 돈 넣으며) 고마워염, 언닝.

호 철 (혼잣말) 야! 강호철 성질 많이 죽었다. (하고, 나가는)

민 호 (가는 호철에게) 형!

미 리 (깔깔대고, 웃으며) 아우, 고소해, 고소해, 고소해! 남자다운 척 혼자 다 하다가 쪼잔한 걸 들켰으니, 얼마나 속이 쓰릴까, 아고, 고소해!

민 호 (미리 뒤통수 치며) 그만 웃어? 형 화났는데 뭐가 그렇게 좋아.

미 리 (웃으며) 냅둬, 맨날 지풀에 성내고 지풀에 풀리니까, (영숙 보며) 언니, 왕년에 한가닥 했지? 날라리였지? 빠순이?

영 숙 (반찬 먹고, 아무렇지 않게) 이제 눈치채셨어염?

미 리 (놀라며) 어쩐지… 언니 어디서 놀았어, 강남? 압구정?

영 숙 (밥만 먹으며) 우리 땐 종로야.

민 호 세대를 뛰어넘은 날라리들의 대화, 웃긴다, 진짜.

그때, 미영 밥 쟁반 들고 나오는,

민 호 (쟁반 받으며) 잘 먹을게.

미 영 (웃고, 주방으로 들어가는)

민 호 (영숙, 미리에게) 간다.

미 리 엄마랑 오붓한 시간 보내라.

민 호 (작게 웃고, 가고)

영 숙 (미리 보며) 쟤 엄마 왔니?

미 리 남 일에 신경 끊으시고… 언니. 난 언니 보면 자꾸 알쏭달쏭하다, 대체 정체가 뭐야? 돈은 많고, 머리가 핑핑 돌아가는 거 보면 공분 잘했을 거 같은데, 대학은 안 가고? 집안 얘긴 절대 안 하고? 언니 뭐야?

영 숙 밥이나 먹어. (밥만 먹는)

미 리 ?

씬 76 민호의 옥탑.

경혜, 평상에 앉아 밖을 내다보고 있는,
민호, 집에서 문 열고 커피 두 잔 들고 나오며,

민 호 자, 이번엔 커피 대령이오!

경 혜 (따뜻하게 웃고)

민 호 (민호 모에게 잔 주고, 앉으며) 추워서 뜨겁게 끓였어, 후후 불어 마셔. (커피를 마시며) 아, 좋다.

경 혜 (민호 물끄러미 보다가) 민호야.

민 호 (안 보고, 커피 마시며) 집에 들어가잔 소리 할 거면 말하지 마, 안 들어갈 거니까.

그때, 핸드폰 오는,

민 호　(핸드폰 받으며) 어, 나야.

씬 77　수희의 작업실 안.

수 희　(소파에 앉아, 조심스레) 그냥 궁금해서 걸었어, 연락이 없길래.

씬 78　민호의 옥탑.

민 호　좀 있다, 갈게. 지금은 전화 받기 곤란해…. 한 시간 후쯤… 그래, 끊어.
경 혜　누구야?
민 호　(무심하게) 좋아하는 여자. (하고, 커피 마시는)
경 혜　결혼할 여자?
민 호　(어이없게 웃으며) 그냥 좋아하는 여자야. 난 결혼 같은 거 안 해.
경 혜　(물끄러미 보며, 담담하게) 왜?
민 호　(안 보고, 바깥 풍경만 보며) 그냥 취미 없어. 혼자 살래.
경 혜　엄마 사는 거 보니까, 결혼 별로로 보여?
민 호　(보는)
경 혜　(찻잔만 보며) 모든 사람이 엄마처럼 사는 건 아냐.
민 호　(걱정스런) 좀 이상해, 왜 그래?
경 혜　(민호 못 보고, 맘 아픈) 느이 형… 만났어, 니가 엄마랑 박 기사 아저씨,
민 호　(굳은, 말꼬리 자르며) 그만해. 무슨 말인지 모르지만, 듣고 싶지 않네. (하고, 바깥으로 시선 돌리는)
경 혜　차라리 엄만 니가 모든 걸 안 게 잘됐다 싶다. 언젠간 너한테 느이 친아버지 얘기,
민 호　나가야겠다. (하고, 일어서는)
경 혜　(눈가 그렁해) 민호야, 엄마는… 그때….
민 호　(버럭, 눈가 붉어져, 소리치는) 그만해!

경 혜 (안쓰레 보면)

민 호 (화를 참으며, 심호흡하고) 엄마두 형두 왜들 그렇게 이기적이야! 내가 들을 준비도 안 됐는데, 왜 자꾸 말을 못 해, 난리야! 나는 들을 준비가 안 됐다고?!

경 혜 민호야.

민 호 그래, 알아! 내가, 아버지 아들 아니란 거, 그래, 나도 알아! 그러니까 냅두라고! 더 말할 필요 없다고! 듣고 싶지 않다고, 나는!

경 혜 (눈물 흘리며, 민호 못 보는) 미안해.

민 호 (심호흡하고, 맘 아픈) 후… 왜 그렇게 집에 안 있고, 매일 어딜 그렇게 방황하고 다녀? 아직도 그 남잘 못 잊어서 그래?

경 혜 어떻게 잊어, 그 사람을. 니 아버진데. 민호야, 다른 사람은 몰라도 넌 니 친아버지에 대해 오해하지 말았,

민 호 (속상하고, 맘 아픈, 말꼬리 자르며) 이제부터 날 볼려면 그 사람 얘긴 하지마. 그럴 수 있어?

경 혜 (맘 아프게 보면)

민 호 (눈가 그렁해, 서글프게 애써 웃으려 하며) 그럴 수 없구나, 나보다 그 사람이구나….

경 혜 민호야.

민 호 (맘 아픈, 눈가 그렁해 소리치는) 형두 나두 대체 앞으로 더 얼마만큼 엄마한테 버려져야 하는 거냐! 십 년! 이십 년! 삼십 년!

경 혜 (손수건 꺼내 눈가 닦는)

민 호 엄마, 자식 앞에서 자식보다 딴 사람을 사랑한다고 하는 건 예의가 아니야….
(하고, 집으로 들어가는)

경 혜 (눈가 닦으며, 맘 아프게 있다, 일어나 계단 내려가는, 그때 전화 오고 받는) 여보세요….

씬 79 민호의 방 안.

민호, 전화하는,

민 호 (맘 아픈, 짐짓 담담히) 조심해서 다녀. 밥 많이 먹고. (하고, 전화 끊고, 웃옷

벗고, 갈아입는)

씬80 민호의 집, 계단참.

경혜, 전화 끊고, 민호의 집 쪽 보고, 계단 내려가는.

씬81 거리, 낮.

민호, 손에 꽃다발 들고 굳은 얼굴로 걸어가는.

씬82 수희의 작업실 앞.

민호, 굳은 얼굴로 길을 올라가고 있는,

수 희 (차분한) 웬 꽃다발?
민 호 (그 소리에 멈춰 서서, 앞을 보면)
수 희 온다는 시간이 됐길래, 나와봤어.
민 호 (작게 어색하게 웃고, 꽃다발 내미는)
수 희 (따뜻하게 웃고, 꽃 받아서, 냄새 맡는)
민 호 (그런 수희 보고, 짠하게 웃으며, E) 아버지한테도 엄마한테도 버려진 놈이 사랑을 하겠다고…… 나두 참…. 그런데 수희야, 또 버려질 때 버려지더라도, 난 너 사랑할 때까지 해볼라고.
수 희 (민호 보며, 환하게 따뜻하게 웃으며) 향기가 너무 좋아.
민 호 (환하게 웃으며) 놀러 가자. (하고, 수희 손을 잡고, 가는)
수 희 (조금 놀란, 따라가며) 민호야.

그런 두 사람의 모습에서 엔딩.

사랑하는 사람이
옆에 있어도
우리는 외롭다

7부

Goodbye Solo

G o o d b y e   S o l o

씬1 몽타주.

1, 놀이공원, 낮.
민호와 수희, 롤러코스터나 트위스트 같은 강렬한 놀이기구를 여러 종류대로 타며, 악을 쓰며 웃는,

2, 마트, 안.
호철, 캐리어를 끌고 가고,
미리, 이것저것 물건들을 사는,
호철, 캐리어에 기대 지나가는 여자들 힐끔거리고,
미리, 그런 호철을 보고, 캐리어를 잡아끌고 호철, 넘어지는,

3, 사격장.
민호, 연거푸 사격을 하는데, 모두 명중하는,
민호, 사람들 아랑곳없이 '아자!' 하며 소릴 지르다, 수희와 눈 마주치고,
수희, 사격하다 그런 민호 어이없이 웃고, 민호, 환하게 웃고,

4, 미리의 오피스텔 안.
호철, 미리의 무릎을 베고 누워 있고,

미리, 호철의 귀를 소지하고 있는,
호철, 귀가 아픈지 움찔대면,
미리, 호철을 가만있으라고 볼을 때리고 귀를 소지하는,

5, 놀이공원.
민호, 수희를 뒤에서 안고 같이 목마를 타고 있는, 표정들이 편안하지만 마냥 웃거나 밝진 않다.

민 호 (N) 사람들은 사랑을 하지 못할 때는 사랑하고 싶어서, 사랑을 할 때는 그 사랑이 깨질까봐 늘 초조하고 불안하다. 그래서 지금 이 순간, 사랑하는 사람이 옆에 있어도 우리는 어리석게 외롭다.

씬2 백화점 안, 고급 매장 안+밖, 낮.

영숙, 옷을 이것저것 보고 있는,
그때, 창가로 민재 지나가는,
민재, 몇 걸음 걸어가다가 영숙을 발견하고, 영숙을 물끄러미 보다가,
유리창을 톡톡 치는,
영숙, 민재를 보는.

씬3 백화점 일각.

영숙, 스카프를 고르고 있고,
민재, 그 옆에 서 있는,

영 숙 (웃음 띤, 스카프 고르며) 와이프 나이가⋯.
민 재 삼십대 초반이요.
영 숙 그렇다면⋯ (스카프를 하나 골라, 자기가 해보며) 이건 어때요?
민 재 (편안히, 웃으며, 고개 끄덕이는) 괜찮네요.
영 숙 이거 골라준 대가로 나랑 잠깐, 차 한잔할 수 있어요?
민 재 (잠시 생각하는)

영 숙 또 재수 없이 군다. (하고, 스카프 주고, 가려 하면)
민 재 왜 그렇게 성격이 급해요.
영 숙 (돌아보는)

씬4 카페 안.

영숙, 민재 앉아 있고, 종업원 차를 가져오는,

영 숙 (차 마시고) 와이프 생일이에요?
민 재 아뇨.
영 숙 근데 웬 선물?
민 재 (어색하게 웃으며) 짠순이에요. 생전 가도 자기 필요한 건 안 사요. 아직 날이 쌀쌀한데 목이 허전해 보여서….
영 숙 (편하게, 웃음 띤) 괜찮은 남편이구나. 상담할 땐 재수 없어도. (하고, 차 마시다가) 우리 이러지 말고 맥주 딱 한잔씩만 할래요?
민 재 난 술 안 해요.
영 숙 ?

씬5 인서트 - 회상(2부).

민 재 (한쪽 책장의 책을 빼더니, 그 안에 술을 꺼내 마개 돌리는데)

그때, 문 벌컥 열리고,
영숙, 들어서면,

민 재 (술병 들고, 놀라고)

씬6 카페 안.

영 숙 (O. L) 새빨간 거짓말.
민 재 (편하게 영숙 보며) 진료실에서 본 술병에 있는 건 물이에요.

영숙 ?

민재 대학 때 알콜릭 치료 받았어요. 물론 이젠 다 나았구요. 아직도 술병만 보면 기분이 좋아져서 술병에 물을 담아놓고 마시는 유치한 장난을 하긴 하지만, 알콜릭은 치료했어요.

영숙 믿어줄까 말까?

민재 (편하게 웃고, 차 마시고, 영숙 보며) 남편하곤 어떻게 됐어요?

영숙 어린 조교랑 살림을 차렸어요. 그래서 이번 주에 이혼할라고. 난 속 좁아서 이해심이 없거든요.

민재 (물끄러미 보는)

영숙 근데… 궁금해요. 우리 집 남자 왜 바람이 났을까…. 내가 단 한 번도 지 뜻을 거역한 적이 없는데, 언제나 네네네네 하며 정말 하란 대로 다 했는데,

민재 (차 마시고, 영숙 보며, 담백하게) 그게 싫을 수도 있죠.

영숙 ?

민재 나도 무조건 네네 하는 여자 싫어요. 무슨 생각을 하고 있는지 알 수가 없으니까.

영숙 (편안하게) 내가 하고 싶은 대로 하면 사람들은 날 싫어해요.

민재 (걱정스레 보는)

영숙 (맥주 마시고, 덤덤히 창가를 보는)

씬7 교도소, 복도.

미자 남편, 교도관과 함께 면회실로 걸어가는.

씬8 교도소, 면회실.

미자 남편, 자리에 앉는,
카메라, 앞을 잡으면,
미자, 의자에 기대앉아 미자 남편을 눈가 붉지만, 따뜻하게 웃으며 보고 있는,
미자 남편, 편안하게 웃는,

미자 (짐짓 편안하게) 걱정했던 것보다 얼굴이 괜찮네.

미자 남편 (작게 웃고, 편안하게) 집에서 애기나 보지, 왜 왔어?
미 자 합의금 마련할 수 있을 거 같애. 조금만 참아.
미자 남편 (걱정스레 보며) 다시 옛날처럼 남의 집 털려는 짓 따윈 절대 안 돼.
미 자 (가만 보는) 돈 많은 엄말 찾았어.
미자 남편 (보는) 니가 엄마가 어딨어. 쓸데없는 소리 마.
미 자 ….
미자 남편 죄값 받고 나갈 거야. 뺑소니 혐의만 벗으면 2, 3년이면 돼. 제발 허튼짓하지 마.
미 자 …. 사식 넣어.
미자 남편 몸 잘 챙겨. 맘 아퍼서 너 더는 못 보겠다. 가. (하고, 나가는)
미 자 (가는 남편, 눈가 그렁해 맘 아프게 빤히 보는) ….

씬 9 미영의 가게 앞, 저녁.

미영, 안에서 손님 받고 있는 모습 보이는,
그런 미영 찰칵찰칵 사진 찍히는,
민호, 편안하게 핸드폰으로 미영을 찍고, 그 옆에서 수희, 그런 민호와 미영을 보는,

수 희 들어가자, 배고파. (하고, 들어가고)
민 호 잠깐만. (핸드폰에 사진을 저장하고, 들어가려다가, 바닥에 떨어진 세금고지서 보는)

인서트 – 세금고지서.

민 호 염복희… 잘못 왔나… 주소는 맞는데 이름이 틀리네. (하고, 가게 안으로 들어가는)

씬 10 미영의 가게 안.

미영, 물잔을 가지고 수희와 민호에게로 오는,

민호 할머니.

미영 (보면)

민호 (미영에게 세금고지서 보이며) 이거 잘못 왔나봐. 할머니 이름이 아냐. 할머닌 이미영인데, 염복희라고 왔어.

미영 (담담히, 고지서를 받아, 주머니에 넣는)

민호 ?

수희 (웃으며) 할머니, 안녕하시죠?

미영 (웃고, 가는)

수희 배고프다.

민호 (웃으며, 수희 보며) 나두. (하고, 미영 보면)

미영 (음식을 담는)

씬11 카페 밖.

영숙, 민재 카페에서 나오는, 영숙, 자기 차로 가서 문 열고, 민재 보는,

영숙 집이 어디예요? 데려다 줄게.

민재 버스 타고 갈래요.

영숙 담에 또 볼 수 있어요?

민재 (가만 보는) ….

영숙 왜 그쪽처럼 멀쩡한 사람이 알콜릭이 됐었는지, 듣고 싶은데.

민재 나도, 오영숙 씨가 왜 자기 엄마 얘길 안 하는지, 듣고 싶어요.

영숙 (멍하게, 민재 보는)

민재 오영숙 씨,

영숙 ….

민재 오영숙 씨?

영숙 (그제야 정신 차리고, 민재 보며) 네?

민재 운전 조심해서 가세요. 그리고… (작게 웃으며) 연락해요. 시간 되면… 봅시다. (하고, 가는)

영숙 (가는 민재를 멀멀히 보다가, 차에 타고, 운전해 민재를 스쳐가는)

민재 (가는 영숙의 차를 담담히 보는)

씬 12 미리의 오피스텔 안.

미리, 목욕하고 머리에 수건 두르고 나오며,

미 리 아저씨, 씻어. (하고, 둘러보면, 아무도 없는) 이 인간이 어딜 갔어?

씬 13 편의점 안.

호철, 호떡 먹으며 생리대를 집고, 계산대로 가는,
여종업원과 여자손님 두엇 있는,

호 철 (아무렇지 않게, 호떡 먹으며, 여자들 사이를 비집고 종업원에게) 콘돔 좀 줘요.

여자들 (호철 이상하단 듯 보는)

호 철 (여자들 보고, 이상하단 듯) 뭘 봐요.

여자1 아니에요. (하고, 근처에 있는 물건들 고르는)

여종업원 (호철에게 콘돔 하나를 주는)

호 철 박스로 줘요.

여자2 (호철 모르게 킥킥대고 웃는)

호 철 (보며) 웃을 일 아냐, 아가씨들도 신경 써. 중요한 거야. (종업원에게) 얼마예요?

씬 14 미리의 오피스텔 안.

호철, 냉장고를 뒤지며 말하는,

호 철 니가 생리대 떨어졌다고 사오라매.

미 리 아참 그랬지. 깜박했다. (하고, 식탁에 앉아, 봉지를 뒤지는)

호 철 (우유갑째 우유 마시며, 식탁에 앉는) 너 쓰는 거 맞게 사온 거야? 오버나잇인가 뭔가도 샀는데.

미 리 잘 샀네. (하고, 생리대 보다가, 옆에 놓고, 콘돔박스를 꺼내 보다가, 우유 마시는 호철 보며, 짐짓 담담히) 이거 이제 안 써도 되는데.

호 철 (우유갑 여전히 입에 댄 채) 왜?

미 리 (아무렇지 않게, 상자 탁자에 놓으며) 임신했거든.

호 철 (순간 놀라, 우유를 확 미리 얼굴에 뿜고, 미리 보면) ?

미 리 으이, 추저분해. (하고, 옆에 휴지 뽑아, 얼굴을 닦는)

호 철 (화나고, 어이없게 미리 보며) 야, 야, 기집애야, 너너, 지, 지금 뭐라 그랬어?

미 리 (웃음 띤) 애기 뱄다고.

호 철 내, 내가 기굴 썼는데 니, 니가 어떻게 애를 배?

미 리 (기분 나빠지는, 빤히 호철 보며) 바늘로 구멍 냈다, 왜?

호 철 (화난, 어이없는) 너… (심호흡하고, 가라앉은) 진짜야?

미 리 (머리 귀 뒤로 넘기며, 무심히) 3주래.

호 철 너 낼 병원 가 당장 지워. (하고, 일어나 옷 들고 나가는)

미 리 (호철 안 보고, 화났지만, 목소리는 가라앉은) 지금 뭐랬어?

호 철 (바쁜 걸음으로 미리에게 와, 미리 얼굴을 손으로 잡고, 눈을 똑바로 보며) 지, 워! 알았어! (하고, 나가는)

미 리 (화나는, 눈가 붉은, 잠시 멍하게 있다가, 일어나 나가는)

씬 15 미리의 오피스텔 앞.

호철, 엘리베이터의 버튼을 마구 누르며 서 있는,
그때, 미리 와서 호철의 팔 잡아 돌리며,

미 리 (서운한, 눈가 그렁해) 정말 그렇게밖에 말 못 하니?

호 철 그래, 그렇게밖에 말 못 한다, 어쩔래? 기집애야!

미 리 너 정말‥ 인간 말종이구나?

호 철 몰랐냐? 아, 너 몰랐구나, 그럼 이번 기회에 똑똑히 알면 되겠다. 나는, 인간 말종, 쌩양아치, 강호철이야! 이제 제대로 알았지?

그때, 엘리베이터 서는 소리 들리고,
호철, 엘리베이터 안으로 들어가다가, 나오는 영숙과 부딪히는, 그러나 아랑곳없이 엘리베이터를 타는,

영숙, 가는 호철 이상하게 보다가, 미리(어이없게, 가는 호철 보며 울고 있는) 보고,

영 숙 무슨 일이야?
미 리 (눈물 닦으며, 말없이, 집으로 들어가는)
영 숙 (가는 미리 보며, 이상한)

씬 16 민호의 옥탑방.

민호, 수희 나란히 컴퓨터 앞 의자에 앉아 있는,
컴퓨터 책상에 스탠드 켜져 있는,
화면에 수희의 사진들이 떠 있는,
사진을 보고, 클릭해 다른 사진(수희의 얼굴에 케이크가 으깨져 있는) 보며,

수 희 이건 언제지?
민 호 작년 크리스마스.
수 희 (웃음 띤) 아, 기억난다. 미리가 … 우리 집에서. (하고, 다시 클릭해, 다른 사진(수희가 버스에 앉아 자는)이 나오는) 이건‥ 정말 모르겠네.
민 호 (사진 보며) 재작년 가을일걸, 내가 너랑 화방 갔다가… 오는 길에. 니가 자길래, 몰래 찍었어.
수 희 (민호가 참 이쁜 사람이다 싶게 보는)
민 호 (컴퓨터만 보며, 웃음 띤) 민망합니다.
수 희 (민호 보며)
민 호 (컴퓨터만 보며) 보지 마세요, 자꾸 민망해지니까.
수 희 (작게 웃고, 클릭해서 다음 사진 보는)

씬 17 달리는 호철의 차.

속력을 무지 내는.

씬 18 달리는 호철의 차 안+차 밖.

호철, 운전하며 화가 난,

호 철 이 코딱지 이거이거…. 내, 내가 일낼 줄 알았어, 내가 미쳤지, 아주 그냥 수술을 하는 건데, 염병, 내 주제에 애새낀 무슨, 진짜 그동안 잘 피해 갔는데, 인생 좋나네, 염병…. (그때, 신호등 빨간불로 바뀌는 것을 보고) 이런! (하고, 급브레이크를 밟는데, 쾅 하고 앞차를 들이박으며, 차 멈춰 서는, 성질나는) 아썅! 정말… 되는 일 없네. (하고, 안전벨트 풀고, 나가는)

씬 19 횡단보도 앞.

호철, 차에서 내려 앞차로 가서, 운전석 창문 두드리는,
그때, 문 열리고 건달1(목 뒤를 잡고) 나오는,

호 철 (맘에 안 들게 건달1 보며, 지갑에서 돈 꺼내 주며) 미안합니다.
건달1 (돈 보고, 어이없게) 장난치나, 이 자식이.
호 철 (어이없는, 참으며, 다시 돈을 거의 전부 다발로 꺼내 주며) 됐냐? (하고, 돌아서는데)
건달1 이 새끼가 어딜 가! (하고, 잡으려는데)
호 철 (어느새, 건달1을 둘러메치기를 하고, 일어나려 하는 건달을 순식간에 발로 차고)
건달1 (그냥 나뒹구는)
호 철 존말로 말할 때 말 들음 새끼야, 잡아먹냐? 주먹을 안 쓸라고 해도 자식이 성질을 자꾸 건드리고 지랄이야! 콱 (밟으려 하다, 안 밟고) 에으…. (하고, 돌아서는데)

차 안에서 우르르 5명의 건달이 나오는,

호 철 (건달들 보며, 겁먹지 않고, 호기롭게) 이것들이 다섯 명 타는 차를 여섯 명씩 타고 지랄이네, 니들 자가용이 봉곤 줄 아냐? 자빠져 있는 친구나 일으켜 자

식들아! (하고, 차로 가려 하는데)

건달2 (어느새 호철을 붙잡아, 치려 하면)

호 철 (어느새 건달2의 머리를 잡고, 박치기를 하고, 건달2 넘어지면, 웃옷 벗어 던지며, 건달들에게) 좋다, 형님 오늘 날 잡았다. (걸어가며, 손짓하며) 너 이리 와!

씬 20 민호의 집 안.

수희, 민호 여전히 컴퓨터 보며, 사진(1부, 수희를 지안과 처음 만났을 때, 수희가 웃음 띤 채 전화하는, 핸드폰으로 찍은 동영상) 보는,

수 희 (사진 보며) 이 옷은 정말 오래된 건데,

민 호 지안이가 너 첨 소개해준 날이야.

수 희 (보면)

민 호 (어색하게 수희 보고 웃으며) 맞아, 그때부터야. 이런 얘긴 안 할라 그랬는데, 니가 잘난 줄 알고 잘난 척할까봐.

수 희 으이‥. (하고, 웃고, 다시 클릭하면, 사진 나오는)

인서트 – 사진(경혜, 옥탑에 서서 밖을 보는 뒷모습).

수 희 누‥ 구야?

민 호 (사진을 따뜻하게 보며) 엄마. 엊그제 집에 왔을 때 찍은 거야.

수 희 (민호 보며, 조심스레) 엄마‥ 얘기해줄 수 있어? 왜 집에 안 들어가는지, 왜 가족들하고 안 보는지?

민 호 (사진만 보며, 담담하게, 어렵게) 난‥ 우리 아버지 자식이 아냐.

수 희 (보는) ?

민 호 (수희 보며, 담담하게) 엄마가‥ 젊어서‥ 남자를 만났대.

수 희 (놀라지 않고, 가만 민호를 보는)

민 호 (서글픈) 그래서 날 낳고…. 고등학교 졸업하고 알았어. 첨엔 이게 뭐지 싶드라. 그러다 어려서부터 아버지가 왜 그렇게 날 싫어했는지, 형이 왜 날 사흘들이 팼는지, 다 이해가 되면서… 아니다, 이해는 아니다. 그냥 그랬구나지. 엊

그제 엄마 본 게 1년 만인가 그래. 몰래 숨어서는 가끔 봤는데, 그렇게 마주 보고 얘기한 건 1년 만이드라고. (수희 보고, 서글프게 웃으며) 우리 집‥ 콩가루 집안이지?

수 희 (민호 안쓰럽게 보며, 작게 고개 젓고, 따뜻하게 민호 보며) 그렇게 힘든 일이 있는데도 넌 참 맑다. 니가 제주도에서 사랑은 아름다운 거라 그럴 때, 난 그렇게 생각했는데, 앤 참 세상 물정 모른다. 부모 잘 만나, 고생을 모르고 살아 그렇겠지, 그랬어.

민 호 (사진만 보며) 사실 사랑이 뭔지‥ 나도 잘 몰라. 그땐 그냥 아는 척한 거야.

수 희 (보면)

민 호 난 사실… 니가 지금 날 좋아한다는 것도 (수희 보며) 안 믿겨.

수 희 ….

민 호 대학교 다닐 때도 미리 말고 여자친구들 한둘 있었는데, 걔들이 날 좋다 그럼 난 이상하드라. 얘가 미쳤나 싶고.

수 희 왜?

민 호 (서글픈 웃음 짓고) 친아버지도 버거워 버린 놈을…. 엄마도… 날 버린 거나 마찬가지니까. 내가 어찌 되든 말든, 자기 생각만 하고 사니까. (수희 보며) 부모도 그렇게 안 좋아한 놈을‥ 누가 좋아할까 싶어. 재미삼아 잠깐이면 몰라도.

수 희 (민호 안쓰레 보며) 그런 생각 하지 마.

민 호 (어렵게) 정말‥ 내가 좋아?

수 희 (작게, 고개 끄덕이고, 따뜻하게) 엄마 얘기 힘들었을 텐데…. 나한테 해줘서, 고마워.

민 호 (씩 작게 웃고, 수희 손 가져다 입 맞추고, 수희 보는)

수 희 (민호를 가만 보는)

그때, 민호의 핸드폰 울리는,

민 호 (어색하게 웃으며) 이담엔 무슨 말을 해야 하나 했는데, 마침 전화가 살려주네. (하고, 전화받는) 네, 여보세요?

수 희 (민호 작게 웃고, 보는)

민 호 (굳은) 형, 지금 어디예요?

수희 (웃음 가신) ?!

씬21 거리.

민호, 죽어라 뛰어가는, 잔뜩 긴장한.

씬22 미리의 오피스텔 안.

미리, 소파에 눈물 흐르지만, 짐짓 아무렇지 않은 척 누워 있고,
영숙, 수희, 맞은편에 앉아 그런 미리를 걱정스레 보고 있는,

미리 사람 우는 거 첨 봐, 다들 가쇼. 꼴 보기 싫으니.
영숙 말버릇 봐라. (수희 귀에 대고, 작게) 남자 다쳤단 말 하지 말고, 오늘은 그냥 가.
수희 (미리만 보며, 고개 끄덕이는)
영숙 잘 자라, 최미리. (하고, 나가는)
수희 (미리만 보다가, 미리 쪽으로 가서, 미리의 머리를 제 무릎을 베게 하고, 머리 만져주며) 자, 자는 거 보고 갈게.
미리 (천장 보며, 눈가 그렁한, 눈 감는) ….

씬23 주택가.

민호, 뛰어와 헉헉대며 둘레를 보며,

민호 호철이 형! 형! (둘레를 걸어다니며) 형! 호철이 형!
호철 (힘든, E) 여깄다!
민호 (소리 난 쪽을 향해 조심스레 가며, 안 보이는 느낌이다) 형…. (하고, 주택가 코너를 돌면)

호철, 입가가 붓고, 눈가가 터진 채, 전봇대에 기대 고개 숙이고 앉아 있는, 다리 하나는 오므리고, 다리 하나는 폈다,

민 호 (놀란, 조심스레, 호철 앞에 가 앉아) 형….

호 철 (고개 들어, 민호 보며, 담담하게) 염병… 밑엣놈들한텐 쪽팔려서 말도 못 하겠고, 미리 기집애랑은 한판 붙은 뒤라…. 스카이에 전화 걸어서 니 번호 알았다.

민 호 (걱정스런) 어떻게… 된 거예요?

호 철 늙었나…. 20대 1, 원빵으로 붙었는데, 다른 덴 멀쩡한데 발모가지가 접질렸다.

민 호 (답답한, 등 보이며) 업혀요.

호 철 안 업혀도 돼. 내 발모가지 지금 안쪽으로 완전히 기울었잖아, 그거나 있는 힘껏 왼쪽으로 꺾어, 그럼 돼.

민 호 (걱정스런) 나 그런 거 못하는데….

호 철 맞을래?

민 호 (심호흡하고, 호철 발목 잡고) 해볼게요.

호 철 (주머니에서 껌을 두 개 정도 꺼내 입에 물고) 하나 둘 셋 하면 왼쪽으로 트는 거다.

민 호 (심호흡하고, 힘주어) 네.

호 철 하나, 둘, 셋!

민 호 (셋과 함께 있는 힘껏 발목을 틀고)

호 철 (이를 앙다물어, 참는, 고통스런) 으…. .

민 호 (발목을 보면, 바로 된, 호철 보는)

호 철 (하늘 보며, 숨 몰아쉬며) 잘했다, 꼬마, 형님이 술 사줄게.

씬 24 포장마차, 새벽녘, 전경.

민 호 (E, 걱정스런) 무슨 생각을 그렇게 해요?

씬 25 포장마차 안.

호철(상처에 밴드 붙인), 민호 술을 받아놓고 앉아 있는, 술병 두어 개 놓인,

호 철 (잔에 술을 따르는, 전혀 취하지 않은)

민 호 (그런 호철을 보며) 그만 마시고, 미리한테 가요. 좀 쉬어야 할 거 같은데⋯.

호 철 (민호 보며) 너 미리 좋아하냐?

민 호 여자친구 있어요.

호 철 여자친구 있음 딴 여자 못 만나냐?

민 호 저는 그래요.

호 철 잘났다. (하고, 술 마시고, 무심히) 미리 기집애 애 뱄단다.

민 호 ?!

호 철 (지갑을 꺼내 뒤져 돈 내고, 나가며) 미친 기집애⋯.

민 호 (멍하게 앞만 보며, 화난, 잠시 생각하다가, 심호흡하고, 일어나 나가는)

씬 26 포장마차 밖.

호철, 발을 조금 절뚝이며 걸어가는데,
민호, 포장마차에서 나와, 가는 호철 보고, 빠른 걸음으로 호철 앞을 가로막으며,

민 호 (호철 속상하게 보며, 화난, 가라앉은) 미리, 애 가져서⋯ 그래서 형은 뭐라 그랬어요?

호 철 (귀찮은 듯, 꼬나보는)

민 호 (화난, 가라앉은) 뭐라⋯ 그랬냐구요?

호 철 지우라 그랬다. (하고, 민호 팔로 툭 치며) 나와. (하고, 가는데)

민 호 (그 자리에서 숨 몰아쉬다가, 한번 붙자는 심산으로, 다시 호철에게로 가서 호철의 팔을 잡으며) 얘기 좀 해(요).

호 철 (순식간에 민호의 멱살을 잡아, 벽에 몰아붙이는)

민 호 (호철에게 멱살 잡힌 채, 화나, 호철을 보는)

호 철 (화난, 가라앉은) 니 친구한테 똑똑히 전해. 나는 애 필요 없다고, 알았냐?

민 호 (지지 않고, 호철 보며, 화난) 그렇게 말함 안 되죠, 형. 형 하나 땜에 가족 모두하고 등진 앤데, 걔가 얼마나 형을 사랑하는데, 이건 아니죠, 형!

호 철 이게 아님 뭐가 기냐? (화난, 삭히려 애쓰며) 그럼 너는 나 같은 새끼가 애새낄 낳는 게 말이 된다고 생각하냐? 천하에 인간 말종 새끼가, 사람 두들겨 패고 밥 빌어먹는 새끼가, 애새낄 낳는다고?! 그럼 그 애새끼가 뭐가 되겠냐?

나 같은 새끼밖에 더 되겠어, 새끼야!

민 호 (호철을 안쓰럽게 보면)

호 철 나 간다, 가는 나 또 잡아라. 맞고 싶음, 반드시 그래라. (하고, 멱살 풀고, 가는)

민 호 (막막하고, 속상하게 호철을 보다, 하늘 보며) 젠장….

씬 27 택시정류장.

청소부(미리 부), 벤치 근처를 청소하고 있는,
호철, 걸어와 벤치에 앉는데,

미리 부 죄송하지만, 저 다리 좀 들어주세요.

호 철 (무심히 보며)

미리 부 좀 쓸라고.

씬 28 인서트 - 회상(3부).

미리, 미리 부에게 목도리를 해주던 모습.

씬 29 택시정류장 앞.

호철, 멍하게 미리 부를 보는,

미리 부 (그런 호철 무심히 보며) 저 다리 좀….

호 철 (그제야 정신 들고) 아, 네. (하고, 힘들게 두 다리를 드는)

미리 부 (청소를 하고, 가는)

호 철 (청소하는 미리 부를 보며, 답답한) 저 아, 아저씨.

미리 부 (보면) ?

호 철 (주머니에서 초코바를 꺼내는, 어색하고 어찌해야 될지를 모르겠는, 초코바 벤치에 두며, 미리 부 안 보고) 수고하시는데·· 이거 드시고 일하세요. (하고, 어느새 온 택시로 가서 택시 타는)

택시 가고,

미리 부 (초코바를 들고, 뭔가 싫어서, 가는 택시를 멀멀하게 보는)

씬 30 달리는 택시 안.

호철, 뒷좌석에 기대, 울 것 같은 얼굴로, 앞을 보며, 가는, F. O.

씬 31 주민의 집 안, 전경, 아침.

주 민 (E, 버럭) 너 뭐라 그랬냐?

씬 32 주민의 집 거실.

지안, 출근복 차림으로 소파에 앉아 있고, 아줌마, 서 있는,

주 민 (E, 소리치는) 이혼이 어쩌고, 저째! 니가 무슨 염치로 이혼 얘길 해, 니가 무슨 염치로!

아줌마 대체 사흘들이 집안에서 큰소리 안 나는 날이 없으니⋯. (하고, 가고)

지 안 …….

주 민 (E) 조용히 못 하냐!

그때, 와장창하는 소리 나는,
지안, 답답한, 일어나 이층 방으로 가는(카메라, 지안의 얼굴 따라가는).

씬 33 주민의 방 안.

주민과 경혜, 방 안의 작은 티테이블에 앉아 있었고, 티테이블 넘어져 있는 상황이다,

주 민 뭐? 내가 니 아버지 회살 가로채고 니 형제들을 외국으로 쫓아?

경 혜 (원망스레 보는) ….

주 민 (맘 아프고, 화나 보며, 가라앉은) 좀 더 솔직해져. 지금 니가 하고 싶은 말은… 너… 아직도 박 기사 못 잊었지?

경 혜 (주민 맘 아프게 보는) 어떻게 잊어, 민호 아버질.

주 민 (눈가 붉어져, 말하는) 너는 대체, 뭐가 그렇게 당당하냐! 뭐가 그렇게 당당해, 이 여자야!

경 혜 (주민 보며, 서글픈, 맘 아픈) 민호 아버지 있는 데 당신은 알지? 그 사람 당신 만나고 온다고 나가선, 그날로 사라졌어. 두 사람 사이에 무슨 일이 있었어요?

주 민 …. 놈이 만나자마자 돈이 필요하다길래, 그래, 돈 줬다. 이제 시원하냐?

경 혜 (눈가 그렁해, 보며) 그 사람… 그럴 사람 아냐.

주 민 (맘 아프게 보면) 놈은 그럴 놈이 아니고, 그럼 나는?

경 혜 당신은 돈이 전부지. 나도 회사 땜에 선택한 거잖아. 애들조차도 단 한 번도 당신 안중에 없었어.

주 민 (버럭) 그래서 니가 그때 딴 남자 만나도 이해했잖아!

경 혜 이해한 게 아니라, 그냥 놔둔 거지, 내가 회사 지분을 가지고 있으니까.

주 민 너….

경 혜 (맘 아픈) 내가 하는 말이 아니라, 젊어서 당신이 한 말이야. 회사 지분 포기할게요. 이혼해. 이제 정말 다 싫어. 지쳤어. (하고, 일어나 나가는)

주 민 (멍하고, 맘 아픈, 일어나 나가려다가, 옆에 있는 골프채를 보고, 눈가 그렁해, 집어 들어, 이를 앙다물고, 마구 살림을 부수는)

씬 34 지안의 방 안.

지안, 그 소릴 들으며 앉아 있는.

씬 35 인서트 - 회상.

1, 학교 복도(점심시간 정도).
애들, 놀고 있고,
상윤, 지안을 교실에서 끌고 나오는,

지 안 왜 그래?

상 윤 (끌고 가며) 따라와, 봐봐.

2, 운동장.

민호, 혼자 농구하는.

지안, 상윤, 스탠드에 앉아 있는,

상 윤 저 새끼가 우리 동네 철거 맡은 그 악랄한 ○○건설 사장 아들이랜다, 재밌지 않냐?

지 안 (민호 보는)

상 윤 우리 저거 잡아버리자.

지 안 (보는) ….

3, 학교 뒤뜰.

상윤, 민호 때리는(2부에 나온), 민호 '더 때려, 더 때려' 하는.

4, 화장실(2부에 나온).

지안, 민호 소변보는,

지 안 일 커지니까, 애는 치지 말고 성깔만 대차게 보여. (하고, 나가는)

민 호 (지안 간 쪽 보는)

5, 교무실 앞(2부에 나온).

민 호 무조건, 퇴학!

지 안 ?

민 호 (웃으며, 지안의 어깨에 팔 두르며, 걸어가며) 괜찮아, 검정고시 치면 돼, 니가 도와주라?

지 안 (작게 웃으며) 자식….

민 호 (걸어가며) 울 엄마한테 니네 부모님 캐나다 교환교수로 계셔서 너 혼자 서울서 하숙한다니까, 우리 집에 들어오래.

지 안 생각해봐서.

6, 철거촌 내리막길(고등학교3 때).
상윤, 지안(생각 많고, 굳은, 짐 싸 들고 집을 나오는 상황) 철거촌을 내려가는,

상 윤 (조금 들뜬) 일 골때리게 됐다. 민호 자식 퇴학만 시킴 좋겠다 생각했는데, 자식네 집에 들어가 공부까지 하게 됐으니, 그지, 지안아?

지 안 (담담히, 걸어가는)

상 윤 니네 아버지도 빵에 가고, 집은 부서지고, 이제 니네 집에 너밖에 없다. 그러니까 딴생각 말고 넌 그집 가 죽어라 공부만 해, 어, 공부만, 그게 니네 아버지가 원하는 거야, 알지?

지 안 (멈춰 서서) 들어가.

상 윤 (악수하며) 근데 부자새끼들은 대체 뭘 먹고, 무슨 생각하며 살까? 하긴 그것들이 생각은 뭔 생각을 하겠어, 돈독 오른 것들 돈 생각이나 하며 살겠지, 그지?!

지 안 (맘 짠해지는) 잘 지내.

상 윤 (맘 짠해지는) 너두! (하고, 돌아서는)

씬 36 주민의 정원.

주민, 멍하니 테이블에 앉아 있는,
카메라, 주민의 창 쪽으로 가면,
지안, 그런 주민 보다, 시선 돌리는.

씬 37 주민의 방 안.

온통 난장이 된 방 안, 지안, 그것들을 청소하다, 옆을 보면,
과거(고등학교3)로 DIS 되는,
민호, 눈가 붉어져 난장이 된 집을 치우려다가(넘어진 화장대를 일으켜 세우거나 하는), 화나 팽개치고, 벽에 기대앉는,

지안, 집을 치우다가 민호 옆에 앉는,

지 안 (민호 보며, 안쓰런) … 괜찮아?

민 호 (눈가 붉어져 서글픈, 속상한) 맨날 이게 무슨 난린지…. 좀 조용히 지내면 어디가 덧나나… 하루 걸러 한 번씩…

지 안 (앞만 보는)

민 호 너 내가 행복하게 사는 줄 알았지? 돈 많으니까, 집 좋으니까…. 애들도 그러드라, 나 같은 놈이 무슨 고민이 있겠냐구.

지 안 (허탈한, 천장 보며) ….

민 호 (눈가 붉어져, 속상한) 쪽팔려… 진짜, 식구만 사는 것도 아니고, 너도 있는데…. 나는 몰라도 너나 나가고 싸우든지 하지… 맨날 쪽팔리게 친구 앞에서….

지 안 (천장 보며, 서글픈) ….

민 호 (천장 보며, 허탈한) 쪽팔려.. 정말 싫다, 진짜…. (울 것 같은)

현실.
지안, 착잡하게 물건들을 치우는.

씬 38 미리의 오피스텔 안.

민호(평상복 차림), 문 열고 들어서며,

민 호 (E) 미리야! (들어서며) 오빠 왔다! 미리야! (하며, 집 안에서 미리를 찾는)

침대 쪽에 미리, 모로 누워 눈 뜨고, 생각 많은,

민 호 (미리 보며, 짐짓 밝게) 눈 떴네, 우리 미리, 그럼 인나자. (하고, 미리를 일으켜 세우며) 인나서 밥 먹자, 어, 미리야.

미 리 (안 일어나려 하며, 생각 많은, 차분한) 건들지 마라. 죽는다.

민 호 에이, 정말…. 좋다, 그럼 같이 누워 자자. 나도 밥 생각 별로다. (하고, 미리의 이불을 덮고, 미리를 안고, 가만있는)

미 리　(담담하게) 뭐 하는 짓이야.
민 호　사랑하는 미리를 사랑하는 짓.
미 리　(민호 보고, 천장 보며) 첨으로 너 버리고 호철일 사랑한 걸 후회해.
민 호　백번 후회해도 싸.
미 리　(민호 쪽으로 고개 돌려, 민호 보는) 수희 버려. 그러고 나랑 다시 만나.
민 호　(미리 담담히 보며, 차분하게) 좋은 생각.
미 리　뻥이지?
민 호　너도 뻥이잖아.
미 리　입 맞춰볼래, 그래서 필 오면 그냥 그러자.
민 호　(미리 살짝 가볍게 맞추고, 미리에게, 담담하게) 필 와?
미 리　(천장 보며) 아니.
민 호　(천장 보며) 나두.
미 리　(맘 아픈, 짐짓 담담하게, 천천히) 아버지, 엄마, 진리 다 보고 싶어.
민 호　(천장 보며) 애기 낳자.
미 리　니 애같이 말한다?
민 호　(천장 보며) 내가 키울게.
미 리　(어이없이 웃으며, 민호 보며) 말이 되냐, 자식아.
민 호　(어이없이, 미리 보고, 웃으며) 안 된다, 기집애야.

그런 두 사람 모습 위로,

영 숙　(E) 니들 뭐 해?
미리, 민호 (영숙 보는)
민 호　(미리에게 농담조) 암만해도 우리 관곌 들킨 거 같다?
영 숙　(두 사람 보며, 밥 쟁반 들고) 일어나, 할머니네 밥 가져왔어. (하고, 주방으로 가는)
민 호　(미리에게 다리 올리고, 꼭 안아주며) 힘내, 친구야.
미 리　(눈가 붉은) 나도 그러고 싶다, 친구야.

씬 39 달리는 주민의 차, 전경.

주 민 (허탈한, E) 왜 그랬어?

씬 40 달리는 주민의 차 안.

지안, 주민 뒤에 타고 가는,
운전사, 운전하고,

주 민 내 방은 뭐한다고 니가 치워. 아줌마가 하게 냅두지.
지 안 (찻잔만 보며) 민호가… 싫어해요. 남들한테 그런 거 보이는 거.
주 민 (시선 거둬, 앞 보며) 내가 너한테 정말 보일 꼴 못 보일 꼴 다 보인다.
지 안 (주민 안쓰럽게 보면)
주 민 근데, 이게 사람 사는 모습이지 뭐, 별게 사람 사는 모습이냐?… 전엔 나만 괴롭고, 나만 억울하고 나만 힘들다고 생각했는데, 살아보니, 너나 나나 사람 사는 모습이 다 궁색하고, 처량하고….(맘 아픈, 창가 보며) 여긴 꽃이 언제나 필려나… 아래 지방은 벌써 폈다든데…
지 안 (생각 많은, 맘 아픈) ….

씬 41 수희의 작업실 가는 길, 밤.

수희, 민호, 외출했다가 돌아오는 길이다,

수 희 선배가 일거리 있다고 해서, 미리네 못 가봤는데 맘에 자꾸 걸려, 미리 어때?
민 호 그만그만. 낼은 같이 한번 가보자.
수 희 그래… (하며, 멈춰 서서, 주머니에서 키를 찾는데, 없는) 키가 어딨지… (하고, 가방을 뒤지는)
민 호 그누무 키는 맨날 찾드라, 너는? (가방 뺏으며) 줘봐. (하고, 가방 뒤지는)

카메라, 한쪽으로 가면,
지안, 한쪽에 서서 수희와 민호를 물끄러미 보고 있는,

수 희 (민호 보며) 찾았어?

민 호 못 찾았어. (하고, 가방 주고)

수 희 대체 어딨니? (하며, 다시 가방 뒤지는)

민 호 (갑자기 켁켁대는)

수 희 (놀라, 민호 보며) 왜 그래? 민호야, 왜 그래?

민 호 목이 목이…. (하고, 수희 보며, 혀를 내밀면, 혀에 열쇠 있는(재빠르게 가방에서 열쇠 찾아, 혀에 놓은 상황))

수 희 (어이없이 웃으며, 민호 때리며) 놀랬잖아!

민 호 (수희 흉내내며, 수희 치며) 놀랬잖아!

수 희 (어이없이 웃고, 그때 메시지 울리는, 핸드폰 보면)

인서트 – 메시지.
〈파주시 주안리 118번지〉

민 호 뭐야?

수 희 (발신자 확인하고, 없는) 몰라.

카메라, 한쪽으로 가면,
지안, 그런 두 사람 보는,
민호, 수희에게 '들어가자, 나 밥 먹고, 카페 가봐야 돼, 들어가자' 하며 집으로 들어가고.

씬 42 거리.

지안, 걸어가며 생각 많은.

씬 43 거리, 낮.

수희, 부지런히 걸어가는, 그러다 앞에 핸드폰 고객 서비스센터를 보고 들어가는.

씬 44 고객 서비스센터 안.

수희, 직원에게 핸드폰을 주며 말하는,

수 희 자꾸 이상한 메시지가 발신자 표시 없이 와서요. 메시지가 어디서 오는지 알고 싶은데, 알 수 있나요?

씬 45 호철의 아파트, 주방.

호철(상처 거의 아문), 신식, 무더기 밥을 먹고 있다.
반찬이 커다란 통째, 찌개도 냄비째 식탁에 올려져 있다.

영 웅 (세수한 얼굴로 와서 상 보고, 무더기 뒤통수를 치며) 얌마, 찌개는 국그릇에 김치는 보시기에 담아서 내야지, (냄비를 들추며) 이런 걸 통째로 올려놓냐? 너는 어떻게 애가 하는 짓마다,

호 철 (말꼬리 자르며, 어이없이 보며) 너 뭐 하냐?

영 웅 무더기가,

호 철 내가 밥상머리에서 싸우는 거 싫어라 하는 거 너 모르냐? 그리고 임마, 왜 맨날 상을 무더기보고 차리래! 니가 차림 손모가지가 부러지냐, 자식아! 생긴 것도 뺀질거리게 생겨갖고, 하는 짓도 뺀질거려, 자식이. 형님도 암말 안 하고 잡숨, 맘에 안 들어도 조용히 해얄 거 아냐, 이 싸가지 없는 놈아! 에으…. (하고, 수저 탁 소리 나게 놓고, 방으로 가는)

영 웅 (밥 먹으며) 폼은… 어디서 맞고나 다니면서….

신식, 무더기 (영웅 보는) ?!

영 웅 (신식 보며) 형님 엊그제 계단에서 굴러 다치신 거 아니에요. 강남 넘어 강북까지 형님이 사당 애들한테 맞았다고 소문이 방방 떴어요. (밥 퍼먹으며, 구시렁) 진짜, 늙었음 늙은 값을 하고 조용히 좀 계시든가, 망신스럽게.

신 식 (순간적으로 주먹으로 치는)

영 웅 (의자 뒤로 나가떨어지는)

무더기 (겁먹고)

신 식 (힘주어, 말하는) 너 조심해라, 내가 주시한다. (하고, 방으로 들어가는)

영 웅 (화나는)

무더기 (닭고기 주며) 닭가슴살이야, 근육 만드는 데 직빵이래?

영 웅 (무섭게 보면)

씬 46 호철의 방 안.

호철, 옷을 갈아입고 있고,
신식, 그 옆에 서 있는,

호 철 (답답한) 코딱지 이게 사흘이 넘었는데, 전화 한 통 없다, 염병, 신경을 안 쓸려고 해도 머리 한쪽이 지끈거리게 신경이 쓰이네. (신식 보며) 넌 여자 만나지 마라?

신 식 네.

호 철 할 얘기 있어? 왜 그러고 있어?

신 식 다린 좀 어떠세요?

호 철 괜찮아, 계단에서 되게 구른 거 치곤 빨리 붙었어.

신 식 (호철 안쓰런, 조심스레) 이제부턴 혼자 붙지 마십시오.

호 철 (신식 보며) ?!

신 식 6대 1은 무립니다. 놈들은 갈비뼈랑 대가리랑 아작이 났어도, 형님이 한 대라도 맞았다는 게 입방아에 오르내립니다.

호 철 (답답한, 크게 한숨 쉬고) 소문이 뭐라고 돌대? 천하의 강호철이가, 시장판 생선도 아닌데 물이 갔다고, 맛탱이가 갔다고, 그러대?

신 식 (맘 아픈) 오늘 사채이자 받는 건, 제가 나갑니다. 집에서 쉬세요. (하고, 나가는)

호 철 (속상한, 신식 팔 잡으며) 명령이냐?

신 식 (맘 아픈) 걱정입니다. 저는 형님 센 줄 압니다. 가보겠습니다. (하고, 인사하고 나가는)

호 철 (화나, 옷 벗어 던지며, 울 것 같은, 크게 심호흡하는) 후… 후…….

미 리 (E) 나 애기 안 가졌어.

씬 47 미리의 오피스텔 안.

미리와 수희, 민호, 영숙, 차를 마시며 거실에 있는,

미 리 (눈가 그렁해, 찻잔만 보며) 그러니까, 다들 이제 걱정 그만하고, 가.

영숙, 민호, 수희 (멍하게 미리 보는) ?!

미 리 (사람들 보며, 눈가 그렁해, 울지 않으려, 애쓰며, 짐짓 담담하게) 양씨 떠볼라고 장난쳤다가 내가 당한 거뿐야. 나는 강호철이가, 그럴 줄 몰랐다, 정말. 걔 정말 못된 놈 아닌 줄 알았어. 근데, 아니야. 양씨 걔 정말 못됐나봐. 내가 애 가졌단 말 하자마자, 지워가 어떻게 그렇게 쉽게 나오니?

영 숙 (찻잔 놓고, 일어나려 하는)

민 호 누나 어디 가?

영 숙 (미리 보며) 애기 뱄다 그래서 사람 식겁하게 해놓고, 뭐 남자 떠볼라고 애를 팔었어? 사랑싸움은 당사자들끼리 해결해, 난 관심 없어. (하고, 나가는)

미 리 잘났다!

영 숙 (돌아보며) 잘난 년이 남편을 딴 여자한테 뺏겼겠냐? 내가 가는 건 잘난 척하는 게 아니라, 내 성격이 이상해서 그런 거야, 기집애야. (하고, 나가는)

수 희 (미리 보며) 미리야, 아저씨 만나봐. 그래서 물어봐. 왜 그렇게, 서운하게 말했는지.

미 리 왜 그랬겠어, 나쁜 놈이니까 그러지.

민 호 그렇게 나쁜 사람을 니가 사랑했겠냐?

미 리 (보면)

민 호 (걱정스런) 제발 뭐든 니 멋대로 생각하지 말고, 가서 물어봐. 형이 그렇게 말한 데는… 나름대로 이유가 있을 거, 아냐? 전화해줄까?

미 리 (말 끝나기 전에, 옆에 있는 핸드폰 들어, 버튼 누르는, 신호음 가고) 나야, 동네로 가서 전화할게 나와. (하고, 전화 끊고, 민호와 수희에게) 강호철 만나서 얘기 잘 하고 잘 들을게. 그런데, 그래도 강호철이 이해 안 되면 헤어질 거야.

민호, 수희 (안쓰레 보는)

미 리 (맘 아픈, 눈물 나는) 그런데, 내가 호철이랑 헤어진다고 지금 말은 쉽게 하는데… 너무 좋아해서 힘들 거야. 그러니까 니들 일 바빠도 나 올 때까지 기다려줘. 힘들 때 혼자 있기 싫어.

수 희 (미리의 머리를 안아, 제 어깨에 기대게 하고) 그럴게.
미 리 (수희 품에 안겨, 진정하려 눈 감는)
민 호 (그런 미리 걱정스레 보는)
수 희 (미리를 다독이며, 안고 있는)

씬 48 호철의 아파트 앞, 거리, 밤.

호철, 집에서 나와 걸어가고 있는,
경적 울리는, 호철, 소리 난 쪽 보면,
미리, 차 안에서 굳은 얼굴로 호철 보며 있는,
호철, 차로 와 조수석에 타는.

씬 49 차 안.

미리, 호철 잠시 앞만 보는,

호 철 (힘들게 말 꺼내는) 왜 암말도 안 해, 개새끼, 미친 새끼, 돌은 새끼 욕해야지.
미 리 (서글프고, 담담하게) 욕 처먹는 게 좋니?
호 철 (보며) 그래, 나는 욕 안 처먹음 배고프다?
미 리 진짜 별 인간이 다 있다, 욕 처먹을라고 사는 인간이 다 있고….
호 철 (화나고, 맘 아프게 보면)
미 리 그래 너 늘 그랬지, 애 싫다고, 결혼 싫다고, 인생 홀로 가는 거라고, 나는 싸우다 뒈질 놈이라고, 그러니 너 같은 놈 믿지 말라고, (눈가 그렁해지며, 소리치는) 그런데, 나는! 너랑 결혼해서 애기 낳고 싶었어! 그래서 울 엄마 아빠처럼 서로 사랑하면서, 이쁘게 살고 싶었어! 남들한텐 쉬운 일이, 나는 소원이었어!
호 철 (눈가 붉어, 소리치는) 딴 놈이랑 그럼 되잖아, 왜 하필 나야!
미 리 (울며, 소리치는) 그러게 왜 하필, 아저씨니!
호 철 (눈가 붉어져, 미리 보다, 짐짓 냉정하게 창가 보며) 애기 지워.
미 리 (허탈한, 호철 보며) 아… (하고, 창가 보며) … 지울 애 없어. 뻥이야.
호 철 (보면)

미 리　(창가 보며, 서글픈) 애기 지워, 한마디만 더함 헤어져야지 하고, 벼르고 별러 왔는데, 이번에도 내가 졌다. 아저씨랑 헤어지기 싫어.

호 철　(보며) 애기‥ 정말 뻥이야?‥ 진짜야?

미 리　(서글픈) 아저씨한텐 다행히, 나한텐 불행히.

호 철　(답답한, 숨 몰아쉬고) 왜 거짓말을 해도 그딴 거짓말을 하는데?

미 리　미련해서 그래. 아저씨한테 기대가 많거든.

호 철　(깊게 한숨 쉬는) 후….

미 리　(호철 보며) 얼굴 왜 까졌어?

호 철　(좌석 뒤로 젖히고, 누워, 천장 보며, 담담히) 넘어졌어.

미 리　(담담히 보는)

호 철　너 소원이 뭐야? 결혼 말고, 애 말고, 다 들어줄게.

미 리　왜? 미안해?

호 철　어.

미 리　열 가지 정도 있는데,

호 철　나눠서 해. 많아서 못 외워.

미 리　좋아, 오늘은 그럼 두 가지, 진지하게 사랑한다고 말해주는 거랑, 우리 엄마, 한번 슬쩍이라도 봐주는 거.

호 철　(보는)

미 리　안 되는구나. (하고, 차 앞쪽 보면)

호 철　(미리 보며, 맘 아픈, 진심으로) 사랑해.

미 리　(눈가 그렁해져, 보면)

호 철　(미리 눈 보며) 사랑해.

미 리　(눈가 그렁해, 작게 웃으며, 고개 끄덕이며) 음… 만족스러워.

호 철　(나가는)

미 리　?!

씬 50　미리의 차 밖.

호철, 조수석에서 나와 운전석 문 열며, 미리에게,

호 철　조수석에 타, 니 엄마 청파동에서 이불가게 한댔지, 가자.

미 리 (감격스런, 울컥하는, 나와서, 호철을 안는)

호 철 (미리 안고, 맘 아픈)

씬51 미리의 카페 안.

민호, 바에서 손님 받고 있고, 수희, 그 앞에 앉아 핸드폰을 보며 골똘히 생각하는,

민 호 (잔을 닦으며, 손님과 편안하게 웃음 띠며, 말하는) 저희 가겐 경기가 별로 나쁜 거 같진 않아요. 워낙 단골들이 많아서⋯.

손 님 우린 죽겠다, 죽겠어.

민 호 (옆의 칵테일 병을 흔들어, 잔에 따라주며) 마르가리타예요. 이거 드시고 기운 내세요. (하고, 수희 쪽으로 와서) 뭘 그렇게 골똘히 봐.

수 희 발신자번호 없이 언제부턴가 이상한 메시지가 자꾸 와.

민 호 (대수롭지 않은) 누가 사랑한대?

수 희 농담 아냐.

민 호 핸드폰 회사 서비스센타에 물어보면 못 오게 할 수 있지 않나?

수 희 (편하게 말하는) 번호가 뜨면 몰라도 안 된대. 경찰에 고발할 만큼 내용이 심각하지도 않고⋯.

민 호 (수희를 빤히 보며, 웃음 띤) 뭐라고 오는데?

수 희 그는 거짓말을 잘한다. 그는 이제 진실을 말하려 한다. 그는 왜 거짓말을 시작했을까⋯ 다 기억도 안 난다.

민 호 (작게 웃으며, 떠보듯) 진짜 누가⋯ 너 좋아하나보다?

수 희 누가 나 좋아하는데 왜 본인이 더 좋아해?

민 호 (웃음 가신) 맞다, 이럴 땐 화내야 하는 거다.

그때, 전화 오고, 수희 무심히 받는,

수 희 네⋯. (사이, 가라앉은) 어, 민호랑 있어. 그래, 그럴게. (사이) 고마워. (하고, 전화 끊는)

민 호 누구?

수 희 (어색한) 지안이. 지나가다 이쁜 화분을 봤는데, 나 주고 싶어서 샀대. 집 앞에 가져다놨다고.

민 호 (어색하게 작게 웃으며, 고개 끄덕이는) 그렇군. (하고, 오는 손님 받으며) 어서 오세요!

수 희 (민호 보며, 미안한, 앞에 놓인 물 마시는)

씬52 길거리, 이불가게 앞.

그 안에서 진리와 미리 부, 미리 모 통닭을 먹으며 즐겁게 서로 얘기하고 있는, 미리 모, 따뜻하게 웃고 진리에게 닭을 뜯어 먹여주는,
카메라, 도로 쪽으로 가면,
미리의 차, 세워져 있는,
차 안에서 미리, 그 모습을 부럽게 서글픈 웃음 짓고 보고 있는,
호철, 멀멀하게 보고 있는.

씬53 미리의 차 안.

미 리 (이불가게 안만 보며) 나 오늘 땡잡았다. 엄마만 봐도 좋겠다 싶었는데, 아버지에 진리까지 대박 났네.

호 철 동생이 이쁘네.

미 리 (보며) 울 엄만, 말해봐, 울 엄만?

호 철 니가 엄마 닮았구나.

미 리 (웃으며) 난 그 말이 젤 좋아. 울 엄마 왕 천사거든. 아저씬 누구 닮았어? 엄마 아빠 중에?

호 철 말하기 싫지만, 아버지. (하고, 이불가게 보며, 미리의 어깨에 제 얼굴을 기대고 답답한) 니 식구들 더 봐. 보기 좋네.

미 리 (좌석에 기대 이불가게 보는)

호철, 미리의 모습에 즐거운 미리네 가족들이 걸리는.

씬 53 -1 수희의 작업실 안.

수희, 지안이 준 화분을 보고 있는, 그 옆에 카드가 있는, 수희, 카드 열어 보면,

지 안 (E) 우리가 진짜 헤어졌구나 싶다. 이 작은 선물도 니가 부담되면 어쩌지 걱정이 된다. 그냥 이뻐서 샀다. 잘 지내.
수희, 카드 놓고, 화분을 물끄러미 보는, F. O.

씬 54 법원, 앞, 낮.

영숙, 앞서서 걸어가고, 남편 뒤처져서 걸어가는,
영숙, 담담하게 걸어가다가, 뒤돌아보면, 남편, 어느새 다른 길로 가고 있는,

영 숙 이순식 씨!
남 편 (그냥 가는)
영 숙 이순식 씨!
남 편 (그냥 가는)
영 숙 (그런 남편 보다가, 어이없고, 화난, 혼잣말) 나랑 십육 년을 살았는데, 이렇게 가니, 미안하다 잘 살아라라는 말 한마디 없이…. (하고, 돌아서서 가다가, 다시 멈춰 남편 간 쪽을 보면, 아무도 없는, 착잡한, 길 걸어가는)

씬 55 몽타주.

1, 번화한 거리(홍대앞 정도).
리어카에서 액세서리를 팔며, '아, 싸요, 싸요! 싸!' 하며 신나게 호객행위를 하는 상인, 젊은 손님들 갖은 옷가지를 들어보며 구경을 하고, 영숙, 혼자서 그 사람들을 구경하는, 손님 중엔 연인, 친구, 모녀 사이로 보이는 사람들이 있다.
영숙, 연인과 친구들을 보다가, 모녀 사이에 눈길이 머물고, 그 사람들을 부럽게 보고 있는,

상인, 영숙에게 옷을 들어 보이며,

상 인 아줌마, 이거 잘 어울리겠다, 하나 입어봐요.
영 숙 (어색하게 웃으며, 고개 젓고, 가는)

2, 신발 파는 곳.
바닥에 신발들 놓고 파는,
영숙, 쪼그려 앉아 그 신발들을 보고 있는,
그러다, 신발 신으면 안 맞는,
영숙, 신발을 놓고 다시 구경하는, 그러다가 미영에게 어울릴 만한 신발을 보고, 반색하며, 주인에게,

영 숙 이거 얼마예요?

씬 56 미영의 다락.

미영, 금고 다이얼 돌리고, 열어서 돈다발을 꺼내 보자기에 싸는,

금 실 (E) 이 여자가 뭔 말을 해! 미영이가 돈이 어딨어?

씬 57 시장, 떡볶이집.

금실, 떡볶이집 여주인과 얘기하고 있고,
미자, 라면을 먹다가, 한쪽에서 말하는 두 사람을 빤히 보며 얘기를 듣는,

금 실 미영이 돈 없어, 쓸데없는 소리 말어. (하고, 가려 하면)
주 인 할머니, 말이 되는 소릴 해. 미영 할머니가 돈이 없음 누가 있어요? 내가 급해서, 그래, 급해서.
금 실 얘가 얘가 미쳤네, 미영이가 무슨 돈이 있어?!
주 인 자식도 없고, 남편도 없고, 형제도 없다며 그 할머닌. 그런데 장사는 잘 되고, 그럼 그 돈 다 벌어 뭐 하는데… 모아놨지, 안 봐도 뻔하지, 할머니, 내가 급해

요, 남편이 부도를 냈는데, 막아야 된다고.

금 실 니 사정은 정말 딱한데, 미영이 돈 없어. 아, 몰라몰라, 나 가. (하고, 나가는)

주 인 금실이 할머니!

미 자 (잠시 생각하다, 라면 먹는)

씬 58 동네 일각(놀이터 근처).

미영, 금실에게 보자기를 주는,

금 실 (보자기 받으며) 맨날 죽어라 벌어서 엄한 데 쓰고, 더 늙어 꼬부라지면 어쩔라고…. 양로원은 낼 갈겨. 그런 줄 알어. (하고, 가는)

미영, 가는 금실 보다가 걸어가는, 그러다 놀이터 한쪽을 보면, 석준, 막대를 가지고 그림을 그리고 노는,
미영, 입가에 웃음 번지고, 석준에게로 가서 앉아, 한쪽에 있는 막대를 들어, 그림을 그리는,
석준(옷은 갈아입었지만, 여전히 얼굴은 눈물자국 같은 걸로 꼬질거린다), 미영 보고, 그림 보면,
미영, 집을 그리는,
석준, 기분 좋은,

석 준 할머니, 자동차 그려줘.

미 영 (웃으며, 자동차를 그리는)

석 준 할머니, 바퀴도 그려줘.

미 영 (웃으며, 바퀴를 그리는)

석 준 (미영을 보고, 씩 웃는)

그때, 누군가 석준의 손을 탁 잡고,

여 자 (눈가에 멍든) 너 여기서 뭐 해?!

석준, 미영 (놀란) ?!

여 자 엄마가 집에서 한 발짝도 나가지 말랬지. (하고, 끌고 가며, 석준 때리며) 왜 이렇게 엄마 말을 안 들어, 왜 이렇게!

석 준 (두려운 얼굴로 집으로 가며, 미영을 보는)

미 영 (멀멀하게 가는 석준을 보는)

그때, 옆에 영숙 앉는,

미 영 (영숙을 보면) ?

영 숙 (밝게) 그림 그리고 있었네. 와, 할머니 그림 잘 그리네.

미 영 (영숙을 보는)

영 숙 (막대로 그림을 그리며, 아무렇지 않게) 나는 어려서 비행기 많이 그렸는데, 훨훨 어디로 가고 싶어서. 근데 이젠 돈도 많은데, 왜 못 가나 싶네. (미영 보며) 참, 내가 할머니 선물 샀다.

시간 경과.
미영, 그네에 앉아 있고,
영숙, 그 앞에 쪼그려 앉아 신발을 신겨주는,

영 숙 꼭 맞는다.

미영, 웃음 띠고 서면,
영숙, 미영을 보는.

씬 59 인서트 - 환상.

영숙 모, 환하게 웃고, 영숙 보며,

영숙 모 (에코 처리) 너무 이쁘다, 영숙아.

씬60 놀이터.

미영, 신발을 신고, 걸어보는,
영숙, 그런 미영을 눈가 붉어 물끄러미 보는.

씬61 수희의 작업실, 밤.

수희, 만든 작품을 광내고 있고,
민호, 주방 쪽에서 커피를 끓이고 찬장 쪽에서 컵을 찾는,
그러다, 커플 컵으로 보이는, 잔 두 개를 들고, 물 따르고, 수저로 휘휘 저어,
잔 들고 소파로 가서 앉으며,

민 호 잠깐 쉬자.

수 희 그래. (하고, 소파로 와서 앉으며, 민호가 주는 커피잔을 받으며) 고마워.

민 호 (커피 한 모금 마시고) 이 잔 이쁘다, 언제 샀어?

수 희 (민호 안 보고) 지안이가 사줬어.

민 호 (기분 조금 상하지만, 짐짓 담백하게) 그랬군. (하고, 주변 보다가, 한쪽에 놓인, 화분 보며) 저거 이쁘다, 못 보던 거네?

수 희 (화분 보는)

민 호 아!·· 그래, 지안이가·· 맞다, 맞다.

수 희 (편안하게, 가만있는)

민 호 (편하게) 여기저기 온통 지안이네. 뭐 그렇지, 하루 이틀 만난 것도 아닌데, 이것도 사주고, 저것도 사주고 그랬겠지, 괜찮아. (하고, 차 마시고, 수희 보며) 정말이야, 나 괜찮아, 다 이해한다고?

수 희 (담담하게 차만 마시는, 민호 안 보고)

민 호 야, (어이없다는 듯 웃으며) 정말 나 괜찮아. 나 다 이해해. 너 (한쪽에 놓인 소품들 가리키며, 점점 기분이 나빠지는) 저것도 지안이가 사줬지? 그리고 (다른 것 가리키며) 저것도 지안이가 사주고.

수 희 (민호 이쁘게 보며) 왜 그렇게 말이 많으세요. 그만하세요.

민 호 진짜 나 다 알어? 너 이 집 이사 올 때 (전등 가리키며) 여기저기 저 전등들도 다 지안이가 달아주고, 그리고 수도꼭지도 막 망가져갖고 지안이가 새 걸로

갈아준 거 나 다 알어. 근데 그거 아냐, 너? 우리 앉아 있는 이 소파는,

수 희 (민호 보며) 내가 주워 오고, 니가 여기 놨어. 그리고, 이 집 도배는 너 혼자 밤새서 코피 흘려가며 다 했고,

민 호 (화가 안 가라앉는) 아는구나. (하고, 차 마시다, 수희 보며) 참 나, 고백할 거 있어.

수 희 (차 마시며) 해?

민 호 며칠 전 미리랑 뽀뽀했다.

수 희 ?!

민 호 (씩 웃으며) 복수했다. (크게) 아우! 시원해! (수희 보고, 커피 마시며) 커피 맛 죽이지?

수 희 (짐짓 담담하게) 미리랑 언제, 왜 입 맞췄어?

민 호 말 안 할 거야, 속 타게.

수 희 말어라. (하고, 차 마시는)

민 호 질투 나지?

수 희 (차만 마시는)

민 호 질투 안 나? 질투 정말정말 안 나?

수 희 (장난치는) 내가 질투 안 나니까, 화나지?

민 호 으이, (하고, 쿠션으로 치고)

수 희 너!

두 사람 서로 뛰어다니며 장난치는.

씬 62 영숙의 오피스텔, 중정.

영숙, 현관문 들어서서, 엘리베이터 타는.

씬 63 영숙의 집, 엘리베이터 앞.

영숙, 집 쪽으로 걸어가다가, 뭔가 이상해 뒤를 보면,
여자아이(6살 정도, 작은, 초라하고, 더러운), 바닥에 떨어진 과자부스러기를 주워 먹고 있는,

영숙, 놀라,

영 숙 야!

여자아이 (영숙 보면)

영 숙 야, 너 바닥에 떨어진 걸 왜 주워 먹어, 여기 바닥이 얼마나 드러운지, 너 몰라?!

여자아이 (눈치 보는)

영 숙 어서 집에 가, 지금이 몇 신데, 애기가…. 그리고 좀 씻어라, 야. 얼굴이 그게 뭐니? 에으…. (하고, 돌아서다가, 다시 아이 쪽 보는)

그때, 카메라, 아이 쪽 잡으면 아이는 없는,

영 숙 (아이가 있는 것처럼) 뭐 해, 어서 집에 안 가고? 무슨 애가 말을 안 들어. 이상한 애네, 진짜.

하고, 돌아서는 영숙의 모습에서 엔딩.

사랑에 연연하는
한 우리는
어린아이이다

8부

Goodbye Solo

Goodbye Solo

씬1　주민의 회사, 전경, 밤.

비 서　(E) 사장님, 퇴근 안 하십니까?

씬2　주민의 사무실 안.

주민, 책상에 앉아, 스크랩북을 보는,

주 민　(비서 안 보고) 자네나 해.
비 서　그럼 들어가보겠습니다. (하고, 가는)
주 민　(스크랩북 넘기는)

인서트 – 스크랩북.

주민, 스크랩북을 열면 오래된 영화표와 갤러리 팸플릿 등이 날짜까지 쓰여져 (20년 전 것부터 최근 것까지, 한 주에 하나 정도씩), 차례대로 있는, 그것을 보다가 주머니에서 표 하나를 꺼내 붙이고 그 밑에 현재의 날짜를 적는.

지 안　(E) 제원 고맙지만,

씬3 카페 안.

남자(40대)와 지안, 차를 놓고 앉아 있는,

지 안 (찻잔 내려놓으며, 담백하게) 안 들은 걸로 하겠습니다.

남 자 (웃음 띤) 유 실장한테 여러 가지 요구 안 해, ○○건설이 참여하는 공업도시 개발지역이 구체적으로 어딘지, 그것만 알려주면 돼. 건설규모랑.

지 안 모릅니다. 정부에서 공표가 나기 전까진,

남 자 왜 이래?

지 안 (맘에 안 들게, 답답하게 보면)

남 자 우리 쪽에 자금 있는 사람이 많아. 정보만 주면, 유 실장도,

지 안 (말꼬리 끊으며) 정보가 새나가면 ○○건설은 끝입니다. 물론 저도 끝이구요. 전 그런 위험한 장난 안 합니다. (하고, 나가는)

남 자 (가는 지안 보며, 답답한, 작게 혼잣말) 깝깝하네, 저 사람. (차 마시는)

카메라, 한쪽으로 가면, 창가에 이 기사 남자를 보며, 핸드폰 누르는.

씬4 주민의 사무실 안.

주민, 서서 전화 받고 있는,

이 기사 (E) 유 실장이, 정도용을 만났습니다.

주 민 … 몇 분이나? (사이) 알았어. 유 실장이 눈치 안 채게 조심하고. (하고, 핸드폰 접고, 스크랩북 가방에 넣고, 나가는)

씬5 지안의 차 안.

지 안 (주민 보며) 죄송합니다, 많이 기다리셨어요?

주 민 (안전벨트 하며) 조금. 근데‥ 왜 늦었어?

지 안 정도용 씨 만났습니다.

주 민 (보면) !‥ 정도용?‥ 왜?

지 안　그런 사람들 이유야 늘 그렇죠, 뭐. 신경 쓰지 마세요. (하고, 운전해 가는)
주 민　(지안 가만 보는)

씬6　갤러리 안.

경혜, 그림 구경을 하는,
카메라, 한쪽으로 가면, 이층에서 민호, 수희 그런 경혜를 보고 있는,

수 희　(경혜 보다가, 민호 보며) 민호야, 엄마 아는 척하자.
민 호　(경혜만 보며) 싫어, 그냥 보고만 갈래. 내가 엄마 찾아서 갤러리까지 오는 줄 알면, 담부턴 갤러리 올 때마다 날 찾을걸 그러다 나 없음… 실망할 거야.
수 희　(민호 가만 보는)
민 호　(경혜 맘 짠하게 보다가) 가자. (하고, 가는)

수희, 민호를 따라가는,
민호, 가다가, 다시 뒤돌아 경혜 보고, 다시 가고,
수희, 민호가 안쓰러운,
카메라, 경혜 보여주다, 다른 한쪽으로 가면, 주민과 지안, 서서 경혜를 보고 있는,

지 안　(경혜를 보는)
주 민　(경혜를 보며) 어째 저 사람 뒷모습이 쓸쓸하네.
지 안　….
주 민　내가 보내줄 날까….
지 안　(보면)
주 민　(지안 보며) 아무래도 민호 엄마랑 이혼… 해얄 거 같다.
지 안　(주민 보면)
주 민　(경혜 보며) 그래야 할 거 같애, 아무래도….

씬7 미영의 가게 안.

미영, 설거지를 하는.

씬8 인서트 - 회상, 낮.

시골 한옥집,
어린 미자(5살), 장독대 쪽에서 숨바꼭질 술래가 되어 말하는,

어린 미자 꼭꼭 숨어라, 머리카락 보인다, 꼭꼭 숨어라, 머리카락 보인다. (반복하는)

씬9 미영의 가게 안.

미영, 테이블 위에 의자를 올린 상태에서 비질하는.

씬10 인서트 - 회상, 낮.

시골집, 부엌,
미자, 살금살금 부엌으로 가, 안을 들여다보면 아무도 없는.

씬11 미영의 방 안(작은 스탠드 켜져 있는).

미영, 세수한 얼굴로 들어와 로션병을 여는.

씬12 인서트 - 회상, 낮.

장독대,
미자, 커다란 장독대의 항아리 뚜껑(고무로 된)을 열어보는,
빈 항아리다,
미자, 한쪽의 큰 항아리를 보고, 조심스레 가서, 아주 조심스레 항아리 뚜껑을 열면,

젊은 미영(30대 중반), 깔깔깔 웃고,

미 자 찾았다! (하고, 웃는)

미 영 (그런 미자 보고, 깔깔대고)

미 자 (깔깔대며, 웃는)

씬 13 미영의 방 안.

미영, 잠자리에 누워서 옛 생각에 서글프게 웃는,

어린 미자 (E) 엄마, 미자랑 오래오래 같이 살자, 숨바꼭질 인형놀이하고, 미자랑 오래오래. 엄마, 어디 가면 미자 혼자 두지 말고 꼭 데고 가, 미자 꼭, 데고 가.

F. O.

씬 14 페인트 가게.

민호, 페인트를 고르고 있는,
그때, 수희 부르는 소리 나는,

수 희 민호야, 이 색 어때?

민 호 (수희한테로 가며) 역시 미술하는 사람이라 다르다. 그래, 그걸로 하자.

수 희 (민호 보고, 웃음 띤) 이걸로 니네 옥탑방 단장하면 너무 이쁘겠지?

민 호 (웃음 띤) 신혼집 같을 거야.

수 희 (웃고) 쓸데없는 소리 마시고, 페인트통이나 드세요. (하고, 나가는)

민 호 (수희 보고 웃으며 페인트통 들고 나가는)

두 사람, 서로 계산하겠다고 실랑이하는, 모습 보이는,

영 숙 (N) 사랑하는 사람과 둘이 있어서 마냥 행복한 사람,

씬 15 미리의 화장실.

미리, 세수를 하고, 수건으로 얼굴 닦고, 거울을 보며,

미 리 (멀멀하게, 혼잣말) 대체 제주도가 누구야?

영 숙 (N) 사랑하지만 여전히 혼자인 것처럼 외로운 사람,

씬 16 영숙의 화장대.

영숙, 거울을 보며 팔을 들고 슬립 차림으로 겨드랑이를 만져보는, 뭔가 잡히는지 그것을 보고, 또 만지는, 그러다 옆의 책자(혹은 팸플릿)를 보는, 〈유방암 진단법〉, 〈자궁암은 무엇인가?〉 등등의.

영 숙 (N) 한 번도 사랑받지 못해 힘들기만 한 사람, 그렇게 사랑에 연연하는 한 우리는 아직 모두 어린아이이다.

씬 17 놀이터.

미영, 그네 혼자 타는, 그러다 사탕을 꺼내 들고 아이들 쪽에 내미는, 아이들 웃으며 사탕 가지고 가고, 미영, 웃고,

영 숙 (N) 그녀처럼 그 누구에게도 연연하지 않을 때,

미영, 웃고, 그네를 편히 타는, 그때 영숙 와서 그 옆에서 그네를 타는, 두 사람 서로 보고 작게 웃는,

영 숙 (N) 우린 아마도 진짜 어른이 되리라.

씬 18 호철의 집 안.

신식, 운동을 하고 있는,
호철, 전화를 하고 있는, 신호음만 가는, 안 받는,

호 철 (전화 끊으며, 걱정스런) 왜 이렇게 전화가 안 돼.

신 식 (조심스레) 제주도 지수라는 분 말입니까?

호 철 (운동하는) ….

신 식 (운동 멈추고, 호철 보며, 조심스레) 형님이 말씀 안 하시고 싶음 안 하셔도 되는데, 제주도 그분하고 어떤 관곈지 궁금합니다.

호 철 (운동하다, 보는)

신 식 별로 만나지도 않으시면서 혼인신고까지 하시고…. 형님께서 건달은 혼자 살아야 한다고, 여자랑 애 있음 맘 약해져서 안 된다고 늘 말씀하지 않으셨습니까.

호 철 (운동 멈추고, 물 마시고, 신식 보며) 그러게. 근데 어떡해, 책임질 일을 했는데.

신 식 …. (보면)

호 철 (신식 안 보고, 짐짓 아무렇지 않은 듯 말하지만, 맘 아픈) 내가 걔 건드린 날, 사고가 나서 걔 다리가 잘렸어. 나두 미친놈이지, 걔는 진심으로 내가 좋아서 몇 년씩 연락 끊긴 날 찾아온 건데, 난 하룻밤 장난감처럼 갖고 놀았으니…. 무슨 정신으로 걔가 그날 집엘 제대로 갔겠냐…. 건널목 건너다…. 다 나 때문이지, 뭐. 그러니까 책임져야지…. (한숨 쉬고) 후… 보육원 동생을…. 걔가 원했어도 그냥 달래서 보냈어야 하는 건데….

신 식 그 여자 가족은 없습니까?

호 철 있음 보육원엘 왔겠냐. (사이) 신식아,

신 식 네, 형님.

호 철 (안 보며) 너 마지노란 거 아냐?

신 식 들어봤습니다.

호 철 나는 지수가 마지노다. 마, 마지막, 지, 지옥까지 가더라도, 노, 노! 할 게 있다. 내가 암만 나쁜 놈이래도 걜 버림 안 된다! 그렇게 생각한다, 나는.

신 식 (걱정스런) 그럼… 미리 씨는?

호 철 (보는데)

전화 오는,

호 철 (핸드폰 받는) 왜?

씬 19 미리의 카페 안.

카페 직원들, 청소하고 있는,
미리, 테이블을 닦으며, 웃음 띤,

미 리 일하다가 목소리 듣고 싶어서염?
호 철 (E) 지랄·· 끊어.
미 리 (웃고) 알았어염, 지랄 않을게염. (하고, 전화 끊고, 설거지하는 직원에게, 큰 소리) 야, 준이 너, 손모가지에 힘 안 줘! 깔끔하게 좀 해! 자식이, 뭐든 대충 대충이야!

씬 20 호철의 집 안.

호 철 (핸드폰 접고, 생각하는)
신 식 (호철 보다) 라면 끓일게요. (하고, 가는)
호 철 (미리 생각에 착잡한) ….

씬 21 꽃집 앞, 거리.

민호, 수희 페인트통 롤러 들고 가는데,
수희, '와 꽃이다!' 하며 꽃집 앞에 놓인 화분 보고 달려가 앉는,
민호, 수희 보고 웃고, 옆에 가 앉는,
수희, 꽃을 기분 좋아 보는,

수 희 이 꽃 너무 이쁘다. 민호야, 우리 화분 몇 개 사서 집 앞에 꾸미자.

민호 난 별론데.
수희 왜 안 이뻐?
민호 네가 더 이뻐.
수희 피. 알지. 근데 이 꽃도 이쁘잖아. 그러니까, 살 거야. (하고, 화분을 고르며) 이것도 사고, 이것도 괜찮네….
민호 (수희 보고 웃다가, 가게 안쪽을 보면)

카메라를 손질하는 꽃집 주인 보이는,
민호, 그 사람의 카메라를 유심히 보는, 조금은 부러운,

민호 카메라 죽인다.
수희 (그 소리에 민호 보고, 주인 보고, 다시 민호 보며) 카메라 갖고 싶어?
민호 (손톱을 내밀며) 쪼금.
수희 내가 사줄게.
민호 (어이없게 웃으며) 여자가 남자한테 무슨 선물을 하냐? 싫어, 난 여자한테 선물 받는 거.
수희 (담담히 보는)
민호 사실 남자가 여자한테 뭐 받는 거 사실 좀 그렇지 않냐, 등쳐 먹는 거 같고,
수희 (말꼬리 자르며) 지금 본인이 말하는 거 말 안 되는 거 알지?
민호 (담백하게) 네.
수희 누나가 사준다. 이번에 선배 일 하고 나서 돈 받음, 알았지?
민호 (어이없는 웃음) 누나?
수희 (웃으며 윙크하고, 일어나, 가게에 대고 소리치는) 아저씨, 계산해주세요!
민호 (그런 수희 보며, 기분 좋은)

씬 22 주민의 사무실.

주민, 서류를 보고 있는,
카메라, 한쪽으로 가면, 경혜, 소파에 앉아 있는,
경혜, 차를 마시다 내려놓고,

경 혜　사람 불렀음 말해요, 이렇게 앉아 있기 불편해.

주 민　(서류만 보며) 기다려. (하고, 잠시 더 서류를 보다가, 서류 덮고, 컴퓨터를 보며, 담백하게) 당신 소원 들어줄게. 이혼해.

경 혜　(주민 보는, 조금 의아스런)

주 민　(컴퓨터를 보며) 근데 한 달만 시간을 좀 줘. 당신 회사 지분 처리 문제가 쉽지 않아. 회사 내 주주들과 회의 거치려면 시간이 필요해.

경 혜　(주민 보는) ….

주 민　(경혜 안 보고) 가.

경 혜　(차분하게, 진심으로, 주민 못 보고) 고마워요.

주 민　(눈만 들어, 경혜 보며, 맘 아픈, 차분히) 첨 들어보네. 고맙단 말. 근데 목소리가 왜 그래? 축 처져서‥ 안 신나?

경 혜　….

주 민　가. 나랑 있기 곤욕일 텐데‥.

경 혜　(맘이 무거운, 주민 안 보고 일어나 가는)

주 민　(가는 경혜 맘 짠하게 보다가, 인터폰 하고) 이 기사 송파 현장 가자.

씬 23　민호의 옥탑.

민호, 수희 얼굴에 페인트 묻히고, 페인팅을 하는,
민호, 열심히 하다가, 수희 보면, 수희, 아주 열심이다,
민호, 일하려다가 수희 다시 보고, 수희를 툭 치는,
수희, 보면,
민호, 수희의 얼굴을 페인트롤로 문지르는,
수희, 민호를 쫓아, '너! 나빠!' 하고 쫓아가고,
민호, 도망가고, 그렇게 도망가고, 장난치는 두 사람 모습 보이는,

시간 경과.
꽃화분으로 단장하고, 어느 정도 사방이 정리가 된,
민호와 수희, 평상에 앉아 대접에 커피를 마시는, 여전히 작업복 차림이다,

수 희　대접에 커피 마시니까, 사약 먹는 거 같애.

민 호 설거질 안 했어.

수 희 (주변 돌아보며) 이쁘다.

민 호 수희야.

수 희 ?

민 호 나중에 우리 따뜻한 남쪽 섬에 가서 살자. 집도 지금처럼 우리가 꾸미고, 나는 거기서 이쁘고 소박한 마을사람, 애들, 사진 찍고, 너는, 니 작업하고.

수 희 그럼 돈은 언제 벌고?

민 호 내가 부지런하잖아. 너랑 나랑 힘 합쳐서 농사짓고, 마을에 나가 일하고 그럼 밥은 먹고 살걸.

수 희 꿈이 너무 작다.

민 호 너두 별수 없구나. (수희 아닌 다른 곳으로 시선을 돌리며) 사람들은 돈 많이 벌 생각하는 걸, 꼭 꿈이 크다, 야망이 크다 그러드라. 난 그렇게 생각 안 하는데…. 사랑하는 사람하고 소박하고 아름답게 사는 게 왜 꿈이 작은 거야? 절대 이해 안 돼.

수 희 (민호 이쁘게 가만 보는) … 김민호.

민 호 (보면)

수 희 따뜻한 남쪽 섬에·· 같이 가자고··. 그래서 거기서 아름답게, 돈 벌 생각 말고, 소박하게 사랑하며 살자고 하면서 지금까지 몇 여자나 꼬셨어?

민 호 너 말고 두 여자··. 근데 모두 노래. 니가 노 하면 이젠 다신 남쪽 섬 얘기 안 꺼낼라고.

수 희 그렇다면….

민 호 (수희 보는)

수 희 나는 오케이.

민 호 (가만 보는) ?!

수 희 (작게 편하게 웃고, 차분히) 지금 나 너 무지 괜찮다고 생각하거든, 변하지 마. 변하면 죽는다.

민 호 … (감격스런, 애써 담담하게) 정수희, 너 지금 내 프로포즈에 오케이한 거야? 알어?

수 희 (눈가 붉어져, 작게 웃으며) 어·· 알어.

민 호 나·· 아버지 유산 한 푼도 안 받을 건데, 그래도?

수 희 어.

민 호 정말 안 받을 건데, 우리 아버지도 줄 생각 없고. 근데도 좋아?
수 희 어.
민 호 (눈가 붉어져, 작게 웃다가, 별안간 수희 얼굴을 두 손으로 잡고 입 맞추고)

잠시 후, 민호, 입 떼고, 민망해 작게 웃고,
수희, 그런 민호 보고, 커피 마시는,
민호, 수희 보며 커피 마시는.

씬 24 공사장 전경 + 공사장 안.

지안, 도면을 보며 관계자들 두엇에게 지시하고 있는,

지 안 지금까진 일들이 무리 없이 진행이 되는 거 같은데, 마감 처리에서 늘 하자가 발생되드라구요. 김 반장님이 각별히 책임지고 신경 좀 써주세요.
관계자1 그러겠습니다.

그때, 주민과 이 기사 오며,

주 민 근데 18동 쪽엔 왜 그렇게 전기배선 공사가 늦어져?
지 안 (주민 쪽 보는)
관계자2 하자가 있어서 전부 재검토중입니다. 부분만 점검하다 늘 하자 땜에 고생을 해서,
지 안 (주민에게) 제가 지시했습니다.
주 민 점검하다 날 새지 않게 잘 확인해.
지 안 네.
주 민 3동 쪽 가보자. (하고, 가는)

지안과 관계자들 따라가는.

씬 25 병원, 검사실.

1, 영숙(담담한), 피를 뽑는,
2, 영숙, 폐를 엑스레이 찍고,
3, 영숙, 가슴 엠알아이를 찍는.

씬 26 민재의 병원, 바깥, 일각.

민재, 경혜, 벤치에 앉아 있는,

경 혜 (맘 아픈, 어렵게, 민재 보며) 아버지랑 이혼하기로·· 했다.
민 재 (담담히, 앞만 보며, 있는)
경 혜 (맘 아픈) 막상 그러기로 하고 나니까, 그 누구보다 너한테··· 미안해.
민 재 (맘 아프지만, 담담히) 늘·· 그러셨어요, 저한테 미안하다고. 어머니, 미안하단 소리가 귀에 못이 박혔어요. 더는 하실 필요 없어요.
경 혜 민재야,
민 재 (경혜 보며) 모두에게 이해 받겠다는 건 욕심이에요. 그냥 어머닌 어머니대로 저는 저대로 살아요. 지금처럼. (하고, 일어나는데)
경 혜 (민재의 손을 잡는)
민 재 (가만있는, 맘 아픈, 애써 참는)
경 혜 (손잡고 가만있다가, 못 보고) 또 올게. (하고, 가는)
민 재 (경혜와 반대 방향으로 걷다가, 멈춰 서서 있다가, 뒤돌아 걸어가는 경혜를 보는, 눈가 붉은)

씬 27 병원, 자궁검사실.

영숙, 진료대에 누워 있고,
의사, 내부초음파 하고, 마치며,

의 사 ··· 네, 검사 끝났습니다, 내려오세요.
영 숙 (진료대에서 내려오며, 옆의 간호사에게) 이걸로 검사는 다 끝난 건가요?

간호사 네.

영 숙 결과는 언제 나와요?

간호사 삼 일 후요.

영 숙 (고개 끄덕이고, 의사에게) 수고하셨어요. (하고, 나가며, 핸드폰 열고 번호 누르는)

씬 28 병원 복도.

영숙, 걸어가며 전화하는,

영 숙 아직은 안 아퍼. 근데… (멈춰 서서, 벽에 기대) 나중에는 아플 수도 있어. 에이 걱정할 정돈 아니고…. 은미야, 너 만약에 만약에 엄마 아프면 엄마 보러 서울 올 거야? (맘 짠해지는) 야, 역시 딸밖에 없네. 당연하지가 쉽게 나오네… 그 먼 곳에서. (작게 서글프게 웃고) 아빠랑.. 이혼한 거.. 너희들하고 상의 못해서 미안. (사이, 작게 웃고) 괜찮다고? 야, 너 미국 사니까 좋다야, 쿨하고. (사이) 그랬구나, 그래 자. 그래, 엄마두 너 사랑해. 어, 어… (하고, 핸드폰 끊고, 핸드폰 만지작거리고 보는데 맘 짠하지만 기분 좋은, 그러다 앞쪽 보면)

민재, 생각 많게 걸어오는,

영 숙 김민재 씨.

민 재 (멈춰 서서, 앞을 보면)

영 숙 (웃으며) 나 아플지도 몰라요.

민 재 ?

영 숙 나중에 또 봐요. (하고, 가는)

민 재 (가는 영숙을 멍하게 보는)

씬 29 햄버거집.

영숙, 혼자 앉아 사람들 보며 햄버거에 주스를 우적우적 먹는,

그때, 7부에 나온, 어린 여자아이, 창밖에서 영숙을 부럽게 보고 있는,
영숙, 그 아이를 보며,

영 숙 재가… (하며, 아이를 보며, 빵을 먹고, 주스 마시며) 또 드럽게 하고 동넬 돌아다니네. 엄마가 누구야, 대체.

어린아이 (영숙 보고, 작게 웃으며, 햄버거 달라는 듯 손 내미는)

영 숙 (담백하게) 싫어, 안 줘. (하며, 고개 돌리고, 그러다 다시 아이 보는)

씬30 공사장, 옥상.

주민, 지안 공사장을 내려다보며,

주 민 (서글픈 웃음 지으며) 이게 전부 내가 지은 거라니, (지안 보며) 시장 장돌뱅이 자식놈이 이 나라에서 손꼽히는 건설회사 사장이 됐으니, 성공했다, 안 그러냐?

지 안 (보면) ?

주 민 (풍경 보며) 울 아버진 소 장사였다. 어머닌 장터 국밥 장사셨고, 여동생 둘은 학교 문턱도 못 밟아보고 어머닐 도와 국밥을 날랐지. 그래도 난 아들이라고 중학교는 졸업시켜주드라. (지안 보며) 그리고 바로 막노동판에 들어섰는데, 운이 좋아 십장이 되고, 머리도 좋아서, 사기도 잘 쳤다. 바닷모래 싼 거 사다가 집 지어 비싸게 팔고, (풍경 보며) 가난한 사람들 집 싸게 사, 부수고, 빌딩 짓고…. 욕도 많이 먹었는데, 상관 안 했다.

지 안 (주민을 맘 아프게 보는)

주 민 나이 어린 형제가 배를 곯는데, 늙은 부모가 자릿세를 못 내고 여기저기 쫓겨다니는 판에…. 죄의식… 배부른 소리지…. 어디가 술 좀 먹자. (하고, 가는)

지 안 (주민을 보다, 따라가는) ….

씬31 일식집, 밤.

주방장이 있는 바 앞에 주민, 지안 앉아 있는,
주민, 안주에 정종을 마시는,

주 민　(술 마시고)

지 안　(주민의 잔에 정종 따라주며) 천천히 드세요.

주 민　괜찮아. (하고, 다시 마시는)

지 안　(짐짓 편하게) 어머님, 아버님 두 분은 어떻게 만나셨어요?

주 민　내 회사가 제법 커서 장인 회사를 넘보게 되니까, 장인이 제일 해왔지, 합치자고, 그러면서 서로 배신하면 안 되니까, 민호 엄마를 주대. (서글프게 웃는) 못 배운 놈이 이쁘고 대학 나온 여자랑·· 출세도 그런 출세가 없었지. 여편넨 내가 싫어 밤마다 우는데, (서글픈 웃음 지으며) 나는… 좋드라.

지 안　(주민을 보는)

주 민　좋으면 잘해줌 되는데… 꼴난 자존심이 뭔지, 막상 얼굴을 보면 화가 나대, 그래서 매일 화내고 부수고, 잘난 척하냐, 소리치고…. (맘 아픈, 지안 안 보고, 서글프게 웃으며) 민호 엄마한테 그만 살자 했다.

지 안　(안쓰레 보는) ?

주 민　살면서 암것도 해준 게 없는데, 그렇게 원하는데, 그거라도 해줘야지··. (하고, 술 따르다, 술이 없는, 종업원에게) 여기 정종 더 줘요.

지 안　(걱정스런)

주 민　(남은 술 먹고) 갑자기 민호 자식이 보고 싶네….

지 안　(보는)

씬 32　민호의 옥탑.

수희, 민호 집 안에서 나오며,

수 희　오늘 집 단장하느라 힘들었는데, 카페 가서 일할람 힘들겠다.

민 호　가진 건 없어도 체력은 좋잖냐. (그때, 전화 오는) 여보세요… 어, 지안이구나··. (하고, 수희 보면)

수 희　(민호 보고, 어색한, 딴 데 보는)

민 호　(굳는) 아버지가… 날 왜?… (한숨 쉬고) 가기 싫은데…. (사이) 많이 취했어? ·· (마지못해) 알았어, 갈게. 어. (하고, 전화 끊고, 수희 보며, 속상한) 아버지가 술 취해서 날 찾는대, 가보고 올게. 카페에 가 있어. 먼저 갈게. (주머니에서 키 꺼내 주며) 문 좀 잠그고 가. (하고, 서둘러 계단 내려가는)

수 희 그래. 조심해. (가는 민호 보다가, 문 마저 잠그는데, 핸드폰 문자메시지 소리 나고, 핸드폰 보면)

인서트 – 문자메시지.
〈파주시 주안리 118번지〉

수 희 (답답한, 머리 쓸어 올리고, 핸드폰 넣고, 내려가는)

씬33 일식집 앞.

민호, 조금 바쁜 걸음으로 걸어와 일식집 앞에 멈춰 서서 답답한 얼굴로 일식집을 보고 있는.

씬34 인서트 - 회상, 주민의 집 거실.

민호, 배낭을 지고, 이층에서 내려오다, 거실에서 신문을 보는 주민을 보는,

민 호 (화나는, 맘 아픈, 참는) 아버지 저 가요.
주 민 (신문만 읽는)
민 호 아버지, 저 집 나간다구요!
주 민 (신문만 보는)
민 호 잘 계세요. 엄마한텐 연락드린다고, 전해주세요. (하고, 가는)
주 민 미친놈.
민 호 (가다가, 그 소리에 멈춰 서서, 돌아서서 주민 원망스레, 눈가 붉어져 보면)
주 민 (신문만 읽는)
민 호 (이 앙다물고, 가는)

씬35 일식집 앞.

민호, 일식집 보다가 그냥 가려다가, 다시 멈춰 서고, 맘 다잡고, 다시 뒤돌아 일식집으로 들어가는.

씬36 일식집 안.

민호, 일식집 들어와 주변을 보면, 지안, 앉아 차 마시는 모습 보이는, 민호, 이상한.

씬37 달리는 주민의 차 안.

이 기사, 운전하고, 주민, 뒷좌석에서 술 취해, 창가를 보며 힘들게 가는.

씬38 일식집 안.

민호, 지안 앉아 있는,
민호, 술을 마시는, 화난, 지안 안 보고, 말하는,

민 호 (속상한, 술 마시고) 바쁜 사람 오라 그래놓고, 자긴 가버려. 아주, 자기 멋대로구만. 하나두 안 변했어.

지 안 (민호 안쓰레 보며) 아버님이 너 많이 보고 싶어했어.

민 호 근데 왜 가?

지 안 용기가 안 나신 거지.

민 호 꼴 보기가 싫으셨겠지…. (하고, 술 마시는)

지 안 너는 모르겠지만, 아버님, 너 참 많이 아끼신다. 요즘 들어 부쩍 니 얘기 많이 하셔. 미안하단 말씀도 하시고.

민 호 (맘 아픈, 자조적으로) 미안하실 거 없는데, 남의 자식‥ 한테 그만큼 하셨음 잘하신 거야, 아버진.

지 안 (안쓰레 보면)

민 호 (보며, 짐짓 담담히) 눈치챘지? 내가 우리 아버지 아들 아닌 거?

지 안 … (머뭇대다가, 어렵게) 어렴풋하게. 어머니 아버지 늘 다투시니까, 방에 있어도 귀에 들리니까, 들었지‥ 뭐. 근데, 민호야, 아버님한테 너, 남의 자식 아니야.

민 호 (맘 아픈, 지안 보고) … 니가 그런 말 해주는 건, 고마운데, 울 아버진 내가 알어. 자기밖엔 그 누구도 없어, 아버진.

지 안 (안쓰레 보는) …

민 호 (주머니에서 돈 꺼내고, 지안 보며, 아버지한테 나는 화를 삭이며) 미안하다, 너한테 화낼 일은 아닌데…. 포장마차 가 술 한잔할래?

지 안 (민호 보며) 아직은… 니가… 불편해.

민 호 (지안 보는) … 아직은 수희한테 미련이… 있지?

지 안 (보는) … 쉽게 잊기엔 너무… 괜찮은 애잖아.

민 호 (막막하게 보는)

지 안 갈게. (하고, 나가는)

민 호 (답답한, 그대로 있는)

씬 39 일식집, 주차장.

지안, 차 안에서 안전벨트 하고, 시동 거는,
그때, 민호, 나와서 길을 걸어가는,
지안, 그런 민호 보는.

씬 40 달리는 버스 전경.

민 호 (E) 세상에서 아버지랑 사이좋은 자식이 몇이나 될까?

씬 41 달리는 버스 안.

민호, 수희, 나란히 앉아 가는,

수 희 (앞을 보다가) 아버질 사랑하는 자식은 많아도 아버지랑 사이좋은 자식은 몇 안 될걸. (하고, 민호 보는)

민 호 어려서 아버지한테 들은 말이 딱 세 종류야. 미친놈, 밸 빠진 놈, 정신 나간 놈.

수 희 (민호 안쓰런)

민 호 (서글픈) 공부 못한다고 미친놈, 쓸데없는 운동이나 잘한다면서 정신 빠진 놈, 그런 욕먹고 민망해 히죽히죽 웃으면 웃는다고 밸 빠진 놈…. 그래서 (수

희 보며) 아버지 집에 없는 날이, 내 생일날처럼 좋았어.

수 희 (민호의 손잡고, 그 손을 보다, 민호 보며) 그래도 오늘은 너 보고 싶어하셨대잖아.

민 호 (창가 보며) 안 믿어, 그 말. (혼잣말처럼) 술기운에 센치해지신 거겠지.

수 희 (따뜻하게) 지금 많이 삐딱하다?

민 호 (보며) 왜 실망했어? 삐딱해서?

수 희 아버지랑 오래 안 좋았는데, 하루아침에 아버지가 보고 싶어했다고 그 맘이 다 풀리진 않겠지. 나도 울 엄마가 웃으며 날 찾아와도·· 또 무슨 일이 있구나 싶어 심장이 뛰니까, 너도 그러겠지.

민 호 (아버지 때문에 맘 아픈) 아무랑이나 막 싸우고 싶어, 싸울래?

수 희 심통 난 애 같다. (민호 머리를 안아, 제 어깨에 기대게 하며) 근데, 니가 조금은 삐딱해서 더 좋다. 내가 니 옆에 있으면서, 그 삐딱한 거 잡아줘야지.

민 호 (서글픈) 어릴 때처럼 맨 싸우는 집에서 살기 싫어. 우린 같이 살면 싸우지 말자.

수 희 (담담한) 싸워도 그게 끝이라고 믿지 말자. 그리고 말하자. 왜 그러는지. 그렇게 얘기하고 나면 이해하자.

민 호 ····. (서글픈)

수 희 왜 대답 안 해?

민 호 (서글픈, 앞만 보며) 우리가 한 약속들이 다 지켜질 수 있을까···. 갑자기, 약속을 너무 많이 하는 것 같단 생각이 드네. (하고, 창가 보는)

수 희 (민호 보며, 막막한, 앞 보고)

씬 42 미영의 가게 전경, 희뿌연 새벽녘.

민 호 (E) 나 땜에 잠 못 자나보다.

씬 43 미영의 방 안(스탠드 켜져 있는).

민호, 벽에 기대앉아 있고,
미영, 졸린 표정으로 일어나 민호를 보는,

민호 미안.

미영 (민호 앞에 앉아, 조금 졸린 눈으로, 보는)

민호 잠이 안 와. 어제 수희한테 프로포즈했거든.

미영 (보는)

민호 (작게 웃으며) 대답은·· 예스. 그래서 들떠서 잠이 안 와.

미영 (편하게, 웃음 띤, 고개 끄덕이고, 민호 얼굴 만져주는)

민호 (서글픈) 근데, 할머니 기분이 마냥 좋진 않아···. 사람들은 나랑 한 약속을 늘 안 지키거든.

미영 (보는)

민호 나만 집 나가면 맘 편할 거 같다던 아버지도 형도, 지금까지 안 편하고, 나만 있음 된다던 엄마도, 내가 있어도 외롭고···. 내 첫사랑 미리도 지안이랑 헤어지면 나 만난다더니, 호철이 형한테 가고···. (씁쓸하게 웃는) 수희도 그럴까 봐. (사이) 수희가 프로포즈에 오케이 하는데, 정말이냐고? 정말, 정말 나랑 같이 따뜻한 남쪽 섬에 가서 살 거냐고, 열 번, 스무 번 다구쳐서 확인받고 싶었는데, 안 그랬어. 쪼잔해 보일까봐. (미영 보며, 수화로) 잘했지?

미영 (보다, 고개 젓는)

민호 (미영 보며, 서글픈, 수화로) 못했어?·· 그래, 못한 거 같다. (수화하지 않는) 그때 안 물어보고 집에 와서 정말일까, 정말 그럴까? 이러는 거 보면. 근데, 못 매달리겠드라. 내가 초라해지는 거 같아서.

미영 (보는)

민호 내가 겁쟁이라고 생각하는구나. (하고, 웃고, 눕는)

미영 (작게 웃고, 눕는)

민호 (미영 보며) 할머니, 할머니만 알고 있어, 내가 겁쟁인 거. 알았지?

미영 (민호 얼굴 만져주는)

민호 (미영 얼굴 만지고, 보며) 첨에 집 나와서 할머니랑 같이 살 땐 자주 이랬는데, 간만이네.

미영 (웃고)

민호 할머니, 수희가 나랑 같이 안 가면, 할머니랑 나랑 가자, 어?

미영 (민호 토닥여주는)

민호 이제 졸리다···. 계속 토닥여, 나 잔다. (하고, 눈 감는)

미영 (토닥여주는)

씬 44 수희의 작업실 전경, 낮.

선 배 (E) 언제부터 일할래?

씬 45 수희의 작업실 안.

선배, 차를 마시며, 일하는 수희를 보며 말하는,

선 배 나는 빠를수록 좋은데?

수 희 삼사일 시간이 필요해요. 하는 일이 있어서, 카페 일도 그렇고, 개인적으로 그림 그려주는 데도 있고. 정리할 시간이,

선 배 삼사일 정도면 기다려줄 수 있지. (하고는, 봉투 주며) 착수금.

수 희 (보고, 웃으며) 고마워요. (일하며) 참 근데 인테리어할 카페 장소가 어디예요?

선 배 (차 마시고, 무심히) 파주 헤이리란 곳인데, 명동에서 버스 타고 파주시청에 내리면 돼.

수 희 지금 파주라 그랬어요?!

시간 경과.
수희, 혼자 소파에 앉아 핸드폰의 메시지를 보는,
〈파주 주안리 118번지〉
수희, 생각 많은, 그때, 전화 오는,

수 희 (받으며) 네.

씬 46 사무실 안.

지안, 자리에 앉아서 전화하는,

지 안 목소리가 듣기 좋다. 편한가봐.

씬 47 수희의 작업실 안.

수 희 (어색한, 짐짓 편하게, 작게 웃으며) 잘 지내?

씬 48 사무실 안.

지 안 가끔 니가 보고 싶어서 힘든 것 빼곤, 괜찮아.

씬 49 수희의 작업실 안.

수 희 (어색한) ….
지 안 (E) 통장에 돈 넣어. 오늘 집세 내는 날이잖아.
수 희 지안아, 그러지 마. 부담스러.

씬 50 사무실 안.

지 안 부담 갖지 마. 내가 하고 싶어서 하는 거야.

씬 51 수희의 작업실 안.

수 희 (맘 아프지만, 짐짓 냉정하게) 니가 부담 갖지 말래도 부담돼. 싫어.

씬 52 사무실 안.

지 안 (맘 아픈, 가라앉은) 왜 그렇게 냉정해? 정수희.

씬 53 수희의 작업실 안.

수 희 (맘 아픈, 답답한) 미안해.

씬54 사무실 안.

지 안 미안하면, 받아. 끊을게.
수 희 (E) 지안아.
지 안 (전화 끊는)

씬55 수희의 작업실 안.

수희, 답답한, 머리 쓸어 올리는.

씬56 지안의 사무실.

핸드폰을 보는, 그러다 문자메시지를 확인하는, 1회부터 지나간 모든 문자들이 나오는, 카메라, 핸드폰에서 위로 올라가면, 지안, 문자 보다가 접고, 서글프게 다시 창가 보는.

씬57 거리.

민호, 미영을 자전거에 태우고, 트로트를 부르며 웃으며 가는,
편의점 앞을 스쳐 지나가는, 편의점 안에 영숙 보이는.

씬58 편의점 안+편의점 밖.

영숙, 이것저것 필요한 물품을 사고, 돈 내고 나오는,
영숙, 길을 걸어가다가 골목을 스쳐 지나가는,

여학생1 (E) 골때리는 기집애네, 이 기집애!
여학생2 (E) 야, 말하지 말고, 그 기집애 그냥 확 밟아버려!

영숙, 가다가, 그 소리에 다시 골목으로 와 골목 안을 보는.

씬59 골목 안.

여학생 네다섯 명, 한 아이(이후, 여중생이라 칭함)를 빙 둘러싸고 위협하고 있는,

여학생1 (주눅 든 여중생을 툭툭 건드리며) 야, 기집애야, 야, 너 진짜진짜 싸가지다, 니가 우릴 갖고 놀아? (때릴 듯) 이게 맞아 죽을라고?

여학생2 (주눅 든 여중생 발로 툭툭 치며) 야, 이 도둑년아. 너, 입이 있음 말 좀 해봐? 어, 도둑년, 말 좀 해보라니까.

여중생 (주눅 든)

여학생1 이게 진짜, 끝까지 말을 안 하네! (하고, 뺨 치는)

여중생 (넘어지는, 눈가 그렁해, 손으로 제 뺨을 만지는)

영숙, 놀라고,

여학생1 (밟으려 하며) 이게 쓰러지긴 왜 쓰러지고 지랄이야, 너 안 인나?!

영 숙 저것들이…. (물건 버리고, 화나, 여학생1에게 와 뒷덜미를 잡아, 벽에 밀치며, 버럭) 뭐 하는 짓이야, 너!

여학생들, 주눅 들고,

여학생2 (영숙 보며, 기죽기 않고) 아줌마, 뭐예요!

영 숙 (여학생2 보며) 넌 쫌 기다려, 기집애야! 내가 얘 잡고 너 잡아줄 거니까. 개떼로 덤비면 죽는다. (여학생1 보며) 너 집이 어디야? 너 깡패야? 기집애들이 학생이면 학생다워야지, 대낮에 대로에서 친구를 패? 너 엄마 아빠 어딨어? 어딨어!

여학생1 이 아줌마가, (하고, 있는 힘껏 밀치고, 가려 하면)

영 숙 (재빨리 여학생의 팔을 잡아 뒤로 꺾으며) 어딜 갈라고? 이게 웃기고 있어, 이게.

여학생들 놀라고,

여중생, 두려워 벌벌 떠는,

여학생1 (한풀 기죽은, 울상) 저, 저, 기집애가, 우리 돈 훔쳤단 말이에요. 다른 애들이 지지리 가난하다고 놀아주지도 않는데, 우린 그래도 놀아줬는데, 저 기집애가, 우리 배신하고 우리 돈을 훔쳐 갔단 말이에요!

영 숙 뭐? (여중생 보며) 너 얘가 하는 말 정말이야?

여중생 (주눅 든, 눈물 닦는)

영 숙 에라, 기집애야, 에라이…. (여학생들 보며) 그래도, 아무리 대단한 이유가 있어도 사람을 패면 되냐? 친구가 돈이 없으면 나 같음 그냥도 돈 주겠다. 근데 때려? 나쁜 것들, 폭력은 이유 불문하고 나빠! (하고, 여학생1에게) 쟤가 니 돈 얼마나 훔쳤어?

여학생1 나랑 친구들 것까지 모두 팔천 원이요.

영 숙 기껏 팔천 원 때문에·· 치사하다, 니들, 참. (하고, 주머니에게 만 원 꺼내고, 다시 작심하고 한 장 더 꺼내 주며) 팔천 원은 나눠 갖고, 나머진 떡볶이 사 먹어. (여중생 보며) 그만 울고 집에 가!

여중생 (주눅 들어, 슬픈 눈으로 영숙을 보는)

영 숙 울긴…. (하고, 돌아서며) 에우, 애들이 진짜 왜 그래?

카메라, 영숙 간 뒤쪽 잡으면 돈 이만 원만 바닥에 떨어져 있고, 아무도 없는.

씬60 영숙의 오피스텔 안.

미리, 영숙의 냉장고 뒤지며,

미 리 언니, 김치가 어딨다고?

영 숙 (E) 냉장고 오른쪽 바닥에 흰 통!

미 리 흰 통이 여러 개야.

그때, 영숙, 손에 드레스를 대충 걸치고 나오며,

영 숙 진짜 맘에 안 든다, 너. 거기 있잖아, 오른쪽.

미 리　두 개야.

영 숙　내가 바닥이랬지, 바닥! 나와. (하고, 통 꺼내 주며) 여깄잖아.

미 리　(받으며, 웃으며) 아, 바닥… 미안. (그러다, 영숙 손에 든 것 보며) 근데 그거 뭐야?

영 숙　(드레스 보며) 내 웨딩드레스, 이사 올 때 처박아뒀드라고. 버릴까, 어쩔까 보는 거야.

미 리　(드레스 확 뺏는)

영 숙　?

미 리　언니 이거 버릴람 나한테 버려라.

씬61　미리의 오피스텔, 화장실.

호철, 자다 깬 얼굴로 변기에 앉아 있고,
미리, 그 앞에 턱 받치고 앉아 있는,

호 철　(짜증스런) 진짜 결혼식도 싫어 죽겠는데, 가짜 결혼식을 왜 해? 쓸데없는 소리 말고 가. 너 땜에 신경 쓰여 안 나오잖아, 빨리 안 가!

미 리　(애교스레) 소원이야. 소원 들어주기로 했지. 사나이 일언중천금.

호 철　(가만 보는) ‥ 고만.

미 리　(조르는) 사나이 일언중천금….

호 철　(눈 부라리고, 보고, 혀 차는)

미 리　(웃음 가신, 담백하게, 화나는 맘 누르고) 또 장기 나왔다, 눈 부라리는 거. 똥 싸라. (하고, 나가는)

호 철　(답답한) …· .

씬62　마트 안.

미리, 이것저것 먹을 것을 잔뜩 사는,
수희, 그 옆에서 황당하게 미리를 보는,

수 희　너무 많이 사는 거 아냐?

미 리　짜가 결혼 피로연이래도 피로연인데, 이 정돈 사야지.

수 희　무슨 말이야? 피로연?

미 리　그런 게 있다네. (하고, 가고)

수 희　(무슨 일인가 싶게 보다가, 가려는데)

그때, 지안을 닮은 사람 옆을 스쳐 지나가는,
수희, 뒤돌아 그 사람을 쳐다보는,

미 리　(물건 들고) 너 이거 좋아하지?

수 희　(그 사람 보는) 어?

미 리　뭐야? (하고, 가는 사람 보며) 뒷모습이 꼭 지안이네.

수 희　(어색하게, 작게 웃으며, 캐리어 끌며) 가자.

두 사람 걸어가며 말하는,

미 리　(수희 보며, 담백하게) 지안이랑 가끔 연락해?

수 희　가끔.

미 리　(담백하게) 너 지안이 민호 둘 다 좋지?

수 희　(멈춰 서서 보면)

미 리　토끼 두 마리? 양손에 든 떡? 그래?

수 희　(담담히 보는)

미 리　(단호하게) 그러니까 이런 오해받기 싫음, 무조건 지안이한텐 칼 날려. 괜히 착한 척하며 사람 헷갈리게 하지 말고. (하고, 캐리어 끌고 가려 하면)

수 희　(굳은, 가라앉은) 최미리.

미 리　(보면)

수 희　나, 너 똑똑한 거 알거든.

미 리　(보면)

수 희　근데 착한 척이 아니라, 우정이야. 나, 지안이한테 충분히 상처 줬어. 그런데 더 주라고, 그럼 내가 견딜까? 자신 없어. 이 년을 만났어. 그리고 내가 맘이 변해 헤어졌어.

미 리　(수희 보는)

수 희 니 눈엔 지금 내가 우유부단해 보일 수 있어. 근데 너 내 친구니까, 조금은 너 그렇게 시간이 필요하겠구나 하고 이해해줌 안 되니? (하고, 가는)

미 리 (가는 수희 보며, 혼잣말) 나는 정말 잘난 척하다 맞아 죽을 거야. (하고, 수희 옆으로 가, 담백하게) 잘난 척했다, 쏘리.

수 희 (보는)

미 리 (몸으로 수희를 툭툭 치며) 잘못했다고.

수 희 (어이없어, 작게 웃으며) 됐어. 가. (하고, 가는)

씬 63 오피스텔 전경, 밤.

민 호 (E) 정말 안 갈 거예요?

씬 64 미리의 오피스텔, 거실 안.

호철, 소파에 앉아 텔레비전을 보며 과자 먹는,
민호, 그 옆에 앉아 있는, 답답한,

호 철 그래.

민 호 (답답한, 물 마시고, 호철 보며) 그러지 말고 영숙이 누나네 가요. 미리가 그렇게 원하는데…. 미리 웨딩드레스 정말 입고 싶어했는데, 형한테 보여주고 싶어하는데…. 형, 가요, 네?

호 철 (텔레비전만 보며) 시끄러.

민 호 진짜 너무하네.

호 철 (보면)

민 호 형이 지금껏 미리한테 해준 게 뭐 있어요?

호 철 (고개 돌려, 민호 보고, 과자 주며) 과자 먹어가며 떠들어라, 배고플 텐데?

민 호 (호철 맘에 안 들게 보고)

호 철 요거요거 눈알 봐라, 눈에 힘 빼 자식아…. (하고, 텔레비전을 보는)

민 호 (왜 이러나 싶은) ….

씬 65 영숙의 방 안.

미리, 웨딩드레스 입고, 거울 보며, 눈가 그렁해 앉아 있는,
수희, 맘 짠하게 미리 보고, 영숙, 이쁘게 거울 속의 미리 보는,

영 숙 너무 이쁘네. 드레스도 딱 맞고.

미 리 (제 모습 보며, 맘 짠한) 소원 풀었네. 난 어릴 때부터 이런 웨딩드레스 정말 입고 싶었거든.

영 숙 (맘 짠한) 그래서 입었네.

미 리 아저씨 만난다고 하니까, 울 엄마가 그러드라. 그런 양아치 같은 놈이, 너 입고 싶어하는 웨딩드레스나 입혀주겠냐고. 괜찮어, 안 입어도 돼, 그러니 신경 끄셔 그랬지…. 그땐 정말 괜찮을 줄 알고. 근데 입으니까… 좋으네.

그때, 전화 오고,
수희, 전화 받는,

수 희 어, 민호야…. (사이, 미리 보며) 그렇구나, 그래, 끊어. (전화 끊는)

영 숙 양씨, 안 온대?

수 희 네.

미 리 (거울만 보며, 담담하게) 술 먹자.

씬 66 포장마차 안.

호철, 우동을 먹고 있는,
민호, 그 앞에서 호철을 빤히 보는,

호 철 (우동만 먹으며) 왜 그렇게 사람을 졸졸 따라다니면서 빤히 보고 지랄이냐? 매 맞을라고 빽쓰냐?

민 호 (답답한) 미리, 어떡하실 거예요?

호 철 (국물 먹고, 주인에게) 아줌마, 한 그릇 더 줘요.

민 호 저도 남 일에 끼어드는 성격 아닌데, 이번엔 좀 껴들어야겠어요. 미리 갖고 놀

거면, 이쯤에서 헤어지세요.

호 철 (민호 보며, 작게 웃으며) 너 지금 만나는 수희란 애 옛날 고리짝부터 좋아했다며?

민 호 (화나는) 왜요? 웃겨요? 일편단심하는 남자?

호 철 (어이없어, 웃고) 붙자는 식으로 말한다? 붙어볼까?

민 호 (답답한, 고개 외면하는)

호 철 조선말은 자식아 끝까지 들어, 니가 부럽다 소리 할라 그랬어.

민 호 (보면) ?!

호 철 니가 진짜 남자다 자식아. 이 여자 저 여자 찝쩍거리는 거, 남자다운 거 아냐. 추저운 거지. 내가 해보니 그래. 너는 남자놈들 그런 거 배우지 마. 한 여자에 올인 하는 거, 괜찮아 보여, 내 눈엔.

민 호 형도 미리한테 그러면,

호 철 (주인에게) 아줌마, 우동 취소! (하고, 테이블에 돈 놓고, 민호 보며) 나는, 나쁜 놈이야. 근본이 나빠. 그래서 안 돼. (하고, 일어나려 하면)

민 호 (호철 빤히 보며) 안 되는 게 어딨어요.

호 철 (보면)

민 호 해보지도 않고, 안 된대·· 씨··. (하고, 나가는)

호 철 (가는 민호 보고, 작게 웃으며) 사내자식이 기집애처럼 귀여워. (하고, 다시 자리 앉으며) 아줌마, 소주!

씬 67 영숙의 오피스텔, 거실 안.

불 꺼놓고, 온통 사방에 촛불이 켜져 있는,
영숙, 미리, 수희는 각자 편하게 앉아 있는,
미리, 편한 옷으로 갈아입은,

미 리 민호는 내 꼬라지 보기 싫어서 카페 일 핑계 대고 안 오네. (와인 마시며, 서글프게 웃으며) 정작 내 꼬라지가 난 괜찮은데, 걘 끝없이 날 안쓰러워하네. 우정이 있네. 좋은 놈.

수 희 (미리 보며) 판단이 안 서서 물어보는 거야.

미리, 영숙 (수희 보는) ?

수 희 니가 아이 갖고 싶어한 거 알거든, 그리고 멋진 결혼식 하고 싶어한 것도…. 근데 아저씬 늘 내 몰라라야, 친구로서 화나. 아저씨한테 왜 그렇게 관대해?

미 리 (수희 보며, 작게 웃으며) 내가 구질스러 보이는구나? 건달에 늙다리에 성질도 더러운 남자한테 매달리는 거 같아서… 싫구나?

영 숙 진짜 남들은 줘도 안 가질 놈한테 왜 그렇게 목을 매냐, 기집애야?

미 리 (서글프게 웃으며) 모르시는 말씀들…. 양씨가 손오공이면 나는 부처님 손바닥이야. 걔가 날 떠날까봐 내가 겁내하는 것처럼 보여? 걔가 날 떠남 갈 데가 있고? 솔직히 나 아님 이 세상에서 누가 양씨를 이뻐하겠어?

영숙, 수희 ?

미 리 (서글픈, 창가 보며) 나두 그렇지, 이 남자 저 남자 만난 애를 양씨 아님 누가 이해하겠어…. 애기 낳고 싶었지, 결혼도 하고 싶었지, 근데 친구야, 언니야, 내가 원하는 걸 하는 게 사랑이 아냐. 그가 원하는 걸 해주는 거 그게 사랑이지, (두 사람 보며) 안 그래?

수 희 (어이없지만, 인정하는, 미리 이쁘게 보며) …. 그래, 맞다.

영 숙 (미리 보며) 야, 말도 안 되는 소리하지 마. 나는 우리 집 남자가 해달라는 대로 다 해줬는데, 결국 이혼했어.

미 리 언니 전남편이 원한 건, 그 어떤 것도 아닌, 이혼이야.

영 숙 (작게 웃고) 얘 의외로 똑똑하네.

미 리 (웃고, 술 마시고)

영 숙 (수희 보며 편하게) 참 넌 민호랑 잘돼? 지안인가 뭔가 하는 애 생각 안 나?

수 희 (술잔만 보며, 서글픈 웃음 짓고) … 나요, 가끔.

영 숙 어느 때?

미 리 (수희 보면)

수 희 (서글픈, 천장 보며) 그냥 문득문득… 내가 민호랑 너무 좋을 때…. 예전에 지안이랑도 이렇게 좋은 적이 있었는데… 그렇게…. 친구도 별로 없는 앤데, 요즘 어떻게 보내나 걱정되고. 그렇다고 해도 어떻게 해주지도 못할 거면서….

미 리 지안이 강한 놈이야. 걱정 접어.

영숙, 수희 (보면)

미 리 나는 지안일 알지. 얼마나 독한 놈인데, 걔가…. 걔 걱정 말고 제발 정수희 너나 잘 살어.

수 희 (서글프게 웃으며) 그렇게 믿고 싶다.

미 리 (기분 바꾸려 짐짓 더 편하게, 기분 좋게) 너무 좋다, 와인에 촛불에 이러고 있으니까 꼭 미국영화 같다….

영 숙 (와인 마시고) 옛날 생각난다.

미 리 옛날에도 이렇게 촛불 켠 적 있어?

영 숙 어, 신혼 때 남편하고 죽고 못 살 때, 방 안 가득 지금 이것보다 더 많이 초를 켰지.

미 리 이것보다 더 많이? 야, 분위기 있었겠다.

영 숙 (분위기 있게) 한 시간 정돈, 괜찮았지, 그런데 그 담엔, (미리 보며) 산소 모잘라 죽는 줄 알았잖니?

미 리 (술을 마시다, 뿜으며, 웃는)

수 희 (웃으며, 미리 치며) 야,

영 숙 넌 애가 왜 그렇게 드럽니?

미 리 (웃으며) 언니가 웃기잖아. 아우, 너무 웃겨, 너무 웃겨. 언니 진짜 골때려.

영 숙 니가 더 골때려 기집애야! (옷에 묻은, 술 털어내며) 어우, 드러드러.

세 사람 기분 좋게 웃는.

씬 68 미리의 오피스텔, 아침.

호철, 미리 침대에서 자는,
미리, 자다가 호철의 몸에 발 올리는,

호 철 (잠결에) 힘들어, 내려.

미 리 (아랑곳 않고, 자며, 이번엔 이불을 뺏는)

호 철 (짜증스런) 에우, 진짜! (하고, 일어나 미리 보며) 애도 아니고 무슨 몸부림이 이렇게 심하냐, 애는? (하고, 화장실 가려다 한쪽에 놓인 메모지를 보고, 들어서 보는)

미 리 (E, 차분하게 따뜻하게) 아저씨, 내 핸드폰에 나 웨딩드레스 입고 찍은 사진 있다. 이뻐, 한번 봐. 그리고 약속할게. 아저씨가 싫어하는 짓은 나 절대 안 해. 사랑하거든, 아주 많이.

호 철 (담담히, 메모지 보고, 한쪽 보면, 미리의 핸드폰 보이고, 열어서 사진을 보

는)

인서트 – 웨딩드레스 입고 환하게 웃고 있는 미리의 사진.

호철, 맘 짠하게 보고 있는데, 서글프게 작게 웃음 띤,

호 철 공주가 따로 없네….

미리, 목소리 들리는,

미 리 (눈 감은 채) 선녀 같지, 천사 같고.
호 철 (보면)
미 리 아고, 부끄러. (하고, 이불 뒤집어쓰는)
호 철 넌 왜 자꾸 그렇게 니 무덤을 니가 스스로 파냐, 어?
미 리 (얼굴 내밀고, 호철 보며 웃음 띤) 그러게?
호 철 (보다가) ‥ 자. (일어나 화장실로 가고)
미 리 (가는 호철 보고, 작게 웃는데)

호철의 전화벨 소리 나는,

미 리 (전화기 들어보면, 김 선생이라고 쓰인) 김 선생? (일어나, 핸드폰 받으며) 여보세요? (사이, 조금 이상한, 뜸 들이며 말하는) 아저씨‥ 지금 없는데…. 어디세요? 제주도요? 용건이‥ 지수가‥ 아프다고 전해달라고요? (사이) 여보세요? 여보세요? (사이, 전화 접고) 뭐가 그렇게 급해…. (누워 천장 보며) 지수‥ 제주도… 이제 드디어 한판 붙을 때가 왔나보네.

씬 69 미영의 가게 안.

미영, 미자 물잔을 앞에 놓고 앉아 있는,

미 자 … 왜 이러고 살어? 벙어리 흉내에 이름까지 바꿨드라, 염복휠 이미영으

로…. 동네사람 시장사람들이 다 그리 알드라?

미 영 (옆에 있는 귤을 까서 미자에게 주는)

미 자 (귤을 받는, 순간 맘이 짠해지는, 감추고, 귤 먹고) 내가 찾아올까봐 무서웠나?

미 영 …·.

미 자 피를 나눈 부모 자식 간은 아니래도 우리 한땐 서로 죽고 못 살았잖아. (눈가 붉어져, 비아냥) 근데 이젠 무서워? 어? 말해봐, 새엄마?

미 영 (귤을 까서 주는)

미 자 묻는 말에 대답이나 하셔. (하며, 손을 탁 치는)

귤 바닥에 떨어지고,
미영, 귤을 주워서 먹는,

미 자 동네에 도는 소문을 들으니, 돈이 많다든데? 정말 많어?

미 영 (귤 먹으며, 멀멀하게 보는)

미 자 돈이 필요해, 좀 주슈.

미 영 ….

미 자 끝까지 입을 다무네. 근데·· 안 준다고 안 가져갈 내가 아니야.

미 영 ….

미 자 당신이 가고, 나는 아주 독한 애가 됐거든. (맘 아픈, 가만있다가, 눈가 붉어지며, 미영의 얼굴에 제 얼굴을 들이대고) 내가 이렇게 된 건, 다 당신 때문이야. 아버지보다 당신이 더 못되고, 당신이 더 나빠. (사이) 참 그거 아나, 당신이 떠나고 아버지가 죽은 거.

미 영 (미동도 없이 가만있는) ….

미 자 미운 아버지지만, 복수는 해야 할 거 같애. 자식으로서. 안 그래? (하고, 가는)

미 영 (눈가 붉어, 서글프게 웃는)

씬 70 주민의 회사, 전경.

주차장에서 끽 소리를 내며 거칠게 빠져나오는 지안의 차.

씬71 달리는 지안의 차, 전경.

상 윤 (E) 미안하다, 지안아, 연락 안 하려고 했는데, 상황이 너무 급해서.

씬72 달리는 지안의 차 안.

지안, 불안하고 다급하게 운전해 가는,

상 윤 (E) 선이 애기가, 위급해, 빨리 파주로 와라.

씬73 교외, 시내, 정류장.

버스 서고,
민호(공구가방을 든), 내리며 전화하는,

민 호 나 지금 막 시청쯤에 내렸어. 니가 말한 거? 아침 일찍 공구점 가서 다 샀지. 넌, 어딘데? (사이) 뭐? 메시지? (하고, 멈추는)

씬74 교외, 허름한 주택가, 낮.

수희, 걸어가며 핸드폰하는,

수 희 (안심시키는) 나두 그렇게 생각해, 애들 장난이라고…. 근데 자꾸 신경이 쓰여. 메시지에 온 주소가 이 동네야. 한번 가서 확인해보고, (사이, 멈춰 서며) 낮인데 뭐가 위험해. 오지 마. 그 정돈 나 혼자 해결할 수 있어. (웃음 띤) 알았어, 위험하다 싶음 바로 연락할게. (사이) 그래, 빨리 갈게. 어, 끊어. (하고, 전화 끊고, 메시지를 보는)

인서트 – 문자메세지.
〈파주시 주안리 118번지〉

수희, 핸드폰 주머니에 넣고, 막막하게 주변을 두리번거리다, 노인에게 다가가 묻는,

수 희 죄송하지만, 여기 118번지가 어딘가요?

씬 75 거리.

민호, 걸어가며, 걱정스러워 투덜대는,

민 호 정수희 암튼 말도 드럽게 안 들어요…. 대체 어떤 놈이 자꾸 장난질이야, 신경쓰이게.

씬 76 초라한 지안의 집 앞.

수희, 주소가 적힌 문패를 보고 서 있는,
노크를 할까 말까 생각하다, 작심하고 문을 두드리는,

수 희 여보세요! 여보세요!

인기척이 없는,

수 희 휴…. (머리 쓸어 올리다가, 오는 사람들을 보는)

지안 부, 과일 리어카(거의 비어 있는)를 끌고 오고, 지안 모, 뒤에서 리어카를 밀고 오는,

수 희 (그 사람들 무심히 보고, 다시 문을 두드리는) 여보세요! 여보세…. (그러다 다시 뒤를 보면)

지안 부모, 수희를 보며, 서 있는,

수 희 혹시, 이 집에 사세요?

그런 수희의 얼굴에서 엔딩.

이 책의 저자 인세와 출판사 수익의 일부는
기아·질병·문맹이 없는 세상을 만들어가고자 하는
JTS에 기부됩니다.

배고픈 사람은 먹어야 합니다.
아픈 사람은 치료받아야 합니다.
아이들은 제때에 배워야 합니다.

이것은 인종과 국가, 민족, 종교, 계급, 남녀에 관계없이
모든 인간이 누려야 할 기본 권리입니다.
그러나 이 지구상에는 이 기본적인 권리마저
누리지 못하는 사람들이 많이 있습니다.

JTS는 이렇게 고통받는 사람들을 돕고자 하는
따뜻한 마음을 가진 사람이라면
누구나 각자가 가진 것을 내어놓아
서로 만나서 함께하고자 합니다.

희망을 일구어가는 사람들 JTS와 함께하고 싶으신 분들은
www.jts.or.kr을 통한 회원가입, 02-587-8992로 문의전화
주시기 바랍니다.

JTS

JTS(Join Together Society):
JTS는 UN 경제이사회에서 부여한 특별협의지위를
획득한 국제구호 NGO입니다.
주소: 서울시 서초구 서초3동 1585-15 (사)JTS
계좌: 국민 484201-01-024873 예금주(사)한국JTS
전화번호(회원팀): 02.587.8995

• 좋은벗들 www.goodfriends.or.kr

서로 다름을 인정하고 이해함으로써
서로 다름이 차별과 갈등의 원인이 되지 않고
서로 다름이 다양성의 풍요로움이 되어
이 땅에 평화의 꽃을 피우고자 합니다.

평화재단은 아름다운 통일코리아를 꿈꾸며 활동하는
NGO 단체입니다.

통일코리아는 미래 세대들이 더 큰 꿈과 희망을 품고
활동할 수 있는 신나는 발판이 될 것입니다.

통일코리아는 다양한 사람들이 공존하며 서로 상생하는
평화의 땅, 희망의 땅이 될 것입니다.

평화재단은 [전문가포럼]을
통해 한반도 평화, 통일을 위한
정책을 연구, 개발합니다.

평화재단은 [평화아카데미]를
통해 평화, 통일을 이끌어갈
미래 인재를 발굴하고 양성합니다.